秦直道档案

大秦直道
DA QIN ZHI DAO

◎徐伊丽 著

陕西师范大学出版总社有限公司

图书代号　SK14N1269

图书在版编目(CIP)数据

秦直道档案：大秦直道/徐伊丽著. —— 西安：陕西师范大学出版总社有限公司，2014.9（2016.4重印）
ISBN 978-7-5613-7838-0

Ⅰ.①秦… Ⅱ.①徐… Ⅲ.①散文集—中国—当代 Ⅳ.①I267

中国版本图书馆 CIP 数据核字(2014)第 201053 号

秦直道档案：大秦直道

徐伊丽　著

责任编辑 / 张建明　王丽敏　张　立
责任校对 / 郭　媛
封面设计 / 鼎新设计
出版发行 / 陕西师范大学出版总社有限公司
（西安市长安南路199号　邮编710062）
网　　址 / http://www.snupg.com
经　　销 / 新华书店
印　　刷 / 西安创维印务有限公司
开　　本 / 787mm×1092mm　1/16
印　　张 / 17.75
字　　数 / 251千
版　　次 / 2014年9月第1版
印　　次 / 2016年4月第2次印刷
书　　号 / ISBN 978-7-5613-7838-0
定　　价 / 45.00元

读者购书、书店添货如发现印刷装订问题，请与本社营销部联系调换。
电　　话：（029）85307864　85303622（传真）

导 读

Reading Guide

在中国西部广阔的大地上,有一条出现在秦始皇时期的奇道——秦直道。

在古代,秦直道与长城共同构成了北部边疆的重要防御体系。若将长城比作一面横挡着的盾,那么秦直道就是一柄直刺而出的矛;如果说长城是一张拉开的弓,那么秦直道就是一支即将飞出的箭。

秦直道可与秦兵马俑和长城相媲美,它是世界公路的鼻祖,是人类第一条"高速公路"。

全长千八百里,堑山堙谷,走过关中平原,翻过子午岭山脉,越过黄土高坡,穿过毛乌素沙漠,驶入内蒙古大草原,这是一个奇特的、美妙的、欢快的、杰出的地貌组合。陕西、甘肃、内蒙古三省区因它相连、相融、相亲、相携。

秦直道是秦先民留给后人宝贵而丰厚的物质财富与精神财富。

挖掘一段被遗忘的历史,追溯一段逝去的辉煌,探寻世界上最宏伟的古道,倾听鲜为人知的直道秘密。

作者徐伊丽,钟情于秦直道十五年,多次踏上秦直道执着探索,而今以严密的考证、诗性的激情和崭新华美的文字,奉献出《秦直道档案——大秦直道》,为我们揭开了世界第一条高速公路的神秘面纱。

《秦直道档案——大秦直道》呈现了作者探秘秦直道的穿越之旅，是作者多次踏上秦直道实地考证、亲身体验、思考见闻的集成，简明却不简单。全书文笔轻松潇洒，图文并茂，推理严谨缜密，展现了秦直道的修建历程及目前秦直道的线路走向、沿线的道路遗存，对秦直道的历史和文化进行了尝试性解读，对秦直道的现状进行分段详细的讲解，除此之外，对秦直道的历史之谜进行细致的探究。

《秦直道档案——大秦直道》，可以带你畅游神秘莫测的世界第一道，并为你解密这条千年古道诞生和修建的种种谜团；可以带你探秘古道千年间的金戈铁马、物是人非；可以带你体验古道上古堡驿站的风土人情，开启浪漫的文化之旅、神秘的地理探秘和险象环生的激情探险；可以使你解剖历史，感悟历史，重新认识历史，领略中华文化的源远流长和博大精深。

解密秦直道，将拨开历史的迷雾，让这条淹没在历史烟尘中的千年古道能为世人所认识和了解！

在这里，不但能够使你在深入了解千年古道的同时，沉醉于古代伟大工程的气势磅礴和古道西风的万般情怀，还将让你听到祖先的心跳，感受到祖先的心劲儿……

目录 Contents

中国现存的千年古道 / 1

正说秦始皇 / 9

千年古道秦直道 / 27

秦直道的修筑情况 / 39

秦直道彰显大秦精神 / 47

    秦始皇为什么要修秦直道 / 48

    秦直道对中国文化的影响 / 49

    草原文化到农耕文化的过渡 / 52

    民族冲突 / 55

    秦直道对文化交流所起的作用 / 57

细说秦直道 / 61

    关于秦直道起点说法众多 / 62

    秦直道淡出人们视线的说法令人毛骨悚然 / 67

武家山沟的雨与钩弋夫人的传说 / 70

石门现状 / 85

石门夜话 / 96

扶苏庙 / 101

刘家店还在沿用的秦直道 / 103

访直道第一人兰草 / 108

黄陵直道探幽 / 111

富县访古 / 113

夜宿槐树庄 / 120

探寻沮源关 / 122

世界之最——古窑洞群 / 127

家牛变野牛 / 130

槐树庄林场以北秦直道现状 / 133

也说杀人沟 / 136

不曾歇下的脚步 / 138

保存最为完整的秦直道路面 / 140

甘泉访友不见友 / 148

目录

甘泉访古 / 152

秦直道和圣人条 / 157

所谓的古代交通环岛 / 159

方家河以北秦直道现状 / 162

志丹县秦直道现状 / 167

安塞直道遗址现状 / 171

秦直道遇险记 / 176

绥德拜君子 / 178

一个陨落的真命天子 / 179

蒙氏三代功臣 / 185

阳周古城觅古 / 191

匈奴人留在世上的唯一城池 / 197

横山觅英雄 / 204

李继迁和秦直道 / 205

李自成和秦直道 / 206

上郡银州古城 / 208

无定河，悲壮的河 / 211

　　　　塞上明珠——榆林 / 212

　　　　万里长城第一台 / 215

　　　　向内蒙古进军 / 217

　　　　漫赖乡到城梁段秦直道现状 / 222

　　　　城梁直道遇险记 / 223

　　　　直道终点——麻池古城 / 227

细说车同轨 / 231

秦人和匈奴人本同祖 / 237

直道寄语 / 255

关于挖掘、开发秦直道旅游资源的优势 / 265

后记 / 271

　　附：秦直道路线图 / 276

中国现存的千年古道

○ 函关古道也是秦驰道的一部分

　　在人类文明走出蒙昧探索未知世界的过程中，往往伴随着道路的开辟，从而形成有人的地方就有路，有路的地方就有历史，有历史的积淀才会有科技高速的发展、经济飞速的进步、文化全面的繁荣、时代新旧的更替。

　　文明发展，道路先行。千百年来，人类开凿了无数道路，它们极大地促进了人们生活水平的提高，丰富了人们的物质生活和文化生活。道路通到哪里，文明就延伸到哪里；道路通到哪里，哪里的历史就会得到保存，它们是唯一能清楚详细地见证人类从蒙昧走向文明艰辛跋涉的史书。

　　古代中国，千千万万条道路有着极其重要的政治、经济、文化和军事意义。它们一条条勾勒和拓展着中国的地理版图，引导着中国人的历史文化观念；它们不但成为帝国化的重要标志，实际上也成为串联古老文明的重要交通纽带。

中国的古道有千万条，流传至今的千年古道也有上百条，如著名的保山博南古道，它是中国境内三条丝道（西北的陆上丝路、南方的海上丝路和西南的路上丝路）之一的西南的路上丝路。它是发展得最早的丝路，在公元前4世纪便已开通，这条丝路到汉代时被称为"蜀身毒道"，"蜀"是四川，"身毒"是印度的古称，即是指从四川出发，经过云南、缅甸直至印度的商路。当时主要是利用马匹、骆驼以及人力运载丝绸、布匹、瓷器、铁器、漆器、茶叶等，从四川出发，经云南、缅甸至印度各地，又携回宝石、珍珠、海贝、琉璃等辗转贩卖，缅甸人的杂技和乐队随之传入东汉时的洛阳宫廷。它对中国与南亚各国的文化交流和商业往来起了重要的作用。

茶马古道是公元前109年至前105年汉武帝两次用兵，征服了阻挠他实施拓延交通计划的昆明土著后，在原有的一条从云南到四川通往身毒的商路上拓建的一条富丽大道。正因为有了这条路，汉王朝的统治领域才得以扩大。到唐代时，随着茶的兴起和传播，这条路就成了名副其实的茶马古道。

车师古道，也诞生在汉代，当时西域的车师国被分割为前后二部，前部的都城在吐鲁番，即现在的交河故城，后部的王庭在吉木萨尔，即现在的北庭故城。这条古道就成了当年交河与北庭两地的车师人传递消息、运送物资、消夏过冬的南北通道。

◉ 今人翻修的陈仓古道

波乐古道是一条地下千年古道，在今天的湖北境内，这条古道是在传说中的波乐洞里开发的，全长10余里，可能就是最早的隧道吧。

还有文成公主回娘家必走的唐蕃古道、位于北京延庆东部的仓米古道、深圳境内的大鹏古道、江西的麻石古道、重庆的黄桷古道、珠海的长南径古道，以及松茂古道、武夷山古道、印加古道、西南古道、徐霞客古道、闽赣古道、跑马古道、长沙古道、秦皇古道、泸沽古道、华阳古道、关山古道、黄草梁古道、琅琊古道、阴平古道、虎跳崖古道、扶隆古道、徽杭古道、马陵古道、田坑岭古道、夏特古道、雁门古道、石壕古道、张保仔古道、丝路古道、黄河古道、函关古道等等古道，现在依旧存在，并被学者们念念不忘。之所以如此，是因为它们曾经为中国的文明进程做出了巨大的贡献。这些古道有的已经被开发成旅游景点，有的还在为今人所使用。

◉ 湘江古道

⊙ 褒斜古道

⊙ 黄河古道

⊙ 剑门蜀道是金牛道的一部分

⊙ 华阳古镇是傥骆古道上最大的驿站

⊙ 今人翻修的祁山道

⊙ 古柏古道

◉ 今人翻修的子午道

◉ 褒斜古道

在所有的古道中，诞生在两千多年前的秦直道是历史最久、所经地貌最复杂、路面最宽、修路历时最短、筑路难度最大的一条古代高速公路。毫不夸张地说，它是世界高速公路的鼻祖，也是迄今为止保存得比较完整的世界上最大的古道遗址。

最初它是秦始皇为征服北方匈奴而专门修建的一条战备高速公路，实际上它也就成为发生战争最频仍的道路。然而它深厚的历史文化内涵，尤其在汉代以后的商贸往来、文化交流、民族融合等方面的价值，却远远超出战争的范畴。

读懂了秦直道，我们也就能对中国的历史有一个更清晰更正确的认识，秦直道上记载着中国，乃至世界上下五千年的战争史、文明史。

古往今来，这条古道上时而上演腥风血雨的战争、纷乱，时而上演和风细雨的交流、沟通。如今，古道西风依旧，昔日辉煌不再。我们小心翼翼地探寻于群山之巅，感悟于古堡残阳，与千年古道对语，期望穿越漫漫时空，揭开古道所蕴含的人类文明，聆听那一个时代给我们带来的声音，铭记我们祖先走过的艰难的历程，在历史中感受曾经的残酷，在现实中享受和平的愉悦。

◉ 韩城境内一段驰道遗址　　　　◉ 富县境内秦直道遗址

◉ 司马古道

正说秦始皇

任何事件都是有因有果的，要说秦直道自然要说到秦直道的主创者——秦始皇。

　　两千多年前将四分五裂的中国统一起来的人是秦始皇嬴政，这是一个传奇的皇帝，也是一个神秘的皇帝，更是一个功劳盖过三皇五帝，德化与文治影响后世千百年的有魄力的、睿智的皇帝。两千多年来，人们从来都没有放弃过对秦文化以及秦始皇现象的研究，尤其对嬴政这个人以及他所做的事情的研究，人们习惯于接受秦始皇是一个了不起的皇帝，但是也是一个超级暴君。

　　时过两千余年，中国也经历了两千多年的封建帝王制度的统治，秦始皇现象就是典型的封建帝王制度下的产物，历史怎么来评论这个人都不为过。但是现在是21世纪，封建帝王制已经被永久地埋藏在历史的书卷中，现在是言论自由的社会，我们跳出固定思维来探讨秦始皇现象以及秦始皇这个人，就不难发现：秦始皇不但不是一个暴君，而且是一个难得的仁君。

　　就秦直道而言，秦始皇为什么要修秦直道？他修秦直道的真正目的是什么？难道真的是为了战争而专门修建的一条血腥之路？

　　司马迁对蒙恬以及秦始皇修筑这条路的评价是"固轻百姓力矣"。是的，秦始皇是一个工程皇帝，他好大喜功，喜欢大动干戈地修筑各式各样的工程，这在古代皇帝里的确罕见，甚至可以说是前无古人后无来者的，就是后来开凿大运河的隋炀帝也是不能

○ 灵渠

和他相提并论的。在秦始皇的亲自组建下,秦朝出现了许多至今仍让人叹为观止的工程,如郑国渠、灵渠、驰道、直道、长城、秦阿房宫、秦始皇陵、蜀道(通往巴蜀的栈道)、五尺道(通往云贵地区)、杨越新道(通往海南)、秦梁(秦始皇东巡,遇到河水阻挡,无路无桥,他亲率百官提石填河补路架桥,此道被后人称为秦梁)、鸿沟通陵、汨罗之流、兴成渠、秦渠、枇杷沟等等,除了秦梁以外,哪一样工程都是非常浩大的,都是劳民伤财的。但是话又说回来,除了秦阿房宫和秦始皇陵是真正的劳民伤财以外,哪一样工程又不是利国利民的呢?

众所周知,长达100多公里的郑国渠在关中大地上蜿蜒盘旋,仿佛一条金光闪闪的巨龙匍匐在三秦大地上。渠修建在渭北平原三级阶梯的最高线上,巧妙利用北仲山南麓西高东低的地势特点,灌溉着今礼泉、泾阳、三原、高陵、临潼、富平、渭南、蒲城、大荔等县区的280多万亩土地。郑国渠工程宏

○ 郑国渠

伟，规模宏大，称得上是两千多年前的壮举。它用富有肥力的泾河泥水灌溉田地，淤田压碱，变沼泽盐碱之地为肥美良田，使关中一跃成为当时全国最富庶的地区。据《史记》记载，此渠修成后，"关中为沃野，无凶年"。

郑国渠给关中百姓驱走了自然灾害，使得千百年来粮食年年大丰收，如果将这些多生产的粮食以及民众少受的疾苦折算成银子，估计修一百条郑国渠也不为过吧！

再说秦万里长城。一提起万里长城，人们就会想到孟姜女的故事，也会想起秦人留下的《长城歌》："生男慎勿举，生女哺用脯，不见长城下，尸骸相支柱。"于是，人们就会用好大喜功、骄奢淫逸、靡费资财、轻用民力、强制性征兵役徭役，甚至秦法严苛、劳役强度大、惨无人道等等来形容当时的情况。这也是秦始皇残暴的一个有力的证据，是事实，我们不可否认，当时修筑万里长城的确是死了不少人，也的确是"白骨相撑委"。但是，我们站在另一个角度来看秦时的万里长城就不会这么说了。战国时期，我国北部活跃着以头曼单于为首的匈奴族，居住在阴山之北的头曼城（今天阴山的北面）。匈奴人素来骁勇善战，而且精于用骑兵，他们自认为骑术精湛、速度快，经常南下中原进行烧杀抢掠，对内地的百姓造成极大的危害，使得民不聊生，百姓苦不堪言。当时赵武灵王还采取过移民垦荒等防御措施，但是收效甚微。北面没有一个有效的屏障，不管你怎么防护，匈奴人进入中原如履平地，想来就来，想走就走，对中原人造成的损失不计其数。秦始皇为了巩固新兴政权，防御外患，

秦长城遗址

○ 秦长城遗址

阻止和遏制正在崛起的匈奴帝国的侵扰，让百姓能长期安居乐业，所以断然决定修筑长城，这是无可非议的事情。

长城不可不修，否则军费、兵役、劳役的消耗和百姓以及兵士的生命、财产的损失将不计其数，绝对不会比修建长城的消耗和损失小。再说，长城是一项扩建工程，许多地段都是在原有的赵国、魏国、燕国长城的基础上加以扩建的，工程是浩大，但是总的负担也不会超过六国各自修筑和维护的军事工程的总和。

是的，看到这里你可能会说：当年秦朝一边在修筑长城一边还在拆除六国原有的长城，这是不是有些滥用民力、财力？其实不然，秦始皇下令拆除原六国各自在边境上修建的长城以及其他的防御工程，为的是让国家成为一体，形成真正的一统天下，大道变通途。这也是为了便于交通，便于军队迅速调动，防止那些旧的军事工程被反叛者利用，给秦帝国造成麻烦。

万里长城就不一样了，它的意义相当重大，作用和功绩也是显而易见的。如若秦朝用三十万军队防御匈奴的三十万铁骑，秦始皇统一六国都花了整整十年的时间，对付强悍的匈奴想一招制敌那是绝对不可能的，长年累月下来，先不算能否获胜，也不算双方伤亡人数，更不算百姓的损失，就单从

军资费用来算，其实就跟秦修长城的费用相差无几，甚至有过之而无不及。而且，长城修好以后最少有十年的时间秦朝与匈奴之间没有过大规模的战争，这样算下来，秦修筑长城不但没有损失什么，反而是赚了。

至于说修长城死了一些人，百姓苦不堪言，这个问题不要说是在古代，就是在现在有着先进的科技和机械设备、顶尖人才辈出、资金充足的情况下，大兴土木也难免会有一些伤亡现象，何况在战争刚刚平息，一个大的帝国刚刚成型的两千多年前？

伤亡、劳民伤财在所难免，没有当时的举措就没有后来的安稳，没有当时的死伤，后来就会死伤更多的人。这是一笔很好算的账，也绝对是一个利国利民的大举措。否则到汉代汉惠帝就不会动用十五万人去修缮长城，历朝历代也不会多次耗费巨资维修和重建长城。

要说秦始皇有错，那可能就是许多人都认为当时的国家长年经历战争已经国库空虚民不聊生了，再这样大规模地征劳役不是置百姓的生死于不顾把百姓推入火海之中么？实则也不然。秦始皇统一六国时已经是37岁的人了，要是放在现在，37岁正是旺年，事业才刚刚开始，可古人是以三十而立，四十而不惑，五十知天命。古人的岁数都不长，秦始皇自知自己未来的日子不多了，不加紧建设一个巩固的王朝留给后代他不放心，这是情有可原的。我说秦始皇是非一般的皇帝也是有道理的，如果秦始皇兼并六国以后刀剑入库，放马南山，大肆封王封地封官封侯，让所有的人都能安稳下来，休息下来，让百姓也能喘口气，这的确是好事，也是一个常人的思路以及后世历朝历代的君主都应该做的事情。可是秦始皇非常人，他考虑得更长远。公元前221年，韩、赵、魏、楚、燕五国都成了秦王朝的囊中之物，最后还剩下一个齐国，原五国的贵族纷纷投靠齐国寻找报仇的机会。如果当时齐国君臣一心，再借助外国的力量，组织几国军民，还是能跟秦王朝较量一番的。因为当时秦国长期征战，军民已经疲惫不堪了，而早在秦朝灭亡其他五国时，齐国已养精蓄锐了十年，加之在此之前齐国已经有近五十年没打过仗，按说正是士气高昂、国库丰盈之时。只可惜齐王建是个懦弱之人，后来降秦，于是秦统一了天下。

◉阿房宫遗址

秦始皇不可能不知道这一点，降秦也好，被秦灭了也好，都只是一个表面现象，哪一个国家都还有衷心爱国的谋士，也都有可能会卷土重来。

所以秦始皇要扩建阿房宫，要在阿房宫里修建六国宫，主要是要将六国的贵族看管起来，这样天下就不可能再分崩离析了。包括后来的销锋铸镱也是同样的道理。

要想国家长治久安，就必须做一系列的事情，要做这些事情能不动用百姓吗？

再说了，秦始皇并没有像司马迁所说的滥用百姓，当时的徭役有四个来源：一是蒙恬长年率领的三十万军队，二是在全国各地征发的戍卒，三是附近地区征发的服徭役的民众，四是发配边疆的罪犯。可见，这四个徭役来源里就有跟着秦始皇南征北战多年的将士，这些将士都是有功之人，却成为修建军事工程的长期徭役来源。其二是征发的戍卒。已经没有仗打了，国家也

不可能平白无故地养他们，他们没有理由不成为徭役来源。而罪犯服徭役这是无可厚非的，就相当于现在的劳动改造。史书中以及后人说得最多的是第三种，也就是征发附近的民众服徭役。秦朝的制度相当严苛，这种严苛不是只针对老百姓的，对任何人都一视同仁，所以也有着严格的制度来区分这些服徭役者。这些民众也不是无期的服徭役者，而是合理合法有期限的义工，最长的时间也没有超过三年的。再说这种义工也不是免费的，一家出有义工就可以减少他家的农业、牧业赋税，这样说来也是有偿劳动。

我们翻开历史书卷，不难发现，在秦始皇执政期间，秦国屡屡遭受自然灾害，而自商鞅变法以后，秦的律法规定朝廷不能直接救灾。试想一下，朝廷若不救灾，那百姓不就等着死吗？

现在我们的考古专家发现秦直道路基上有许多小孩的脚印。小孩肯定不是被征伐的服徭役者，在军事工程上出现大量的小孩的脚印，这能不能推断是政府变相的救灾呢？若此分析不能成立，那我们看看有关郑国渠的修建记载。当时秦国也是年年大旱，韩王让郑国来乏秦，修凿郑国渠被嬴政认可，而当年修建郑国渠时也是征用了无数民力，男女老少齐上阵，为的就是能吃到政府的粮食，这也算是政府变相的救灾吧。所以并不是"固轻百姓力矣"。而且第三种徭役的占有数额在所有的徭役里只是很少的一部分。我认为在这个问题上任何人都没必要过于夸张，要客观地来看待这些问题。

秦代的大部分工程都有着如同秦长城一般的功效，看似不合理、劳民伤财的背后都有着非常合理的解释，以及一笔非常可观的利国利民的收益。灵渠、驰道、蜀道、五尺道、杨越新道、秦梁、鸿沟通陵、汨罗之流、兴成渠、秦渠、枇杷沟等，在军事、经济、文化上都有着卓越的贡献。除了阿房宫和秦始皇陵属于特殊时期的特定产物，勉强算得上是秦始皇的个人奢靡以外，其他的都应该算是秦始皇的政绩。短暂的秦朝给后世留下了无穷无尽的财富。

秦直道也是一样，由于史书上对秦直道的记载非常有限，我们没有看到修直道背后民众的苦难，这种苦难是不难想象的。修筑直道的难度不亚于修建秦代的任何一样工程，能不苦不难吗？

◉ 艺术再现的阿房宫前殿

可是,在修筑直道的过程中的确没有发生过与匈奴的战争,这是有目共睹的,这减少了秦朝多少的人员伤亡,节省下了多少财力?至于秦朝为什么要修筑秦直道,司马迁在《史记·蒙恬列传》里说:"始皇欲游天下,道九原,直抵甘泉。乃使蒙恬通道,自九原抵甘泉,堑山堙谷,千八百里。道未就。"这样一来好像是说始皇修直道的目的是"欲游天下",既不是要以武力"征"天下,也不是要以战争"服"天下,而是为了出巡。这个说法非常欠妥。如果是这样,秦始皇为何还要派大将蒙恬和长公子扶苏在北部边境屯兵三十万?

史书上的秦始皇是一个暴君,他的暴政也主要是跟工程有关。至于战争攻城毁城屠城,这不是秦始皇的专利,前有古人,后也有来者,历朝历代,历国历邦都有。而秦始皇并没有这么做。在秦的统一战争中,并没有屠城的事例,除秦始皇灭了赵国,亲自前往邯郸,将他以前在赵国时跟他和他母亲有仇的人都杀了以外,再没有滥杀无辜,也就不能以这个事情来概括秦始皇这个人。

他的残暴表现在专政上也是说不过去的。作为一个君王,他得天下不易,守天下也不易,自然不能让一个国家的大权旁落,他的经历告诉他必须这样做,周天子是前车之鉴,他的仲父吕不韦专权以及他母亲和嫪毐淫乱险些失国丢命,所以他也需要大权在手,需要独断专行。作为帝王,这是他的权力，我们无须指责什么。

那还有什么是史称秦始皇为暴君的证据呢？销锋铸镰？销锋是应该的，为了杜绝战争纷起而销毁兵器可能也是一件好事。再说当时六国统一，收缴上来的兵器成千上万，不销毁往哪放？专门建造宫殿库房来放置？可能还没等用完就都毁烂了。销毁是最好的办法。至于铸镰是有些不应该，如果当时不铸十二铜人以及宫廷大量的奢侈用品，而是用来制作农具，那将是最好的了。但是这也存在问题，兵器可以打造成农具，农具也可以再次成为兵器。尽管铸镰了，这跟暴政也是扯不上太多的关系的，也只能归结在对一件事情没有处理好而已。

除了阿房宫的扩建和修建秦始皇陵以外，秦始皇应该没有太多的过错，相反还应该是一个明君。当然阿房宫不是

◉ 艺术再现的十二铜人之一

◉ 秦始皇陵

⦿ 秦始皇陵

秦始皇突发奇想要修建的，而是早在他曾祖父秦昭襄王时期就已经破土动工了，他只是继承祖愿而已，而且阿房宫有一部分如六国宫也是出于政治的需要才扩建的。说新修建的宫殿延绵三百里，这是严重失实的。现在的考古以及现存的史料并没有发现其有这么大的规模，甚至最新考古发现当时阿房宫前殿都没有修建起来，何来三百里之说？关中平原一共也不过六百里地，秦始皇居然要拿出一半来建造宫殿，怎么可能呢？再说从咸阳到南山底下最多不过百里之地，怎么就出现三百里了？况且宫殿也没有修到南山底下，杜牧的《阿房宫赋》不过是一篇美丽的散文，绝对不可当历史来读。

至于秦始皇陵到底有多大谁也说不清。兵马俑绝对不是秦始皇的陪葬，秦始皇陵附近发现的石铠甲坑也不一定是秦始皇的陪葬，否则为什么考古发现已有十七年之久，现在才公布最新重大发现？公布归公布，却跟不穿铠甲的兵马俑自相矛盾，还找不出跟秦有关的任何证据，唯一的证据就是离秦始皇陵比较近，这是没有说服力的一种无奈之说。

当然，我们现在所看到的秦始皇陵的封土堆也是很庞大的，自然会劳民伤财。历朝历代皇帝修的陵墓都相当庞大，都劳民伤财，汉武帝茂陵、唐太宗昭陵、武则天乾陵，清代的东陵、西陵，哪一个帝王的功业能跟秦始皇的比？他们的墓冢都不小，陪葬品也不少，这也是有目共睹的吧。

好多事情都不能一概而论，秦始皇不是布衣起家，他的家世显赫得了不得，按照史书上说应该是从黄帝一脉传承下来的。嬴秦的第一代祖先是三皇五帝之一颛顼的外孙大业，至大业以后延续下来的哪一个都是贵族，是英雄，也都是人人敬仰的君子，显贵得不得了。如，西周时期，周幽王昏庸、荒淫无道，为了博得他的王妃褒姒一笑，多次烽火戏诸侯。可是真到了两周政治变局之际，幽王举烽火征兵之时，由于有过多次"狼来了"的前车之鉴，真正起兵前来救援的诸侯寥寥无几，而秦襄公却率举国之兵前来救援，捍卫周王室，并拥立太子宜臼即位，而后又亲自率兵护送周平王东迁。

公元前659年，秦穆公刚即位便施展军事、外交手段与晋国联合抗楚，并娶晋献公的女儿为妻。公元前651年晋献公死，晋国内乱，晋公子夷吾（后来的晋惠公）以"割晋之河西八城与秦"作为条件，请求秦穆公协助他夺取君位。秦穆公立即令百里奚率兵护送公子夷吾回国。

夷吾即位后背弃盟约，不肯交出城池。秦穆公没有跟晋惠公一般见识。公元前647年，晋国遇灾，请求秦穆公帮助，秦穆公照样救济晋国。之后秦国遇到大灾请求晋国支援的时候遭到晋惠公的拒绝，秦穆公不得已才出兵讨伐晋国。

以上两个故事相隔近一百二十年之久，从这两件事情来看，嬴秦世家是有着贵族与君子风范的，相当大气。秦始皇焚书坑儒，但是没有焚掉有关嬴秦家族传下来的书籍，所以他的家世是历代王朝中最清楚的一脉。翻看史书我们不难发现，嬴秦家族没有孬种，哪怕是到后来秦始皇的父亲庄襄王时期，从他要跟吕不韦共享天下这件事上也能看出秦人知恩图报一言九鼎的大家风范。秦始皇延续下来的是这样的一个家族的传承，做事自然不是一般人

⦿ 嬴政出生地赵王城遗址

⊙ 秦的先祖给周人牧马的地方

能理解的。

当然，这里面可能还要说说秦始皇的身世之谜。有人说秦始皇是吕不韦的儿子，这一点我可能跟讲《史记》的王立群先生看法一样。当时秦始皇的母亲（姓名不详，因为从赵国来的，我们且叫她赵姬吧）先是做了吕不韦的小妾，而后嫁给在赵国做人质的公子异人（后来的子楚，再后来的秦庄襄王），而且《史记·吕不韦列传》上记载很明确："吕不韦取邯郸诸姬绝好善舞者与居，知有身。子楚从不韦饮，见而说之，因起为寿，请之。吕不韦怒，念业已破家为子楚，欲以钓奇，乃遂献其姬。姬自匿有身，至大期时，生子政。子楚遂立姬为夫人。"

从古至今的史学家、文学家对"大期"的理解都是十二个月。

赵姬是在嫁给异人十二个月以后才生下秦始皇的，女人怀孕一般是十个月，现在医学比较发达，这个不是什么谜，很容易解开。不说全世界，就是中国十三亿人口的泱泱大国，有谁是母亲怀孕十二个月生的？再说嬴秦家族之人的智商都是相当高的，如果嬴政（后来的秦始皇）的血统不正，异人会让他接替王位吗？要知道当时异人可不是只有嬴政这么一个儿子。至于异人到底有多少儿子我们不得而知，但是嬴政同父异母的弟弟公子成蟜是有记载的，成蟜也非等闲之辈，而且他的血统是绝对纯正的，异人如果对嬴政的血统有怀疑，完全可以不让嬴政即位的。

话又说回来，退一万步讲，就算嬴政是吕不韦的儿子，吕不韦的智商也是举世无双的，造就嬴政这么一个高智商的儿子也是有可能的。

不管怎么说，秦始皇嬴政都是有着显赫家世和睿智先人的人，所以他有着超人的智慧和惊世之举也就不难理解。

看以下几个故事，我们可能就会对秦始皇这个人另眼相看。

所谓伴君如伴虎，历朝历代的皇帝只能与大臣共苦，绝对不能同甘，夏桀杀关龙逄，商纣王杀比干，吴王夫差杀伍子胥，越王勾践杀文种，以及秦以后刘邦杀彭越，李渊杀刘文静，李存勖杀郭崇韬，赵构杀岳飞，等等，至清朝这种杀开国功臣的现象屡见不鲜，"飞鸟尽，良弓藏；狡兔死，走狗烹"。可是，这种现象在秦始皇时期没有出现过。王翦、王贲、王离祖孙三代忠臣，先后效忠秦始皇数十年，而且一直被秦始皇所重用。蒙骜、蒙武、蒙恬、蒙毅也是祖孙三代良将，始皇对其异常信任，数十年恩宠不衰。李斯、尉缭、茅焦、顿弱、姚贾、赵高等等，无一不是高官厚禄直到始皇逝去。有许多人还是跟秦始皇有过节的，比如茅焦死谏，秦始皇在处理母亲赵姬的问题上与大臣有很大的分歧，听不进任何人的劝谏，为此还杀了许多谏臣，茅焦冒死劝谏，始皇不但没怪罪他，还顺应了他。

再比如说，秦始皇要灭楚国，王翦力主用秦朝倾城之兵六十万，始皇不高兴，派李信和蒙恬去打楚国，没能攻下，始皇亲自到王翦家道歉。又比如说，嫪毐谋反被平息以后，秦始皇将嫪毐的余党四千余家流放蜀地，在平息了吕不韦以后，秦始皇又下令将他们迁了回来。类似的故事还有很多，如，战国后期，韩王安看到当时秦国统一六国已是大势所趋，为了削弱秦国的强大实力，秦王政十年（前237年），他特派韩国水工郑国赴秦兴修水利，妄图利用这种浩大工程来消耗秦国的人力、财力和物力，从而达到他预想的"疲秦"目的。当时的秦王嬴政采纳了郑国的建议，命令郑国在秦国修建郑国渠。后来嬴政知道了郑国是奸细，要说在这种情况下无论是哪朝哪代哪一

⊙ 郑国渠

个国君都会把郑国给杀了，可嬴政并没有这么做，不但免郑国不死，而且还让他戴罪立功，继续兴修水利，最后还将修好的渠命名为郑国渠。

公元前236年，嬴政欲攻打韩国，韩国人质韩非建议他先攻打赵国，满朝文武百官都反对，嬴政也知道韩非之心绝非向秦，但是还是听取了韩非的建议，舍弃到手的"肥肉"（韩国）而先攻打赵国。

公元前237年，魏国人尉缭入秦，嬴政知道他精通兵法，多权谋奇计，是个大才，于是求贤若渴，对尉缭言听计从，屈尊相待，史书上说他："见尉缭亢礼，衣服食饮与缭同。"

在始皇的一生中，这样的事情不计其数。这些事例表明秦始皇是一个心胸豁达、不拘小节、能容万象之事的难得的开明的君主。我们查看秦朝的史料，被秦始皇罢黜并属于非正常死亡的大臣只有两个：一个是吕不韦，另一个是昌平君。吕不韦已经严重影响到了王权的存亡，所以他是政治斗争的牺牲品；昌平君是在秦国的楚国的公子，嬴政让昌平君去攻打楚国，昌平君反秦向楚，最后是死在秦军刀下的，算不上是嬴政杀的功臣。

要说秦始皇焚书坑儒是有些不应该，他不应该焚书，坑儒我认为没有什么大的过错。秦始皇刚开始并没有准备对文化思想领域采取残酷的手段，从秦王政二十六年（前221年）建立统一政权开始，到始皇三十四年（前213年）的八年期间，他曾从六国的宫廷和民间搜集了大量的古典文献。同时又征聘七十多位老学者，授以博士之官。还召集了两千余人置于博士官之下，命之曰诸生。其目的就是要利用他们对古典文化进行清理甄别，查禁不利于封建专制政权的书，奖励那些对秦政权有利的书籍。因此，秦时期包括秦始皇在内的所有人不仅对七十多位博士优礼倍加，而且对于诸生也"尊赐之甚厚"。

可是，事情的发展并不是按秦始皇本来的设想而进行的，这些博士和诸生都是旧时代的学者，满脑子都是旧文化和复古思想，认为复古周礼的儒家思想都是好的。所以，他们不但对加强专制统治思想没有帮助，反而对秦始皇的所作所为指手画脚，说三道四，到最后都公开抗议朝廷，威胁始皇帝，甚至造谣诽谤始皇帝，对社会、对朝廷都造成极大的负面影响。

我们学文化是为了兴国安邦，绝对不是为了造谣生事。我曾经跟人探讨过这种现象，我说，如果我是始皇帝也必须这样做，否则社会就乱了，这样闹下去可能会死更多的人。当断不断必受其乱，坑儒应该是明智的选择，不应该算是他的过错。著名学者王立群先生也这么认为，他说，无论是现行的大部分中学历史课本、影视剧、小说，还是人们的普遍常识，都将焚书坑儒列为秦始皇的主要罪状之一。他认为准确的表述应该是"焚诗书，坑术士"，学术界只有很少的研究者知道这个说法。据《史记》记载，秦始皇活埋的是术士而非儒生。坑儒之说是在历史进程中不断演变形成的，并在汉代成为主流舆论，这很可能源于儒家学者对秦始皇使用法家那一套治国之术以及焚烧诗书的本能抵制，对秦始皇的暴力行为进行了放大。

汉武帝时期发生了一件非常有影响的事情：长公主刘嫖以及皇太子刘据因为在驰道上行走被当时的直指绣衣使者江充发现，不但被没收了车马以及随从，而且还被告到了汉武帝那里，都受到了严厉的惩罚。

● 大秦直道

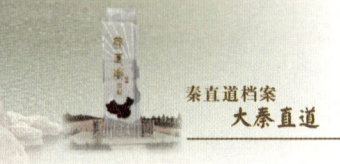

刘嫖是何许人也？她是汉武帝的姑姑，是扶持汉武帝登上皇位的功臣，是皇亲国戚，是皇后陈阿娇的母亲。刘据又是谁？他是当朝的太子，未来的皇帝。他们因为走到了驰道上而受罚，去向江充求情也无效，为什么？因为当时的驰道是皇帝专用道，除了皇帝以外，任何人都不许用。劳民伤财修筑的宽广的路仅供皇帝一人使用，而且皇帝又不是天天出巡，时时都要使用。我们又怎么评价这种行为呢？

秦朝修筑的各种工程不在少数，至于秦直道、驰道以及其他的道路，我们至今为止没有发现哪一条是皇帝专用道，任何人都不许使用的。所以我们应该重新来读历史，来分析历史，来评价秦始皇这个人以及研究秦始皇现象，也来重新认识当年修筑秦直道的作用与秦直道的价值。

所以我说秦直道既是一条为战争专修的路，也是一条为和平专修的路，更是一条为民族大融合而修的路。

当然，秦始皇更是一个了不起的仁君。

千年古道秦直道

秦直道是始皇三十五年（前212年）秦始皇为了北击匈奴，有利于戍边战争，特派大将蒙恬率三十万军队和数十万民夫修建而成，距今已有2226年，比世界最早的高速公路——德国境内波恩至科隆的高速公路（建于1932年）早2144年，比著名的罗马大道宽3—8倍，长10倍（古罗马大道修建于公元前100年至公元400年之间。古时说"条条大路通罗马"，当年的罗马境内可以畅通的道路历程8万多公里，罗马大道纵然壮观，却是由许多条道路连接起来的，每条道路最长也不过100多里，平均路宽5—8米，而且前后修建有四五百年之久）。

秦直道是世界公路的鼻祖。据记载，秦直道全长"千八百里"（约合今1434里），途经陕西、甘肃、内蒙古等三省区十八个市县，八十余乡，"道九原抵云阳，堑山堙谷，直通之"，"道广五十步，三丈而树，厚筑其外，隐以金椎，树以青松"，历时两年半主体全线贯通，是当时由咸阳至漠北九原郡最为捷近的道路。

秦直道是宝贵的中华历史文化遗产，跟长城、兵马俑、阿房宫等同一时期诞生。秦直道是矛，长城是盾，兵马俑是兵，阿房宫（秦咸阳宫的一部分）是士兵守卫着的宫殿，它们四者是血肉相连密不可分的一个整体，它们形成了一个强大王朝的象征。

但是今天，长城和兵马俑以世界奇迹的面目获得世人的普遍瞩目，阿房宫要花巨资重建被闹得沸沸扬扬；尽管2013年秦直道全程有六处被评为国家重点文物保护单位，秦直道所经过的三个省区都开始对秦直道的利用与保护重视起来，可秦直道如同一个新新事物，才刚刚被人发现和重视，对它的保护、开发、利用还任重道远。

千年古道秦直道

十五年前我来到西安，当时陕西的文化名人都不知道秦直道为何物。秦直道几乎是这个时代的弃儿，不但不被人们看重，连政府也几乎抛弃了它。当时目睹过秦直道尊容的人屈指可数，99%的人都不知道这条伟大的道路是否依然存在，如果存在，它的遗迹又在何处。

以前，有个别的专家曾经考察过秦直道，也曾刊登过相关的文章，但意见相左之处甚多，甚至对于秦直道的线路都说法不一，这更使得这条古道扑朔迷离。我也查阅了大量的有关秦文化的资料书籍，却很难找到关于秦直道的线索，这不得不说是一大悲哀。

所幸的是这十几年来，我都在努力地寻找和不停地呼吁，不但出书立传，还组织各类的文化采风以及民间徒步旅行等活动，使得秦直道话题迅速升温。现在全世界都开始关注秦直道，政府也多次组织专家对秦直道进行考古挖掘，在各方面的共同努力下，总算揭开了秦直道冰山一角的神秘面纱，使得人们对秦直道有了初步的认识。

可是，秦直道至今依旧迷雾重重：秦直道工程质量和用料之谜，秦

◉ 阿房宫遗址

◉ 兵马俑

直道上的战争之谜，秦直道的兴亡之谜，秦直道是否完工之谜，秦直道后人是否重新修建之谜，秦直道当时勘测之谜，秦直道是否还存在之谜……其中，最大的谜却是秦直道线路之谜，《史记》中只是简单地记载了秦直道的起点和终端，而途经何地却所记不详，以致后代考察者对路线的认识相差甚远，而我们今天所能知道的最直接的考古一手资料还是从《史记》中那不过百字的记载得出的。所以使得这条道路更是扑朔迷离，以至于许多专家学者在写秦代历史的时候跳过秦直道而言他，即使写秦直道也是一笔带过，或者原封不动地照《史记》抄上一段，这的确是秦文化延续的一大缺憾。在本书中，我要将一个尽可能完整的秦直道展现在人们的面前，来填补秦文化研究的这项空白。

据我所知，在现代，还没有一个人能一米不漏地走完秦直道，许许多多的秘密埋藏在这崇山峻岭和厚厚的黄土层下，要想完全地、准确地展示历史的真实面貌已经是不可能的事情，我们只能尽可能地根据所考察的情况，结合当时的国力以及秦代的其他大型工程，也包括以后的秦直道的使用价值等来分析当时的情况。

随着考古的深入，秦直道路线之谜基本上已经解开，秦直道所经过的地区应该包括陕西省咸阳市的淳化县、旬邑县，延安市的黄陵县、富县、甘泉县、志丹县、安塞县，榆林市的横山县、靖边县，甘肃省的正宁县、合水县、华池县、宁县，内蒙古自治区的乌审旗、伊金霍洛旗、鄂尔多斯市、达拉特旗、包头市等。

秦直道的具体路线是：自淳化县凉武帝村附近的云阳城遗址北门经过北庄子村上英烈山（属子午岭的分岭甘泉山，当地人称好花疙瘩山）经庙堂遗址、鬼门口，穿越艾蒿湾抵主峰，折向北进入蝎子掌，经箭杆梁遗址下坡，越过耀县、旬邑、淳化三县交界处的七里川，沿庙沟直去旬邑的石门。此段是沿子午岭的山脊向北而行，此处海拔1808米左右，山上的石质多为天然砾石，路况并不好，秦直道遗迹时有时无，宽窄不一，最宽处也不过20米。秦直道继续北行，经过石门林场到旬邑县的石门关，沿西北行，经马栏至甘肃正宁的刘家店林场，再经黑虎湾、十亩台至雕灵关，再沿子午岭主脉的山脊

○ 蒙古建筑

○ 蒙古包

千年古道秦直道

北行至黄陵的艾蒿店，再经五里墩至沮源关（兴隆关）。在此秦直道改变了南北走向折而向东，经黄陵与富县分界的蚰蜒岭（古道岭）到三面窑，又开始向北行，过防火门、八面窑、油坊台至槐树庄林场，再从槐树庄西三里处的白马驿遗址西边上山北行，经白家店、大麦秸沟到张家湾乡和五里铺之间的山脉北上到和尚塬、车路梁，再经望火楼、水磨坪到富县、甘泉、志丹三县交界的墩梁进入甘泉县桥镇乡，经寻行铺、赵家畔、杏树嘴、箭湾，从高山窑子下山，穿过涡旋畔到安家沟，过洛河圣马桥遗址到方家河村，在此继续北上，经过老窑湾、王李家湾，从榆林沟进入志丹县的安条林场、土门，再北经白杨树湾、花园寺、新胜条、李条、周条、刘条、侯氏乡、杏河镇老庄村北道关入安塞县境。再北上经后陵湾、王窑乡圣人条、化子坪乡红花园、镰刀湾一带进入靖边县。

由于志丹以北已离开子午岭，属白于山脉，历代水土流失较严重，沟壑纵横，地貌复杂，无定河以北更以沙地草滩为主，对古秦直道破坏较严重，加上辨认困难，因而对于榆林境内秦直道的路线一直争论较大。但我们经勘察、走访、研究和分析，对这一段路线有了初步的判断，很有可能是从安塞

镰刀湾一带进入靖边县，经天赐湾、龙洲，过杨桥畔（此地有龙眼古城，经考证为古阳周县，也就更进一步确定了我们所分析的这一段路线应该是正确的）进入横山县，再经长城和塔湾镇之间前进，到小河畔，过无定河，经王家峁、孟家湾、小壕兔，越过毛乌素沙漠，由榆林马合乡进入内蒙古自治区，在鄂尔多斯草原上继续北行。

内蒙古境内：直道经红庆河、伊金霍洛旗西红海子乡掌岗图村、鄂尔多斯市（东胜）漫赖乡海子湾二倾半村城梁段、达拉特旗青门达门乡和高窑头乡交界处的昭君坟，过黄河到终点——包头市西南的九原郡遗址（今包头市麻池古城）。

多么壮观的一条路啊！在这条路上演绎着各种各样的故事，有的轰轰烈烈，有的凄楚哀婉，有的惊心动魄，有的缠绵婉转……两千余年以来，从秦直道"道未就"开始记载的与秦直道有关的历史名人和重大事迹数不胜数，他们跟秦直道有着密切的关系。

一代霸主秦始皇，他是秦直道的创始人，尽管秦始皇在世时并未实现从直道北巡九原的理想，但他在南巡途中去世，其遗体是通过秦直道运回咸阳的。这个说法是从《史记》中得出的，并不完全可信，但也不是完全没有道理，我在后面会分析这个现象。

一代名将蒙恬率军出征，大破匈奴，将他们驱退700多里，使"胡人不敢南下而牧马，士不敢弯弓而报怨"。同时他还是秦直道的勘探者、监修者，曾多次行于直道，他从淳化县凉武帝村秦林光宫遗址北行，至子午岭，上循它的主脉北行，进入鄂尔多斯草原，过乌审旗北，从东胜市西南方向穿过去，进入今昭君坟附近渡过黄河，直到包头市西南秦九原郡治所。那时，甘泉山至子午岭一带，森林茂密，郁郁苍苍，鄂尔多斯草原更是野草丛生、湖淖遍布、猛兽蛇虫出没、人迹罕至的地区。蒙恬经过一年多时间的考察，能够确定这样一条直至阴山山脉之下的近路，确是一件不可思议的事情。秦直道一期工程完工，道路基本畅通，蒙恬进行了全程考察。他正在谋划二期工程的时候，却遭赵高迫害，于始皇三十七年（前210年）囚死于阳周狱中。

秦始皇长子扶苏因劝阻始皇镇压儒生，被派到上郡监督蒙恬修直道。始皇死后，宦官赵高、丞相李斯伪造始皇诏书，命他自杀，拥其弟胡亥为皇帝。后来扶苏义愤填膺，又万般无奈，自刎在秦直道上。

孝文帝刘恒是秦代以后最早驱车走过秦直道的汉代皇帝。《史记·孝文本纪》载：三年（前177年），"五月，匈奴入北地，居河南为寇。帝初幸甘泉"。这时，被蒙恬赶到阴山以北的匈奴又杀回河套地区。六月，"辛卯，帝自甘泉之高奴，因幸太原，见故群臣，皆赐之"。高奴在今延安一带，孝文帝从林光宫到延安走的就是秦直道。

秦直道到了西汉时，已发挥着极其重要的军事作用。正是有了这条秦直道，汉王朝的大军才会像飞将军一样突然出现在匈奴骑兵面前，让他们措手不及。

"但使龙城飞将在，不教胡马度阴山。"著名的飞将军李广从直道进军，杀得敌人闻其名而丧胆。

公元前127年，汉骠骑大将军卫青大军兵分几路，齐头并进，重创匈奴，从此解除匈奴对北部边界的威胁。

年轻有为的骠骑将军霍去病多次请缨攻打匈奴，在他的骁勇奋战之下，汉王朝多了武威、张掖、酒泉、敦煌四郡，河西走廊也正式并入中国的版图。

◉ 秦军（剧照）

汉武帝刘彻多次沿直道北击匈奴，巡视朔方，炫耀武力。据《汉书·武帝纪》记载，武帝在元封元年（前110年）的一则巡边诏令中说："朕将巡边垂，择兵振旅，躬秉武节，置十二部将军，亲帅师焉。"其"行自云阳，北历上郡、西河、五原，出长城，北登单于台，至朔方，临北河。勒兵十八万骑，旌旗径千余里，威震匈奴……"司马迁曾从咸阳出发，沿着直道穿行鄂尔多斯千里之地，见到了秦筑长城、直道、亭障，领略了鄂尔多斯的美丽风光，在游览途中对蒙恬的杰作秦直道提出过批评，曰："固轻百姓力矣。"我们今天所了解的秦直道起初就是从司马迁的《史记》里知晓的。

汉元帝时王昭君被送入宫，竟宁元年（前33年）匈奴呼韩邪单于入朝求亲，昭君自愿请行，远嫁匈奴。王昭君随呼韩邪单于从长安出发，经直道北行。至今直道沿线内蒙古境内还有昭君墓，沿途还有许多关于王昭君的美丽传说。

公元9年，王莽亲率四十万大军北伐匈奴。这当中，秦直道对王莽军队调动及后勤补给运输起了重要作用。

东汉末年，蔡文姬在战乱中为南匈奴所俘，后嫁匈奴右贤王为阏氏，走的就是秦直道。后来蔡文姬思乡心切，其归汉行动因受单于所阻，不能成行，于是曹操率大军沿秦直道前往匈奴边界，欲强迎文姬归汉。单于迫于压力，只得同意文姬归汉。就在蔡文姬被俘十二年后，曹操派使者去接蔡文姬，蔡文姬为曹操思慕贤才的精神而感动，毅然离别丈夫、子女，沿秦直道回到中原，继承父业，参与编撰《续汉书》。

唐朝，唐王李世民征突厥时多次走秦直道，秦直道在此时的战争中也起到了重要作用。现在的秦直道上还有李世民的遗留物，如今的沮源关在新中国成立前一直被叫作贵人关，所谓的贵人指的就是李世民。

宋朝，古道上大战不断，李继迁经鏖战在秦直道周边建立了西夏。

大夏国首领赫连勃勃在秦直道边上修建了统万城，并在秦直道的原始路基上重新修建了延安以南的秦直道（当地人称之为圣人条）。

清朝末年，捻军一部沿秦直道同清军作战，满汉大战最激烈的一仗就是在秦直道上打响的。至今秦直道上还有当年牺牲了的战士们的遗骸。

○秦王扫六合（剧照）

　　现代发生在这条古道上的最著名的一次战役当属直罗镇战役了。它是红军长征到达陕北的第一仗，从某种意义上说，直罗镇战役奠定了中国革命胜利的军事基础……

　　铁蹄声声，战旗猎猎，秦直道或承受或观望发生在它身上和周围的一切，记载下中国战争史上一个又一个传奇篇章。

　　秦直道的修建最初是出于御边的战争需要，但道路的综合功能使它也成了中央王朝连接北部少数民族地区的通衢大道，成为汉民族与北方少数民族经济文化联系的纽带。直道和纵横于东西的驰道，沟通印度、缅甸的宝山博南古道，贯穿陕西与巴蜀的栈道等共同构成了统一大帝国的交通网络，这在同时代的世界各国中是无可比拟的。

　　古道给我们展示的不只是战争，还给我们展开了一幅幅民族交融的画卷：单于朝贡，昭君及十名汉朝公主和亲，文姬归汉等都发生在这条道路上。西汉时的政治家晁错上书汉文帝，建议招募流民，进行移民垦荒，兵农互御，这也使秦直道的周边出现了繁华的景象，现在的一些村镇很可能就是那时形成的，现在直道边的居民就有许多是当初移民的后裔。

　　这条原本金戈铁马、自秦汉以来一直是通向战争的道路，在汉代的许多时候却成为一条和平之路、屈辱之路、商业之路。汉匈和亲给汉代带来了屈辱的同时也带来了民族的和睦，也给更多的商人带来了无限商机。

　　这一件件事情都跟秦直道有关，秦直道功不可没，我认为它也应载入汉匈民族关系史。

当然，单站在商业的角度上来说，秦直道又的确是一条包容和交融的道路。那时内地生产的铁器、铜器、陶器、缯絮、绢帛、食品、金银器皿、生产工具通过这条道路进入匈奴地区，凿井、筑城、纺织、耕田、冶铁技术也传入了匈奴，而匈奴的马匹、骑射技术、生活习俗也传入了汉朝。当时直道沿线还建立了一些"和市"，进行边境贸易，有些"和市"遗迹至今还存在，甚至有的还完整地保留着当初的原貌，它们在向所有考察者讲述着一些古老的、鲜为人知的或血腥或祥和的故事，为我们对秦直道的考察提供了不少佐证。民族融合不仅仅体现在宫廷与匈奴贵族之间的和亲上，在民间也进行着迁徙、婚嫁、融合。

宋以后，随着秦直道的军事作用的降低，与之有关的更多的是商贸的往来、文化的交流融通，无怪乎有人把它形象地称为"黄土高原上的丝绸之路"。

千年古道，世事沧桑，两千多年前曾经金戈铁马、熙熙攘攘的秦直道，如今却静静地躺在那里。空荡荡的道路，就好像武则天墓前的无字碑，等待着世人去评价。

两千多年来，秦直道也经历了喧嚣和冷清。秦始皇汉武帝唐太宗北巡车马辚辚，旌旗蔽日，绵延百里；汉朝的铁骑步兵奔驰而过，杀向匈奴腹地；和亲的公主和归汉的文姬款款而行；闯世界的汉子高唱信天游飘然远去；不同民族的百姓自发地互通有无……秦直道曾是那样的显

直道梁秦直道遗址

要，那样的壮观，那样的喧闹。然而，世事沧桑变化无常，犹如一个妙龄的少女必定会成为一个失去娇美容颜的老妪，逐渐淡出人们的视线一样，元明以后，随着中国政治格局和军事格局的变化，秦直道的实用性相对降低了，金戈铁马销声匿迹，熙熙攘攘的情景不复存在，它已经被遗忘在焦点之外。如今，在国内外的史书中已很难发现对它的记载，多数人全然不知在黄土高原和塞外沙漠间存在着这么一个伟大的工程，甚至年年岁岁走在它上面的当地百姓竟也不知道他们脚下是一条让世界惊叹的不寻常的路……

我们眼中的秦直道不仅有着健壮厚实的身体，也有着深邃无尽的内涵。这条古道自秦汉三国魏晋直至隋唐北宋都是狼烟滚滚、战马萧萧的战场，它影响着汉中央政权和少数民族政权的政治、军事、经济和文化，它是汉族农耕文化和少数民族游牧文化的冲突地带，也是两种生存形态冲突的聚集点。司马迁只看到了它劳民伤财的一面，却没有看到它给秦代以及后世带来的军事和经济上的价值。如果客观地去评价这条道路以及秦始皇这个人，它及他还是功大于过的，这个我在前面已有交代。

昔日显荣不再，古道静寂无声。在漫长的岁月里，秦直道静坐深山无人知，任凭秋风萧瑟地陪伴着古道无言的凄凉。它的兴衰，代表着唐宋以后以关中地区为中心的黄土地文明的兴衰。而今天古道的复苏，也象征着西部的崛起和新的开发热潮的到来。

秦直道的修筑情况

秦直道全长"千八百里","道九原抵云阳,堑山堙谷,直通之"。有一小半路段位于今甘肃、陕西交界的子午岭山脊,再穿越关中北部黄土高原,到达鄂尔多斯高原,最后北渡黄河进入包头市西。道路所经过的地貌极为复杂,是一个非常奇特的组合,即途经关中平原、子午岭山地、黄土高坡、毛乌素沙漠,最后到达内蒙古大草原。一路风景如画,若是旅游,自是一种美的跳跃式享受,而对于当初施工来说却是相当艰难的。

◉ 秦直道堑山堙谷

秦直道的修筑情况

秦直道能建成，说明秦人的智慧相当高，秦代筑路技术也非常成熟，秦代的国力在当时是很雄厚的。直到今天，我们仍然感叹秦直道的修建是世界筑路史上的一个奇迹。

首先，从路线设计来看，秦直道沿线的选址非常科学。

以秦直道子午段为例。秦直道修建选择子午岭地区是颇费心思的。子午岭除主脉呈南北走向外，所有支脉也呈南北走向。子午岭山巅绝大部分宽阔平坦，加上多系风化石，容易开凿，且开辟成路后，路基坚实，没有泥泞之害，这是在平川地区修建道路所不具备的条件。秦直道由子午岭山脊行走，好处是可以居高临下，极目远望，避免地方骑兵的偷袭包抄，敌若来攻，也利于防守，极大地增强了军事通道的防卫能力。

另一方面，当时的通讯手段主要是烽火狼烟，直道沿途山丘林立，利用天然小山丘设置烽火台，不但省工省时，而且路和烽火台都在山岭上，可以快速传递信息，利于攻守准备。

所有这些皆表现了秦直道的勘探设计者的科学筹划。

其次，从地理测量学的角度来看，直道的路线设计也是非常科学的。

秦直道基本上是南北大道，没有绕大的弯子，这在古代道路中是罕见的。

● 秦直道上的烽火台

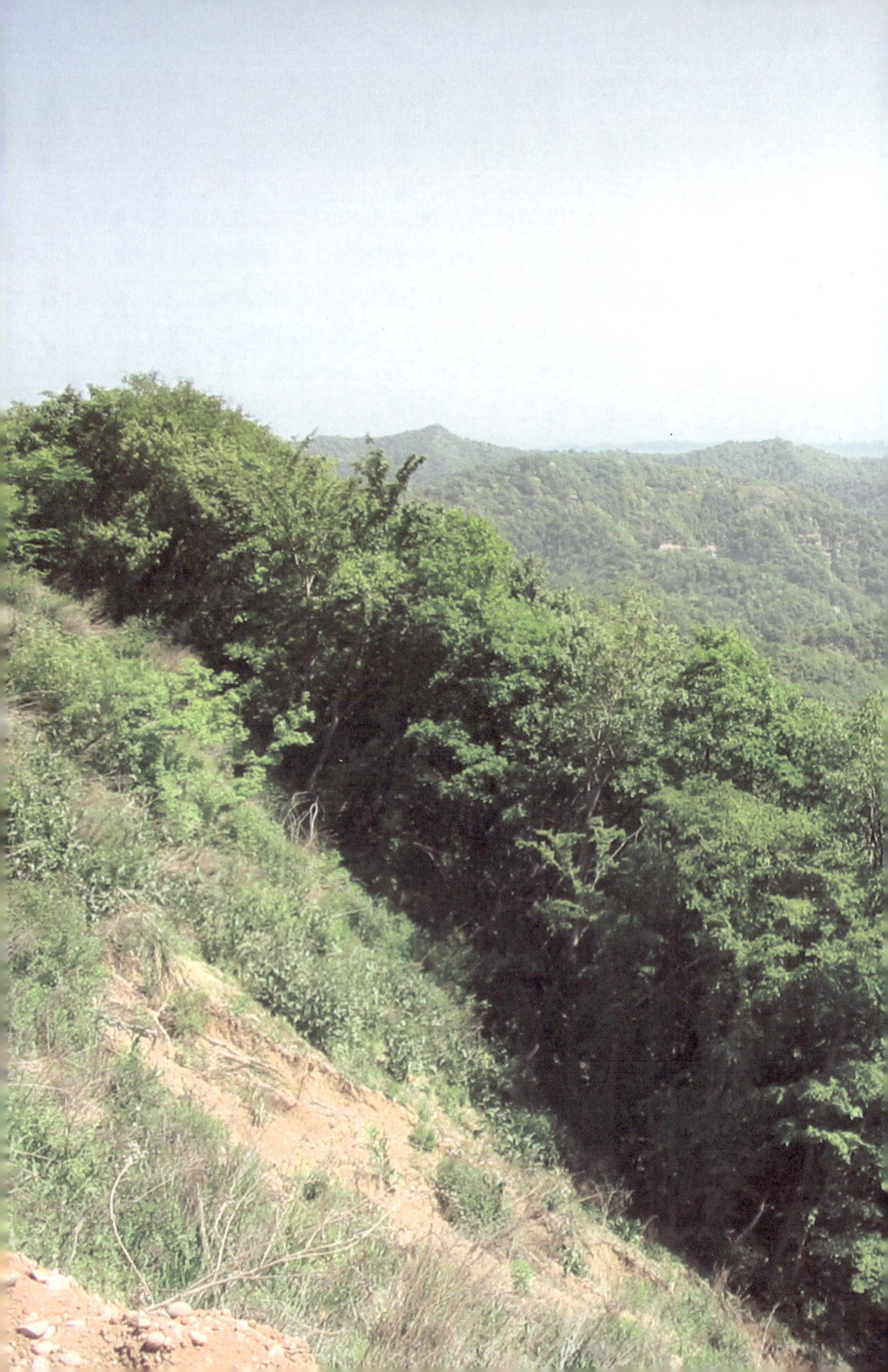

◉ 秦直道地貌复杂

仍以秦直道子午岭一段为例。这段秦直道完全沿子午岭山脊行走，遇到河川切断山岭处，下了岭坡，旋即上梁，很少在川道中盘桓，设计上别具一格，是名副其实的"沿脊路"。淳化县乏牛坡至旬邑县石门关之间、旬邑县刘家店林场至黄陵县沮源关段、甘泉县桥镇乡方家河村洛河南北侧的秦直道衔接路段等直道像巨蟒一样，气势磅礴地冲进山岭丛林，遇沟填平，遇河架桥，干脆利落，一路向北奔驰，千八百里的道路一脉贯穿，忽而由主脉转入支脉，忽而由这一支脉转入另一支脉。若从高处俯瞰，秦直道就是一条直线，或者像一支箭，直直地向前狂奔，快速，果敢，铿锵，恢宏，杀向天的尽头。

当初修筑秦直道时其线路是如何勘测的，史书没有具体记载。我们只能根据当时及后人的一些记载和现今的考古遗存来推测，当时应该已经有比较成熟的测量方法。

从成书于西汉的数学名著《九章算术》中记载的利用勾股定理和立表法、连索法、参直法等先进的测量方法，以及三国时魏人刘徽所著《海岛算经》一书中的重表、累矩、三望和四望等测量方法来看，古人很早就掌握了先进的直接测量和间接测量的方法。秦人在修建秦直道时极有可能运用了这些先进技术。

中国古人早在公元1世纪前，就将测量技术用于道路测量，并可以绘制较为详细的地图。这已为文献记载和出土文物所证实。《管子·地图篇》强调"凡主兵者，必先审知地图"，尤应明确"辕辕之险，滥车之水"及"通谷经川"之所在和"道里之远近"。长沙马王堆三号汉墓出土的古地图，明确标识出交通道路。地形图中已超出墓主驻防范围的邻近地区虽不标识乡里，却仍画出道路。在驻军图中，还特别"用红色虚线标出军队行动的道路"。《后汉书·马援传》也记载说，马援为东汉光武帝刘秀筹谋军事曾"聚米为山谷，指画形势，开示众军所从道径往来，分析曲折，昭然可晓"（相当于现在的沙盘），其先进程度可想而知。

蒙恬奉命长期驻守秦国的北疆，防御匈奴南进，又具体监修"通谷经川"的秦直道，毫无疑问，他"必先审知地图"。1986年甘肃天水放马滩一号秦墓出土七幅板绘地图，其年代判定为秦始皇八年（前239年）。这是迄今出土文物中保存较好、所见年代最早的地图。这个地图不但标示出交通道路，而且用文字标示出关隘名称。由此得知战国末期秦人早已掌握了测绘地图的技术，秦直道的路线设计也证实秦人已掌握了高超的勘测道路技艺。

再者，从目前遗存的道路路基看，秦直道的筑路技术非常先进。

◉ 秦直道地貌复杂

秦始皇统一六国后，大力加强道路建设，将原有通往六国的国道加以整合，按照秦国的标准加以修建，使其能够达到"车同轨"，让秦国的车马能够顺利地在全国通行。这些被扩建的道路就是秦驰道，秦驰道也是秦时期国道的统称，也包括秦直道。

史书记载秦人修筑直道时"厚筑其外，隐以金椎"，对道路质量是很讲究的。"厚筑其外，隐以金椎"是什么意思呢？就是利用铁夯把路基夯实，特别是把路肩夯实，以防止雨水冲刷，提高道路的强度和车马通行能力。秦直道路基能保存两千多年，且路中没有生长大的树木，说明当时的夯土是很坚实的。今陕西甘泉县方家河村圣马桥北端的引桥遗址，高20余米，宽30余米，至今夯土层清晰可见，说明秦代的夯筑技术相当高超。

司马迁在《史记·蒙恬列传》中说"堑山堙谷"，"堙谷"有许多方式：加宽路基时的填方、垫方，在山谷中构筑土桥等。这使得直道路面较为平整，路线通直。

由于秦王朝的短暂，建成后的直道主要是在汉代发挥了很好的军事作用，有历史记载当时汉朝的千军万马从当时的国都咸阳翻山越岭三天三夜，便可风驰电掣般到达阴山脚下。

可以说，秦直道是两千多年前的战备高速公路，当之无愧地堪称世界高速公路之首，同时也是我国保存下来的为数极少的古代交通要道之一。

秦直道沿线目前已确认了大量与直道遗迹有关联的古城、行宫、障城、古墓、烽燧、驿站等遗址，这条反映我国古代劳动人民勤劳、智慧的道路遗存及其周围的障城遗址，是全面了解秦直道和秦代道路的形制、历史沿革、测绘建造方法、道路规模、使用维护以及附属设施等最直接的、无可替代的珍贵史料，对于开展我国交通史、科技史和工程史的研究工作都具有十分重要的作用。

秦直道彰显大秦精神

◎ **秦始皇为什么要修秦直道**

千古一帝秦始皇修建秦直道不是一时兴起，仅为自己巡游而随心所欲修建的工程。

对于秦始皇来说，统一六国后国家的唯一强敌就是雄踞北方朔漠的少数民族匈奴。他们举族为兵，逐水草而居，骑术精湛，彪悍灵动，来得快去得也快，经常驰入秦北边境内俘掠人口，"利则进，不利则退"，打得赢就打，打不赢就撤，极难防御。秦始皇统一六国以后主要的精力都放在对付这些强悍的胡人上了。

因此，就在完成统一事业的第七年（前215年），秦始皇派遣将军蒙恬率领三十万大军北征，把匈奴势力驱逐到阴山山脉以北。秦军渡过黄河，控制了阴山山脉的高阙要塞（今内蒙古自治区锦后旗北）。秦朝在新取得的这一地区建立了三十四座县城，由内地迁徙人民到这些新设置的县城从事农业种植。为了很好地管理这些新县，又设置了一个九原郡，郡治就在今包头市西。

但这不等于胡人就从此安稳了，他们如同梦魇，随时都有可能出现。秦始皇在对付胡人骑兵的问题上丝毫不敢松懈，于是命令蒙恬修缮长城，防御他们的突然袭击。

尽管北有长城防护，但在大一统国家形成后，由被动防御转向积极打击，才是对抗匈奴的最有效的战略方针。秦始皇出于积极防御的需要，在驱逐匈奴后的几年里，始终没敢松懈，一边加紧修缮长城，一边下令修筑直道。最初修直道的目的在于如果匈奴出兵侵扰，秦军可由咸阳循着直道直抵九原郡，切断匈奴后路，还可登上阴山山脉，进行抗击，变被动为主动。

因此，从军事意义而言，秦直道的修建，是为帝国的军事战车插上了灵动的翅膀，可以更加从容地对付劲敌匈奴。

◎ 秦直道对中国文化的影响

自轩辕黄帝以来，黄河流域逐渐有了华夏文明。在社会大的分工里，就形成了游牧和农耕两种生产生活方式。中原文化属于农耕方式，从奴隶制到封建制，从修建房屋，修建城市，建立国家，到结绳记事，到龟背画符，到创造文字，到崇尚礼仪，进而形成了华夏文化，这是一个漫长和不断进步的过程。然而游牧民族看似散漫的游牧生产生活方式，骨子里却是强悍的，一旦发生战争就全民皆兵。而汉人以求安为主，将战争交给了专业的军人，随即尚武精神消亡。但正是由于这样的分工，汉民族的文化日益兴盛，这就形成了强大的反差，矛盾也就日益显现。

● 华夏民族的共祖轩辕黄帝陵

北方游牧民族的生产生活方式相对落后，一遇灾年，牛羊尽失，所以不得不南下寻求生路。

由于文化不相容，南下谋求生路只能靠掠取豪夺，于是战争自然兴起。这是生存的必然选择。

不劳而获的掠夺来得快，欲望也就越来越多，以至于到后来他们不但掠夺粮食财物，也掠夺人口作为奴隶。也有一些像女真、鲜卑、党项那样相对文明得早的部落，还会占据土地，模仿建立汉人的政权，这就是最早的野蛮式的文化交融，但是他们对汉民族的文化、文明还是向往的。

直到元代，蒙古人的英雄成吉思汗率军向四面八方征战，他们的铁骑对所有他们能够到达的地方都进行了惨无人道的杀戮、侵略和占有。最后存活下来最多的还是汉民，这里面主要的原因还是得益于我们博大精深的文化，成吉思汗敬重汉人丘处机就是一个很好的证明。

蒙古人的另一个英雄忽必烈，也对汉人网开一面，因为他知道，要想让国家长治久安，就得吸纳汉民族的先进文化。正是这些先进的文化使得汉人

在艰难的历史长河中得以生存下来。

汉人人多，力量大，智慧广，为了防御北方少数民族的侵入，发明了长城作为防御体系，来巩固汉人政权，保护汉民的生命财产安全。

最早修建长城的，应该是春秋战国时期的赵国，此后其他国家纷纷效仿。

嬴政统一六国以后，将边疆原有的长城连接起来，形成了举世奇观万里长城。各国修长城均作防守之用，而嬴政在修缮长城的同时，还修建了秦直道，秦直道的意义跟长城正好相反，它占据有利地势，随时可以主动出击。这样一来，长城和直道就形成了强有力的军事体系。实际上其后来所发挥的作用也是有目共睹的。后来改朝换代无数，唯独在修长城上丝毫不敢松懈，一代代延续下来。

2011年，陕西考古研究院的同志在甘泉境内方家河处对秦直道进行了考古发掘，后来面向全国发布他们发现了两千多年前的交通环岛。于是，我本着怀疑的态度前往发掘地，发现根本不是什么交通环岛，而是在方家河处曾经有过的两座千年古桥：一座是秦直道桥，一座是匈奴人赫连

⊙ 赵王城遗址

⊙ 燕长城遗址

⊙ 魏长城遗址

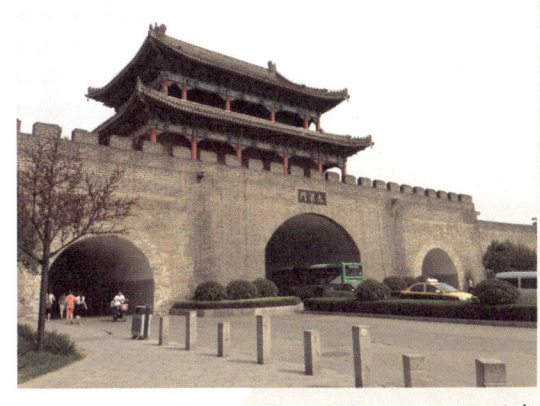

◉ 魏都

◉ 楚国古城遗址

◉ 齐国故城遗址

◉ 燕国古城遗址

◉ 郑韩故城遗址

秦直道彰显大秦精神

51

勃勃修建的圣人桥。这两座桥都是浮桥，相距约200米，这证明早在一千六百多年前匈奴人就已经融入了汉民族的文化和生产生活方式之中。这样的例子举不胜举，直到现在秦直道都还在影响着蒙古族和汉族的文化生活。

如前所述，最初秦直道有可能是秦始皇为征服北方匈奴而专门修建的一条战备高速公路，也有可能是为了安边抚民以长治久安而专修的一条祥和的路。实际上它后来也就成为发生战争最频仍的道路，也是民族大团结、大交融的功臣之路。

它深厚的历史文化内涵和对复杂而真实的历史事件的见证力是任何人和建筑都无法相比的。它的文化是一部草原文明和农耕文明、蒙古族和汉民族的史书，也是两族人民相互接纳、相互适应、相互吸引的一部精美典籍。

著名的历史学家黎东方先生考证说蒙古人的祖先是渔民，来自黑龙江上游的望见河（音"盲给儿河"），而现在的考古发现，秦先人的墓里有鱼钩；蒙古人以游牧为生，而秦人的祖先也是以游牧为生。他们之间到底有什么关联呢？这是一个值得更多人思考和挖掘的问题。仔细阅读分析历史不难发现，其实他们有同一个祖先，至少一多半是同一个祖先。这些不是题外话，而是给我们提供民族之所以大融合的必然，分久必合！直到今天我们仍然坚守着这个法则。

◎ 草原文化到农耕文化的过渡

这个话题还得从赫连勃勃的统万城说起。在陕西靖边县的西北方向有一个庞大的古建筑群遗址，那就是匈奴人保存在世界上的唯一一座古城遗址——统万城。

统万城是在公元407年匈奴铁弗族首领赫连勃勃称天王大单于后，于公元413年驱役十万民众修筑的都城，历时六年建成。

赫连勃勃修统万城的时候是有雄心大志的。统万城所在地风水好，是他决定在这里修建都城的原因，但更重要的原因是他想利用秦始皇当年为了抗击匈奴而修筑的秦直道来进攻对手，扩大自己的势力范围。后来他果然长驱南下，一举攻破晋刘裕占据的长安，并很快拥有了秦岭以北的广大土地。

◉ 统万城一隅

当然，赫连勃勃的统万城并没能一统万年，而是在大夏建国八年后，随着赫连勃勃的去世逐步削弱，公元428年国家就被北魏所灭。赫连勃勃二十年短暂王朝的历史就是二十年战争史，也是劳民伤财的建设史，不仅修了规模空前的统万城及其他城池，还修了从长安达统万城的千里"圣人道"。

常年征战，滥用民力，国家的力量几近枯竭，这样的政权怎能不亡？

赫连勃勃留下的看似瑰丽实则空虚的烂摊子，仅靠赫连昌、赫连定等后辈根本无力支撑，况且他们兄弟之间还要争权夺利，怎能不为外敌入侵留下可乘之机？

统万城被攻破，不可计数的牛羊马匹、珍奇古玩，养在深宫的美人，甚至赫连勃勃的三个女儿都成为拓跋焘的囊中之物。

但赫连勃勃在靖边修筑城池作为国都，不仅是为了占领中原，而且是为了利用秦直道从草原文化向农耕文化靠拢。

⦿ 统万城遗址

    我们在考察途中遇到一个很奇怪的现象：在延安甘泉境内，人们将秦直道叫圣人条。"条"是蒙古语，蒙古人都喜欢把路叫"条"。这就引起了我的深思，我想这里的人可能就是当年游牧民族的后裔或者就是赫连勃勃统一大夏后迁徙过来的蒙古人，或许他们的祖先就是曾经住在统万城的市廛百姓。

    由于大夏国是一个短暂的王国，所以当年的百姓随着国家的灭亡而流落到各地是肯定的。这里人的很多生活习性跟蒙古人类似，闲时狩猎，喜好吃牛羊肉、奶酪、酥油、砖茶等。但是他们又以农耕为主，种玉米、高粱等农作物。这类现象不只是在甘泉境内，在陕西延安以北、榆林等地都是如此。尤其是榆林地区，人们的生活习性和蒙古人更接近，甚至越接近内蒙古，习性越是相同。

    而蒙古人，从以前的游牧到现在的定居，从以前单纯的放牧到现在也发展农耕，这不得不说是一个大的改进。

    陕北民歌在祖国的大江南北传唱，但是仔细分析，其实里面也有一些蒙古人的抒情元素，比如说运用比较夸张的赞美、比较优美的比喻等等，这是汉民族吸纳蒙古文化的佐证。

◎ 民族冲突

中国的历史上发生过无数次大规模的民族冲突。最早的冲突发生在春秋中期，当时周王室迁移到洛阳后不久王权就开始逐渐衰落，各诸侯国开始了内部争斗，而且矛盾愈来愈激烈，顾不上防患外夷。于是野蛮部落排山倒海般向中原逼近。东海、岭南、江南、陇西、高原、草原等无一幸免，东夷、南苗、西戎、北胡等数以百计的少数民族向中原进军，使得中原四分五裂民不聊生。

好在当时华夏民族的贵族深明大义，表现出了难得的团结，举起了"尊王攘夷"的旗帜，倡导以周天子为中心，齐心驱逐外夷。

这次"九合诸侯"取得了巨大的胜利，但是从此也留下了隐患。因为当时并没有赶尽杀绝或者乘胜追击，只是将他们都驱逐走了而已，这些外敌东到海滨，南到吴越，西到陈仓，北到阴山，都没有走远，留下了东山再起的机会。

果不其然，战国中期，北方的林胡、东胡、匈奴等民族养精蓄锐后又卷土重来，对华夏民族构成了巨大的威胁。他们不断地沿沙漠戈壁向南推进，逐步占据了敕勒川和阴山大部分广袤的土地并以此为根据地，打得赢就打，打不赢就撤，来得快去得也快，这种骚扰也就延续了下来。

但是，这个时期主要是赵、燕两国跟胡人的战争最频仍，因为这两国距离胡人所居地近，受到的骚扰也比较多。赵武灵王胡服骑射既是一种改进（其后，胡服成为中国军队中最早

● 赵武灵王曾经穿胡服对抗匈奴

秦直道彰显大秦精神

的稍正规的军装），也是一种无奈之举。燕国也多次倾举国之力跟胡人抗衡。以至于这两国都被拖垮了国力，为秦始皇统一六国埋下了伏笔。

后来秦国统一，胜利了，麻烦也接踵而至，失去了赵、燕两国这与胡人誓死较量的屏障，这种跟胡人的斗智斗勇自然落在了秦始皇和他的臣民面前，于是才有了修筑长城（防守）、修建秦直道（进攻）之举。直到后来汉王室兴起，谁掌权，谁就得接班继续与胡人战斗下去。

所以说，秦直道是中原地区的汉民族与北方游牧民族矛盾的产物，是千百年来农牧战争的真实体现。

秦直道沿线是汉族农耕文化和少数民族游牧文化的冲突地带，也是两种生存形态冲突的聚焦点。

这条古道曾经强力地影响着汉族中央政权和少数民族政权的政治、军事、经济和文化。秦直道经过黄土高原和鄂尔多斯高原地区，同时也是北方游牧民族由北向南袭击中原王朝统治核心区——关中平原最为捷近的通道，历史上入侵中原的游牧民族都是由这个通道近逼中原政权，进而入主中原大地的。

秦直道的修建，正是这个矛盾冲突地段的最好见证和历史表征，在草原文化与农耕文化冲突、交流的几千年里，循着秦直道的轨迹，两种文化相互博弈千年。

秦朝灭亡后，秦直道依然是中原王朝控制北方地区的重要通道。汉代几次大的对匈奴的军事行动，都是通过秦直道来完成的。汉武帝几次对北方地区的重要巡幸，也是经由秦直道进行的。

西汉初年，匈奴曾两度试图进犯关中，一次南入上郡，另一次则侵入萧关，到达雍县和甘泉县。进入上郡的那次，只是边缘骚扰性质，至于大举进入萧关，直抵雍县和甘泉县，就已是严重的进攻了。既然匈奴有意窥伺甘泉，为什么不从九原直接南下，却要远道绕行六盘山下？在子午岭的东南，分别是洛河河谷和马莲河河谷。游牧民族南向侵犯中原地区，一般是取道河谷，而当时洛河河谷并没有受到骚扰，这又是什么原因呢？推究其实际情况，正是子午岭上增添了一条直道，使得匈奴不能不有所顾虑。他们虽然暂

时控制了河南地，也不敢长期盘踞。当时匈奴左贤王曾一度占据阴山和河套地区，但不久也撤走了，正是直道在起着威胁作用。

因此，西汉时期不仅积极利用秦时所修的直道防御匈奴南犯，而且对道的维护也曾有所着力。据《汉书·地理志》记载，当时在北地郡新增了直路县和除道县。这二县分别设在子午岭直道的南北两端，显然是为了加强对直道的控制。

东汉以后，随着中原王朝政治统治中心的东移，秦直道的军事作用有所减退，但这条南北大道在维系、沟通中原地区与北方边陲地区的经济、文化交流中一直都发挥着十分重要的作用。

唐朝建都于长安，强大的突厥族雄峙于漠北，频繁南侵关中。唐太宗时期，突厥一次进犯，十万铁骑直达渭河岸边，兵锋威逼长安。后来唐王朝转守为攻，再夺河南地，设置东、中、西三个受降城控制阴山防线，秦直道联系北边诸军事重镇的作用仍显而易见。

宋、元时期，秦直道沿线及其两侧，战争连年不断，特别是宋与西夏、金的战争，始终在秦直道一线及其近侧进行。一直到了明代，秦直道仍旧是一条通途，李自成与明将曹洪之战，也是发生在秦直道的近侧。清朝初年秦直道才渐趋堙塞。

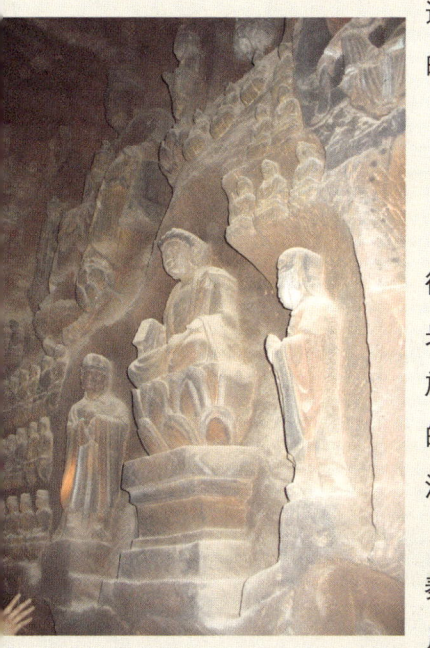

◎ 秦直道对文化交流所起的作用

如前所述，秦直道最初的修建总体是出于防御战争的需要，但道路的综合功能使它也成了中央王朝连接北部少数民族地区的通衢，成为汉民族与北方少数民族经济文化联系的纽带，对南北的商业贸易、中原王朝与北方少数民族的文化交流和融合起了积极的作用。

近代以来，秦直道沿途发现大量古代遗存，秦汉货币、铜镜、车马器、戈矛和古代官窑瓷片，北魏、西魏、唐、宋、明、清各个时期的石

● 千佛寺

窑、摩崖石刻、寺庙碑文在秦直道沿线均有发现，这说明直道在秦、汉以后并没有荒废，长期为商贩、行旅所利用。它也是丝绸之路的一部分，当丝绸之路在河西走廊受阻时，中西使节、商人曾绕行秦直道往返于西域和长安之间，秦直道是草原丝绸之路的南端。秦直道的完成，对巩固秦帝国的北方国防，维护安定统一的政治局面，在后世促进华夏民族与周边少数民族的经济、文化交流，均具有极其重要的意义。

由于秦直道把关中地区与蒙古高原地带连接了起来，中原王朝的政令、措施得以快速地传到阴山脚下，中原地区先进的生产技术、工具等得以迅速传播到河套之外。秦直道在秦以后的历代王朝中被沿用，其经济、文化方面的影响仍在发挥。

时至今日，秦直道作为交通之道的作用早已消失，现代化的高速公路取代了"堑山堙谷"的千年古道，但作为人类伟大工程的遗址，秦直道对了解中国古代军事史、交通史、科技史和工程史都有很高的价值，其考古价值、历史文化价值、旅游价值都有待世人发掘、利用。

秦直道沿线文物古迹非常丰富，具有很高的考古、历史文化和旅游价值。

在秦直道沿线发现多处秦汉遗迹。这些遗迹中都有大板瓦、筒瓦、空心大砖、云纹瓦当等用于宫殿建筑的材料，说明在原来的秦直道上有宫殿建筑物存在。根据推算，目前在秦直道附近发现的秦汉宫殿遗址和兵站、驿站遗址均规模可观，如在陕西省旬邑县发现了一处大型秦汉兵站遗址及一些重要文化遗迹，靖边县的阳周

◉ 在秦兵站遗址上采访

⊙ 内蒙古境内秦直道垭口

古城遗址也很庞大，它是秦时期的大型兵站和行宫遗址。

现在在内蒙古鄂尔多斯段发现了四个人工开凿的山岭豁口旧址（宽约50米）以及城梁、苗齐圪尖、大顺壕麻池古城四座古城遗址。其中，城梁古城和麻池古城规模较大，规格较高。

除大型宫殿遗址外，其他古代遗存更是多不胜数。仅从午亭子到麻子崾岘一段，沿途就有人筑土桥五十余处，烽燧三十余座，寨堡窑庄二十余处，古刹庙宇三十余处，古井一口，古墓葬二十余处，碑雕石刻一百余通。

此外，秦直道沿途发现有长城遗址、新石器时代遗址、齐家文化遗址、仰韶文化遗址以及先周及西周时期的文化遗址等。2014年初，陕西考古研究院对外公布，在陕北清涧还发现有西周晚期的古城遗址。

在自然资源中，除了平原、高原、丘陵、沼泽、湖泊、草原、沙漠等奇特自然景观外，还有大量的动植物资源，如金钱豹、野猪等。

概括起来，秦直道沿线遗存主要有以下几大类别：古城、古道、古代宫殿建筑遗址，新石器文化遗址，齐家文化遗址，仰韶文化遗址，先周及西周时期古文化遗物，长城遗址，古墓葬，寺庙建筑，碑雕石刻，多民族交融的民俗文化等。

总之，公元前212年至前207年所修的秦直道是中国历史上乃至世界历史上的一项伟大工程。这条道路的筑成，不仅对维护诞生伊始的秦帝国的宏伟大厦和统一安定的政治局面具有极其重要的战略意义，而且在此后相当长的时间内，在促进直道辐射地区的经济、文化繁荣发展以及增进汉民族与北方少数民族之间的融合、交流方面也发挥着积极的作用。

几千年的文明冲撞，几千年的战祸连绵，几千年的民族交融，几千年的互学互补，几千年的商贸往来，使得这条道路上演绎了无数荡气回肠的传奇。

现在，依旧是汉民族的文明和力量，摧毁了长城，漠视了直道，也消除了北方民族和汉人的隔阂。尽管汉人还是以秦皇汉武为荣，蒙古族人还是会歌颂他们伟大的英雄成吉思汗，但是，蒙古族人却格外珍视秦直道。他们的珍视程度远比汉人还上心。原本"道未就"的秦直道，在内蒙古境内几乎消失殆尽，而蒙古族人却把秦直道当作他们的民族英雄一般珍视，不但修建了秦直道博物馆，还投入巨资拍摄了一部电视剧《大秦直道》。前几年鄂尔多斯市还准备投入10亿多修复1公里的秦直道作为旅游景区等等。可以说，秦直道以它独特的文化魅力至今还在发挥着它的商业价值。

千百年来，朝代更替，沧海桑田，昔日高筑于子午岭峰巅的宽阔道路已化作历史的陈迹隐没在茫茫丛林之中，盘桓于黄土高原和鄂尔多斯高原上的大道也因水土流失的缘故而踪迹渺茫。秦直道像一条满身伤痕、正在呻吟呼唤的巨龙，期待着后人珍惜和保护，期待着我们开发和利用，以复原其原本的面目，重放其昔日的光辉。

细说秦直道

● 秦直道有争议的起点

◎ 关于秦直道起点说法众多

关于秦直道起点众说纷纭，直到前些天还有一个老家住在秦直道起点旁的朋友问我："秦直道的真正起点在哪里？"

关于秦直道的起点，有说在陕西省咸阳市淳化县境内，有说在内蒙古包头麻池古城。这两处刚好一处是秦直道的起点，一处是秦直道的终点。如果淳化县是起点，那么包头麻池古城就肯定是终点；如果内蒙古包头麻池古城是起点，那么淳化县就是终点。这个起点和终点问题被争论了两千余年，发展到今天更甚。

内蒙古自治区宣传秦直道，自然会说在他们境内的一段是起点，证据是司马迁在《史记》中记载秦直道"道九原抵云阳，堑山堙谷，直通之"。这样说来秦直道的起点就应该在内蒙古包头，因为《史记》是最早也是唯一记载秦直道的官方史书。

按这样说，秦直道的起点已经很明确，无须争论。但如果认真分析当时的政治和军事情况就能发现，秦直道的起点应该还是在陕西淳化县境内。

◉ 甘泉宫遗址

原因有以下几点：

一、当时秦的国都在咸阳，而淳化县至今也属于咸阳地区。

二、秦始皇时期在淳化修建有离宫——林光宫，此处既是秦始皇的避暑山庄，也是军事指挥阵地，而此时战国时期已经结束，天下一统，其军事指挥主要是针对抗击北方匈奴。

三、秦时虽有甘泉宫，但不在淳化，而在秦咸阳宫内，是秦始皇母亲太后的一个寝宫，是咸阳宫内众多宫殿的一个小小的部分。而司马迁所说的甘泉宫却是秦直道的起点——淳化境内的甘泉宫。它是一个庞大建筑的统称，这个甘泉宫内还有钩弋宫、长安宫、竹宫、高兴宫、露寒宫、迎风宫、储胥馆等众多建筑，而这些建筑以及建筑名都是汉代兴起，包括甘泉宫，秦时此地叫林光宫。所以"自九原抵甘泉"只是司马迁的一个行文模式，并不代表秦直道就是从北向南修建的。

四、司马迁还在《史记》中明确写道"道未就"，也就是说秦直道在秦始皇死之前是没有完工的。秦直道是始皇三十五年才开始修建，到秦始皇死时才修了两年半的时间，"道未就"很正常。但是史书中又给了我们很多细节，那就是始皇三十七年七月，始皇死在河北沙丘，却又记载按原计划沿秦直道返回咸阳。而此时蒙恬和扶苏正在上郡修直道，秦始皇的灵车浩浩荡荡地回咸阳，他们丝毫没有发现。这说明什么？第一，上郡的秦直道还没修

好，所有的人都在上郡以北修直道，而上郡以南的秦直道上没有一个修路者。第二，秦始皇的灵车这个记载是错误的，按原计划从九原返回咸阳不可能不被人发现，可他们还是绕直道回咸阳，证明他们是从上郡以南的直道回咸阳，或者说直接就是从淳化林光宫回咸阳，那么此时延安以南的秦直道，尤其是林光宫附近的秦直道是已经修好了的。这么说来，秦直道的起点只能是在咸阳淳化了。

五、现在考古发现秦直道沿途有很多兵站，秦直道的起点林光宫即后来的甘泉宫遗址至今依旧存在。除此之外，秦直道从南向北的第一个大的驿站遗址就在咸阳旬邑县境内，此驿站离秦直道起点——淳化的林光宫不过百余里。这样的驿站在陕西境内的秦直道沿途还有数个，最大的兵站在陕西靖边县境内现在叫龙眼古城或者宥洲古城的地方，这个地方在秦时叫阳周城，秦大将蒙恬就是被囚死在这里。此处既不是秦直道的起点，也不是秦直道的终点，而是在中间位置。现在阳周古城遗址依旧存在，庞大的建筑遗迹告诉我们，这里不是普通的驿站，而是屯兵用的兵站，甚至有可能还在此处为始皇修建过行宫。既然在秦始皇死的时候，上郡的直道还没修好，而秦直道沿途在陕西境内的各类设施都已经完备，只能说上郡以北尤其是麻池古城不可能是秦直道的起点，秦时修直道也不可能是从北往南修。所以秦直道的起点只能在陕西淳化境内了。

这个问题解决以后，我们再说秦直道起点的地点问题。

这个看似绕口的行文，却是一个谜团，也是那个老家在秦直道旁边的朋友想要知道的问题。这是一个细节问题，却也是一个对研究秦直道很重要的问题，因为这个得结合考古很仔细地分析了。

现在所有写秦直道的文章都说秦直道的起点在陕西咸阳淳化县铁王乡凉武帝村。我的上一部著作《探秘秦直道》也是如此这般来写的。这样写肯定是正确的，但是要说到具体的地点却没有人说得清，也就是说是在凉武帝村前还是村后，村左还是村右，没有人去仔细考虑这个问题。

我当初考察秦直道时也没仔细追究这个问题，因为此处的秦直道遗址基本上看不见，都被庄稼地给掩盖了，只要知道大致的方位就行。直到2008年

◉ 作家采风团成员在秦直道起点上

5月，由我组织的"全国著名作家秦直道采风"活动正式启动，采风团来到淳化，当地的一个学者给我们讲解时，将作家们带到甘泉宫西边的一个沟壑边，说此处就是秦直道的起点。我当时就表示质疑。一则，此处没有发现明显的筑路夯土层。其二，此处道路最多宽不过七八米，秦直道在子午岭山脉最宽处都有100多米，而此处是关中平原，一马平川，秦直道的宽度却只有七八米，这个说不过去，首先整装待发排列军阵点兵点将都无法做到。更重要的一点在于，此处在甘泉宫西北方向，还属于甘泉宫内，这里有一个常识性的问题：任何一条道路的起点都不会是在宫殿里面。秦直道作为军事专用道路，它的起点就更不可能在宫殿里面。

可这个学者说，这是考古发现的。

考古发现的只是有道路的夯土层。这个夯土层可能跟秦直道其他路段的夯土层一模一样，但还是不能说明就是秦直道的起点，因为不论是甘泉宫或者是林光宫，宫殿里面肯定也有道路，修路的模式和方法是一样的，修路的时间也在同一时期，所以在这个问题上考古还说明不了问题，而是要结合实际来分析，所以这个沟壑绝对不是秦直道的起点。

事后，我又多次去秦直道起点，在附近走访、调查，尤其分析林光宫遗址的占地面积，并找到当年修建林光宫（甘泉宫）时所用的料场、窑厂等，最后认为秦直道的起点在现在的甘泉宫遗址西北约500米处。

秦直道起点

2009年淳化县准备将秦直道起点开发以发展旅游业，时任淳化县县委书记的王刚先生找到我，希望我能帮忙参与规划秦直道起点的旅游开发。王刚先生当时是想修一条路，让游客参观完甘泉宫后可以直接通往秦直道起点。当时他所说的秦直道起点就是当地那位学者所说的那个沟壑旁。我就提出质疑，认为秦直道起点在西北方向。但王刚先生也执意说他所说的是考古发掘的结果。我说明了我的观点，王刚先生后来折中了一下，在那个沟壑和我所说的起点之间立了一块碑，被命名为秦直道起点。

一年以后，再次考古发掘，证明了秦直道的起点就在现在甘泉宫遗址的西北方向500米左右，这个困扰了很多人的难解的问题总算尘埃落定了。

其实在哪里立碑并不重要，秦直道沿途立有很多碑，有很多碑也没有立在秦直道上，既然爱好历史，爱好考古，爱好秦直道，那我们就应该知道得更详细一些为好，对基本的常识性问题也要有所了解。

◎ 秦直道淡出人们视线的说法令人毛骨悚然

十五年前我来到西安，当时基本上没人知道秦直道。有个别人知道秦直道，却将秦直道说成野兽猛虎，使得许多胆小之人不敢前往，这才是秦直道之所以鲜为人知的真正原因。

原西安电影制片厂副厂长张弢（已作古）原是甘泉县文化馆馆长，据说他对秦直道有所了解。我采访他时，他说秦直道之所以被人遗忘，从古至今的可参考性资料特别少，是因为秦直道不是一条吉祥的道路。说是在直道还未修完时秦始皇就死了，还绕直道回咸阳，所以不吉祥。

张弢认为秦始皇是在冬天死于泰山，没有走直道回咸阳。这只是他的一面之词，众多资料包括《史记》都记载秦始皇是夏末秋初死在河北沙丘，而后绕直道归。当然，张弢说秦始皇没有绕直道归也有一定的道理：秦始皇死了，如果按原计划从九原走秦直道回咸阳是很冒险的，赵高、李斯、胡亥等人是绝对不会冒如此大险的，因为当时主宰兵权的大将蒙恬和秦始皇的接班人长公子扶苏就在上郡监修秦直道，古上郡就在现在的延安以北到榆林市以南。

《史记》也是人写的，编者总会带一定的感情来写，难免会出错。美国

著名的学者、历史学家斯塔夫里阿诺斯在《全球通史》中说中国在秦代修筑万里长城时死了一百万人。这是绝对不可能的，修万里长城的士兵和民夫加起来或许能有一百万人，但是这一百万人不可能全都死了。中国都没有历史资料记载修筑长城死了一百万人，他一个外国人从哪里知道死了一百万人呢？所以说大师也不一定全都是对的，总有不周详之处。《史记》在这一块儿就有一处错误，就是秦始皇死后按原计划"从井陉抵九原，会暑，上辒车臭，乃诏从官令车载一石鲍鱼，以乱其臭。行从直道至咸阳，发丧"。我前面就说了，他有可能是走的秦直道回咸阳，但是我估计可能是只走了咸阳境内的秦直道的某一小段而已，所以《史记》的这一处记载是有问题的。

话扯远了，我还是不要再跟司马迁较真了，回到直道上来吧。实际上秦始皇的辒车不管是从哪里走，只要是从咸阳淳化林光宫经过了，都算是秦始皇灵柩绕直道归，这一点我相信赵高等人是能达到的。所以不管怎么说，秦始皇的尸体还是绕直道回咸阳的，总之不吉祥。再则秦直道本来就是为战争而专修的一条血腥之路，修直道累死不少民工和士兵，秦始皇的长子扶苏和大将蒙恬也都冤死在直道上，而且修直道没多久秦朝也就灭亡了。以后，从汉代与匈奴的抗衡，到唐代与突厥的战争，直到清代满汉大战，等等，这条路一直没安稳过，也真不是条吉祥的路。再说秦直道保存完整的一段路是在子午岭上，据张弢说子午岭不但车进不去，如若人硬要徒步进去都得带上二三十个人的武装部队。如此凶险艰难，自然没有人去考察。

张弢还说子午岭一带有许多古村庄，以前他们还在那捡到过箭头等，并说古村庄沿途有很多，外观是庄子，但是只要有人进去就没见出来过，里面到底是无底洞还是有剧毒的水银陷阱都无从知晓，安装了有暗箭的机关也有可能。据说以前有羌族、匈奴族、藏族、党项族等少数民族在此居住。后来此处流传克山病、大骨节病等地方病，男人都大骨节，也叫牛骨节，女人都大脖子，不能生孩子，生下孩子也不能存活。经现在科学研究表明，主要是缺维生素B、维生素C和钙，当时人们可能以为是闹鬼，也就没人敢住了。从此，直道周围便荒芜了，随后长满了大片核桃树、杏树、梨树和一些刺树等，没人能进得去，也没人敢进去。也不知张弢是吓唬我们还是真有其事，

我们在考察之前还是有了一定的心理准备的。

　　于是我们在考察秦直道之前还去访问了吴宏岐先生，他是现代历史地理学家史念海先生的弟子，曾经随史念海先生考察过秦直道，也写过有关秦直道的文章，对秦直道是有发言权的。吴宏岐先生也认为这条道路险象环生，不寻常。

　　总要有人尝试着吃螃蟹，才知道螃蟹是否美味。尽管各方面的反馈意见都不是很乐观，但不入虎穴焉得虎子？必须有人去发掘秦直道，去解开它的神秘面纱的。

　　形势比人强，选择没商量，尽管我数年来在考察秦直道的途中遇到了各种各样的困难和危险，也经历过春天的沙尘暴、夏天的酷热、秋天的暴雨、严冬的大雪封路，经历过与金钱豹的偶遇、不明动物的挑衅、人头蜂的追逐、毒蛇的突袭，经历过人疲马乏险些命丧山间的惊险和队员相互走散的绝望与悔恨，经历过山体滑坡滚落山谷的刺激和饥渴难忍的虚脱，经历过恶劣天气使得考察中途而废的败兴、爆胎后无法前行的尴尬和夜幕降临时在山巅走到了断头路上进退两难的恐惧，经历过无数次枯燥无味的艰难探索和十五年埋头书海寻找真理的快乐，经历过被个别研究者愤怒地警告，经历过遭到质疑的抨击和得到认可的追捧，等等，组织过数次关于秦直道的采风活动。

◉ 甘泉宫遗址

今天，秦直道总算是在我的宣传和呼吁下受到全世界各类人群的关注，想想这么多年的付出还是值得的，我很欣慰。

◎ 武家山沟的雨与钩弋夫人的传说

淳化县在古代曾是"黄帝接万灵明庭"及祭天之处，是周、秦、汉、唐的京畿辖区和"三辅名邑"，也是秦林光宫、汉甘泉宫所在地。汉时此地为云阳县地，县治在今天铁王乡凉武帝村一带，也就是甘泉宫附近。西汉始元二年（前85年），在原县址周围建云陵县。曹魏时期，撤销云阳县，归入池阳县，池阳县在今天的咸阳市泾阳县境内。到北宋时期，太宗赵炅淳化四年（993年）以太宗"淳化"年号将此地命名为淳化县并沿用至今。

淳化县境内的旅游景点很多，它还是闻名中外的爷台山反击战主战场所在地。近年来，该县对爷台山革命遗址进行了修缮和建设，如今松柏郁郁，绿树成荫，山峦亭台与战争遗址交相辉映。著名文物古迹还有商周古遗址，西周铜圆鼎，秦林光宫、汉甘泉宫遗址，秦王殿，汉云陵，唐刻经石窟，狮子洞石窟，邹应龙墓，龙盘寺，清柏树山别墅遗址，淳化革命烈士陵园，等等。现在，淳化开发了一批新的旅游项目，如子房沟垂钓观光山庄、秦庄沟水上娱乐中心、王家山森林公园、四十里黑松林绿色通道、金秋苹果自然观光点等，成了游人观光览胜的佳地。

秦直道发端于该县铁王乡凉武帝村。按说凉武帝村的名称有些令人费解，查阅大量的资料也没有找出一个凉武帝出来，历史上只有一个梁武帝，那就是南北朝时期南朝梁的开国皇帝萧衍。萧衍字叔达，南兰陵中都里人，就是现在的江苏常州

● 铁王乡通往甘泉宫的道路

人，生于公元464年。他原来是南朝齐的官员，后来逼齐的皇帝"禅让"，自己建立了梁。萧衍做皇帝时间长达四十八年，在南朝的皇帝中列第一位。但是他一生在南方，怎么会跑到关中来？我查阅了所有的历史资料，也没有发现关于他来过此地的记载。当地人认为"凉武帝村"可能是因为汉武帝在此纳过凉吧，因为甘泉宫是汉武帝的避暑离宫。

从淳化县城往北，走县乡公路，经西屯庄，到岔路口往左，过汉代钩弋夫人墓，过武家山沟即可到达甘泉宫。

说起武家山沟还有点意思。我第一次去秦直道起点是在2002年10月，从西安出发到达武家山沟最多不过两个多小时的路程，出发前风和日丽，到淳化县城却飘起了雪花，按说当时还不到下雪的季节。可当我们到了武家山沟时，天像破了似的，下起了"倾盆"大雪，在不到十分钟的时间里，我们的车就被大雪堵住了，只得半途而废。

第二次去是在2003年6月，前天晚上就收听好天气预报，确定没雨才出发的，可从西安出发走到武家山沟却下起了倾盆大雨。听说2002年10月，陕西电视台摄制组开了两辆车准备考察秦直道，也是选择了一个风和日丽的日子出发，也是在距甘泉宫不远的武家山沟被大雨给淋回去了。

听说在此之前也有考察团遇到相同的情况。因为从淳化县城往秦直道起

⊙ 汉武帝茂陵　　　　　　　　　　⊙ 武家山沟

点走的路都是土路，而且路上车辙印很深，别说下暴雨，就是下小雨也是无法通行的。所以只好返回。

　　武家山沟的雨好像预示着秦直道可望而不可即的神秘，也预示了这条道路所存在的种种风险。

　　关于武家山沟的雨有一个非常好玩的传说，说这雨是汉代钩弋夫人两千多年来一直都流不断的泪，她是在向一代代的后人诉说她的痛苦和冤屈呢！

　　前面我讲过，秦直道的起点甘泉宫在秦代叫林光宫，是秦始皇的行宫。喜欢大兴土木的汉武帝将原来的林光宫加以扩建，改名甘泉宫。我们现在要到甘泉宫，必须经过汉代钩弋夫人墓，过了武家山沟方能到达位于甘泉宫内的钩弋宫，那是汉武帝为钩弋夫人修建的专用住所。每每有人要到甘泉宫考察，就要经过武家山沟，也必须从钩弋夫人墓边走过，所以她的灵魂能看到每一个过路人。

　　钩弋夫人是汉武帝的一个宠妃，河间（在今内蒙古伊金霍洛旗境内）人氏。相传汉武帝巡幸河间，随从的巫师说这里有一奇女，于是武帝下旨在民间寻找。后来，找出一个赵氏女子，此女子貌美如仙，只是身体不好，从生下来一直到16岁从没有下过床。更为奇怪的是，这女子的手一直就是握成拳状的，任何人都没有将其掰开过。汉武帝不相信，命随从的将士上前去掰，还是无法掰开。武帝感到很神奇，于是亲自上前去掰，没想到武帝的手轻轻一碰，此女子的手掌便自然伸开了，女子手里居然还握着一个弯钩。武帝认为此女子一定是上天赐予他的，为了显示对她的尊宠和重视，封其为婕妤，位比宰相，

● 钩弋夫人墓

类似于唐代的皇贵妃——西汉沿用秦制度，没有"妃""贵妃"等称谓。"婕妤"一称也是从钩弋夫人这里才有的。在汉代，婕妤是仅次于皇后的女官，到唐代婕妤才是三品女官，可见汉武帝对钩弋夫人的喜爱和重视。

汉武帝在甘泉宫内为她修了一座宫殿叫钩弋宫，于是她也被称为钩弋夫人，深受汉武帝宠爱。

而就在此时，皇后卫子夫生的儿子也就是当时的太子刘据想谋权篡位，已入老年的武帝深感痛心，将太子废掉了。刚好钩弋夫人生了一个儿子，武帝为其取名叫刘弗陵。刘弗陵比一般的小孩都壮大结实，而且非常聪明，武帝也自认为此儿像他，于是就将他封为太子。

奇怪的是，太子一立，汉武帝随即让钩弋夫人自尽。当时大臣们对汉武帝的行为很不理解，心想：既然立了她的儿子为太子，为什么还要杀掉太子的母亲呢？汉武帝说："这当然不是你们这些愚蠢的人能够理解的。以前的国家之所以发生混乱，就是因为皇帝太小，而他们的母亲还年轻，这些女人傲慢不拘，肆意淫乱胡为，没有人能管得了她们。你们难道不知道吕后的故事吗？所以我不得不先除掉她。"

后来，汉武帝死了，刘弗陵继承了皇位，史称汉昭帝。他登基后追封母亲钩弋夫人为皇太后，在云陵的西北侧建云陵邑为

⦿ 汉武帝五柞宫托孤塑像

守陵邑，此陵也就是今天淳化县大疙瘩村处的这个钩弋夫人墓，这也是她儿子即位后做的唯一一件值得人们称颂的事情。

但是历史并没有承认她是皇太后，因为刘弗陵8岁登基，21岁就得病而亡，没有什么作为，也没有留下子嗣，历史对他的记载也不多。

据当地人说，钩弋夫人两千多年来阴魂不散，她死得不明不白，糊里糊涂，因为她并没有做什么错事，而且平时还很受宠爱，按理说，古代的传统是母以子贵，儿子被封为太子后，她正高兴地等着享福呢，怎么能料到这飞

来的横祸呢？所以她逢人就要哭诉，希望经武家山沟到甘泉宫的人把她的冤情带给汉武帝。她再也不能回到甘泉宫汉武帝身边，但她希望武帝对自己的所作所为产生哪怕一丁点的忏悔。她那滂沱的泪雨更加增添了秦直道的扑朔迷离和森森鬼气，使所有远来的旅人将其视为畏途。

以往去甘泉宫或者钩弋夫人墓没有路标，一路上只能靠问路，而且沿途你要问钩弋夫人墓是没人知道的，而问大疙瘩，这一带的人全知道。

◉ 作者站在钩弋夫人墓上

从屯庄道班到钩弋夫人墓沿途有许多大大小小的土疙瘩，这一带就是汉代墓群，这些土疙瘩也非平民之墓，都是王侯将相的墓冢。一个当地农民说这些不是墓，而是汉代留下的地下宫殿。看他那好奇又神秘的样子，我估计这一片古墓群被盗过，里面只有空旷的墓室，由于古墓密集，盗墓贼也为了隐蔽，就直接从地底下一个一个古墓挨个盗了，所以这些古墓里都有相互通连的通道，被当地人错认为是地下宫殿吧。

钩弋夫人墓就在路边，墓冢高大，跟咸阳塬上的汉代皇帝墓有得一比。远远看去不像是坟墓，倒像是农人筑起的一个大水坝。墓呈平整的梯形，占地约20亩，四围的城墙经两千多年风雨侵袭还清晰可辨。城池内遍地都是汉代砖瓦，还有老鼠或蛇抑或是盗墓贼打的洞，中间还有一个硕大的封土堆。墓碑面朝南，在一片果园里，是淳化县人民政府1981年10月1日所立，此处为第二批陕西省重点文物保护单位。碑文后面还记载了五条保护措施，但没有简介。前些年当地农民也不知道钩弋夫人是何许人也，更不知道关于钩弋夫人及其儿子汉昭帝的故事。这些年随着县上对钩弋夫人墓的旅游开发，加上国家逐年对这处古墓的重视，当地农民也在急切地盼望着旅游热的到来，好给村民带来经济效益，于是农民也自发地了解了一些有关历史，并结合道听途说的神秘现象编造一些传说吸引游客，既有历史知识也有神秘的趣味

◉ 承水台

◉ 亮马台

性，还挺有趣的。

　　过了钩弋夫人墓向北走约5里，车行驶上一条土路，路上车辙印很深。又开始下小雨，道路泥泞不堪，车不时在路上甩尾。我们小心谨慎地沿武家山下到武家山沟，这一段路就算没下过雨也特别难走，路面宽约2米，沟深路窄山陡峭，加之土山土质松软，随时都有可能滑坡。沟底的左边是深谷，右边是一个大水潭，稍不注意我们就有可能命丧山间。但我们已无路可退，只有硬着头皮往前走。

　　车摇摇晃晃总算上了山坡，迎接我们的是两个巨大的土疙瘩，像少女高高耸起的乳房。我们猜测这两个是不是资料上所说的承水台和望母台，如果是，那么亮马台又在哪儿呢？我们问当地的一个老农，老农告诉我们说那两个大土堆不是承水台和望母台，而是古代留下的几个墓室，可能是王公将相的，他也说不上名，承水台和望母台还要往前走一二里路。山里的一二里路是最不可信的，有水分，一般一二里路最少也有四五里路，不知道当地人是怎么测量的，我们在考察的途中多次遇到这种情况，可能他们是以直线测量没以山路测量而得出的结果吧。一个山头与另一个山头之间的距离可能还不到1里路，但是要走到对面山头可能要走三四里或者五六里路，甚至更远了吧。

　　走近凉武帝村，远远的我们就看到两个高高的土台矗立在甘泉宫遗址上，东西两个都是高约15米的土台，东边的是望母台，西边的是承水台。东北边也有一个稍低一些的土台，就是亮马台了。这些都是汉武帝修建甘泉宫时一起修建的，主要用于军事瞭望或登台祭祀。

　　望母台据说是汉昭帝刘弗陵时

● 汉昭帝陵

所造，刘弗陵用此台来祭祀母亲钩弋夫人。登上此台也刚好可以看见不远处钩弋夫人的墓冢。

　　林光宫在秦代的时候是秦始皇避暑的离宫，也是商议军国大事和抗击匈奴的军事指挥中心。秦朝灭亡时林光宫遭到了破坏。当然，秦朝时期林光宫压根就没有完全建好，也不曾使用过。因为秦朝在秦始皇统一中国十五年后就灭亡了，许多工程都只修了一半，甚至是刚开了个头，因此秦时期所有的大的工程都没有完工，这里面也就包括秦万里长城、秦始皇陵、阿房宫、秦直道等。所以到了汉代，汉武帝将林光宫加以重修并扩建，改名为甘泉宫，当时主要是作避暑兼处理国家重大的军政事宜之用。后来还在甘泉宫内建甘泉通天台，据记载，它拔地百余丈（这是古人夸张的一种描写方式），规模庞大，直插云霄，气势雄伟。承水台和通天台正处在甘泉宫遗址范围内。内蒙古东胜境内的汉代麻池古城处（秦直道的终点）也有这么两个大的土疙瘩，也是汉武帝时期的产物。

　　甘泉宫遗址相当大，据专家考证，方圆有45公里，在这周围还有长安宫、竹宫、高兴宫、露寒宫、迎风宫、储胥馆等大型宫殿，规模仅次于长安未央宫和秦咸阳宫。当然现在已看不出当初的规模，只能靠大片或金黄的大

甘泉宫遗址

麦或墨绿的小麦地里的瓦砾去想象它当时的宏伟了。

在承水台和通天台之间的麦田里躺着一只石熊猫和一个石鼓。石鼓上刻着一些字，看上去像是近代的东西。有人说是宋代的，还有人说可能是明清的。石鼓上的字迹不是很清楚，所以也不好判断到底是哪个时代的，单是从笔迹来看，可能是明清的东西。至于这个石鼓到底是干什么用的，现在还不好说，这么大的石鼓肯定不是农民打场用的。

关于石鼓，当地有一个很有趣的传说。东汉开国皇帝刘秀小的时候没有父亲，被寄养在叔父家中。叔父家门口有两个石鼓，刘秀就常和其他小朋友围着石鼓玩耍。

有一天，刘秀和小朋友打赌，说谁能敲响这石鼓就推谁为王。其他小朋友都敲了，谁也没敲响，只有刘秀敲响了，于是小朋友都推刘秀为王。这个石鼓的声音非同一般，一旦敲响就震耳欲聋，刘秀感觉好玩，久敲不止，石鼓声惊动了玉皇大帝。玉皇大帝就下凡对刘秀说："你把石鼓敲响了，将来你会当王的。但是你要把石鼓担到云阳县甘泉宫，那里自古以来是帝王祭天的地方，风水好，是龙脉之所在。你要是压不住甘泉宫的风水，你的江山就坐不稳。"玉皇大帝说完就消失了，刘秀四处找玉皇大帝，结果从石鼓上摔了下来，方知是个梦。

刘秀当了皇帝后，有一天突然想起这个梦来，感觉是天兆，应该把石鼓搬到甘泉宫去。

于是他找来一个扁担，挑起一对石鼓就往甘泉宫走去。历经千辛万苦好不容易到了甘泉宫门口，终于看到了目的地，他想松一口气，没料到扁担断了，前面的石鼓落在了甘泉宫，就是现在甘泉宫的这个石鼓，后面的石鼓掉到了咸阳市礼泉县的赵镇，就是今天礼泉县赵村的那个石鼓。

刘秀一看前功尽弃，很生气，将扁担扔在了东山上，于是淳化县东边的那个山至今还叫扁担山。

刘秀看到石鼓没能按照玉皇大帝的要求放在甘泉宫镇住当地的风水，知道自己在这里会江山坐不稳，于是将国都迁到了洛阳。

这类的故事在当地比比皆是，当地民众基本上捡起一根树枝都能跟你说

细说秦直道

● 石鼓

◉ 石熊猫

一个传说故事，还都绘声绘色活灵活现的。

　　石熊猫看上去特别可怜，熊猫的形象还能看清楚，只是此熊猫看上去并不高兴，可怜兮兮地蹲在地上，眼睛、耳朵、鼻子等都遭到了破坏——一只不健全的熊猫自然是不会高兴的。专家分析这个熊猫是汉代的物品，它跟汉代的许多石刻如出一辙，只是罕见的是，除此之外再没有在其他地方发现过汉代的石熊猫，所以显得很珍贵。

　　这个熊猫是就着一块天然石头的原有形状稍加雕琢而成，因此看上去特别浑厚质朴，憨态可掬，雕刻工艺简练传神。可惜的是，"文革"时期这个石熊猫遭到了破坏，所以就成了今天这么个模样。

　　关于这个熊猫，也有一个非常有趣的传说。甘泉宫以前有很多石刻的动物，猪、马、牛、羊、犬都有（这个不是传说，是肯定有）。有一年夏天，麦子即将成熟，人们发现甘泉宫周围的麦秆全都倒了，麦穗也压碎了。于是悄悄地轮流值守，结果发现一到深夜这些石刻的动物都活了，跑到庄稼地里来糟蹋庄稼。当地的老人说，这里的宫殿以前是圣人住的地方，这些石像原来都是守护圣人宫殿的神物，现如今宫殿被毁了，圣人也都离去了，这些石畜石兽都寂寞下来，也没有了俸禄，只得偷吃庄稼了。

　　于是年老的村民就摆上香案供果，奉上香蜡纸钱焚香祷告，希望这些石畜石兽不要再来打扰他们的生活。岂知，这些根本不起作用，庄稼还是遭到毁坏，村民们一气之下拿起镰刀斧头将这些石畜石兽砸了个稀巴烂，而后将它们一股脑扔进了古井里，并盖上盖子，让它们永世不得出来害人。所有的动物都被处置了，唯独这个大熊猫又大又笨重，村民们拿它没办法，搬又搬不动，砸又砸不烂，只好将它的嘴巴砸烂算了，让它吃不成庄稼。从此以后，甘泉宫周围的庄稼再也没被毁坏过。

　　于是，可怜的熊猫就成了今天这个样子，永远地待在这里了。

　　当地人很有智慧，编起这些传说故事就像真的一样，跟文物现状结合得特别贴切，绘声绘色，生动有趣。

甘泉宫内外麦田里、土台上、山坡上，到处都是散落的瓦砾，仔细分析，全都是秦汉的物品，只是很难找到完整的板瓦。

如前所述，通天台和承水台西边约500米处的云阳城遗址旁有一条沟，深十几米，里面长满了杂草，这就是当地一学者所说的秦直道的起点，山沟周围裸露在外面的人为的夯土层特别明显。

如果从广义上来说，不但这个沟壑，连沟壑旁边的正在使用的这个道路也是秦直道的一部分。但严谨地说，此处还算不上是秦直道的起点，秦直道的起点应该在甘泉宫遗址西北方向500米左右的麦田里。

因为任何一条道路的起点都不会在宫殿里，而此处还属于甘泉宫的一部分。再说此处的筑路规格也不对，如果当年的秦直道只有我们今天看到的这么窄就不符合当时修路的目的，最起码在这里阅兵都存在困难。所以秦直道的起点肯定不会只有这么宽，此处也不是真正意义上的秦直道起点。

当然，无论是此处还是甘泉宫遗址西北方向500米处，秦直道的起点都看不出任何痕迹，这个不大不小的山沟能给人留下一些遐想，除此之外，我们再无从看到秦代的影子了。

（注：现在从淳化县城到甘泉宫抑或是秦直道起点的路非常好走，虽不是柏油路，却也村村通水泥路，因此现在的考察者或者游客再去秦直道起点就不会出现十几年前我去时的情况了，步行、车行都很便捷，下雨、下雪，只要不结冰都能顺利通行。）

秦直道从云阳城遗址北门直上甘泉山分支英烈山，经过庙堂遗址，过好花疙瘩山西、鬼门口槽道，由箭杆梁下坡，经蝎子掌出淳化，越过旬邑的七里川，沿庙沟到达石门山风景区，沿途都是山区、林区和果园，地势险恶，荆棘丛生，时而有路，时而没路，考察艰难，需带木棍或镰刀，随时准备开路。这一段沿途人头蜂和蛇比较多，考察人员在此段分别遭受过蛇和人头蜂的袭击。若不是学术研究，建议驴友们不要轻易走这一段路。没有专业的设备还容易迷失方向，也不建议在这一段直道上露营，一旦遇到危险，前不着村后不着店，而且救援车辆也无法到达，得不到及时的救援。

此处已经进入子午岭山脉，没有人烟，汽车进不去，只能徒步，若是夏

◉ 当地专家所说的秦直道起点

天，林木茂密，一定要打好绑腿，以防踩到毒蛇被咬伤，也可以抵挡蚊子和蠓子的叮咬。还得随身携带常备药品，以备不时之需。创可贴是必备药，因为无论你是哪个季节去，十有八九是会被荆棘划伤的。

沿途还有野生动物，金钱豹、土豹子、豺、狼、野猪等时有出没，沿途不可停留时间太久，否则在日落之前到不了石门山风景区，夜间行路不安全，容易迷路。动物白天基本上不伤人，晚上经常出没攻击人。

如果徒步考察这一段（也只能徒步，自行车进去都无法骑行，汽车更是免谈），建议最好多几个人，相互有个照应，若是一两个人穿越，最好别冒险。

从甘泉宫到石门山风景区，步行约四个半小时，最多五个小时。但是从淳化县城往石门山风景区去，基本上需要八个小时左右，再加上沿途考察、参观，也就是一整天的时间，一定要备好干粮和水，沿途这些东西是拿着钱也买不到的。

◉ 英烈山秦直道遗址

◉ 在英烈山测量秦直道

◎ 石门现状

从甘泉宫到石门山这一段路虽说难行，可此处直道还有遗迹，最宽处约有五六米，自然土50厘米，50厘米以下的就是秦直道路基的夯土层了。只是这一段的夯土层不如甘泉宫附近秦直道起点的夯土层那么均匀，夯土也只有35—50厘米厚，上下分为四层，最下一层约16厘米厚，中间的分别为12厘米、10厘米，最上面一层有8厘米、10厘米、12厘米不等。但是很难说这是当时的夯土层，有可能是人为走出来的路面厚度。

秦直道所经过的前半段地区基本上都是山地和林场，从起点开始先后有淳化甘泉山附近的罗家山林场、英烈林场，旬邑的石门林场、马栏林场，陕甘交界的刘家店林场，黄陵县的大岔林场、上畛子林场，富县的槐树庄林场、和尚塬林场、张家湾林场、直罗林场、王家角林场，甘泉的桥镇林场、新庄林场、下寺湾林场，志丹的麻台林场、白沙川林场、安条林场，安塞的中山川林场，横山的塔湾林场等。而在秦直道线路的东面还有更多的林场。因此，对这一段路的考察要格外小心，随身携带的装备一定要齐全，因为一旦上山，一两天内是下不了山进不了城的，因此也得不到补给。沿途有时还能遇到个村庄，到农家混口热饭热水，但多半是走一天也看不见炊烟。前几年，在秦直道上通讯设备也无法使用，秦直道上有个别林场安装的电话也时好时坏，处于半停滞状态。这几年通讯比较发达，在秦直道上许多地方通讯都很畅通，但是个别地方还是通讯中断，如刘家店林场、雕灵关、沮源关、毛乌素沙漠里有个别地方通讯还是困难，所以建议如徒步穿越，最好带上卫星电话，以便遇到困难好及时与外界沟通。

秦直道循子午岭主脉北行，自石门关以南的七里川入旬邑境，经庙沟、碾子院、前陡坡、卧牛石、老爷岭，过马栏河，上杨家胡同，再经刘家店、黑麻湾、雕灵关出旬邑境。在旬邑县境内长达90余公里。黑麻湾段、石门关垭口等处宽达20米以上。多数路段因地形所限，宽4—5米。全线遗迹还算清晰，不少地段原路基也能通行。

旬邑县在秦代时置邑，称旬邑，汉代立为旬邑县，沿用至今。此县一直

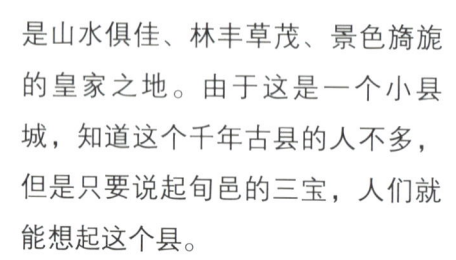

是山水俱佳、林丰草茂、景色旖旎的皇家之地。由于这是一个小县城，知道这个千年古县的人不多，但是只要说起旬邑的三宝，人们就能想起这个县。

旬邑的三宝是剑齿象化石、秦直道遗址和剪纸娘娘库淑兰。库淑兰是一个农民老大妈，现在已作古多年。库老太太是中国首位被联合国教科文组织授予"民间工艺美术大师"称号的中国人。由于库老太太的剪纸一般篇幅都比较大，制作复杂，所以她一生的剪纸作品很是有限，多半被旬邑县文化馆、陕西妇女文化博物馆等文化单位收购了，流传到社会上的很少。后些年因库老太太年岁已高，加之精神上有些疾病，也就不剪纸了，所以她的剪纸就更加珍贵，更有收藏价值。可有一些爱好艺术的文人、学者和收藏家始终不死心，多次登门"挖宝"，但一般都是空手而归。当地人有一个传说很有趣，说城里有人想借此机会发财，仿制一些库老太太的剪纸，放置在农民家中，让农民再转卖给城里人。这种生意村民们越做越灵活，他们一看是城里来找库淑兰的，就引其到自己家

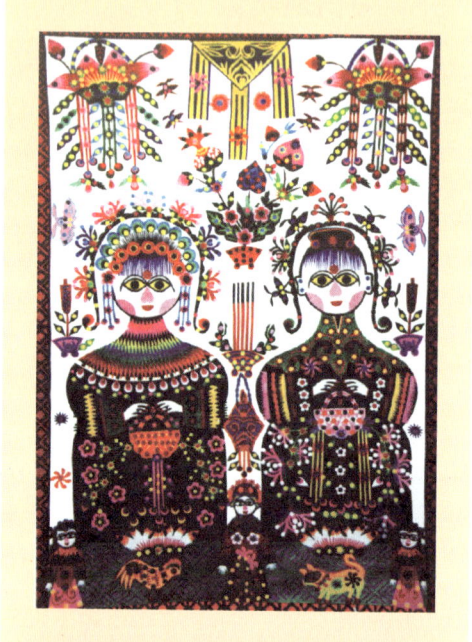

● 库淑兰剪纸

中，拿出一幅剪纸，说是某年某月库老太太家中没米吃或没油吃，他给救济过，库老太太没什么好酬谢的，就送了他这幅剪纸。专家学者们如获至宝，一般也想不到老实巴交的农民会骗他们，而且库老太太家中一直贫寒，这是众所周知的，于是一番讨价还价买下后便兴高采烈地打道回府。

尽管这只是街头传说，但可以理解，现在是商业社会嘛！再说，不也是圆了专家、收藏家、学者们的梦吗？

旬邑县环境保护局的李存才副局长向我们介绍了秦直道在旬邑县内的大致走向和基本情况。李局长说：旬邑县石门山自然生态保护区是渭北黄土高原上不多见的水土流失轻微的地区之一，林地面积18.25万亩，森林覆盖率高达78%，该区野生植物种类丰富，动物种类繁多，堪称黄土高原的"动植物王国"；它还具有丰富的旅游资源优势，出土并已复原成形了距今二百万至三百万年的西塬黄河剑齿象化石及板齿犀牛化石，这些被称为"世界之最"的化石陈列于旬邑博物馆中。

这是一个震惊世界的发现，剑齿象化石原重就有七千多斤，身高数米，剑齿2米多长，俨然一个庞然大物。这也是旬邑的一宝。

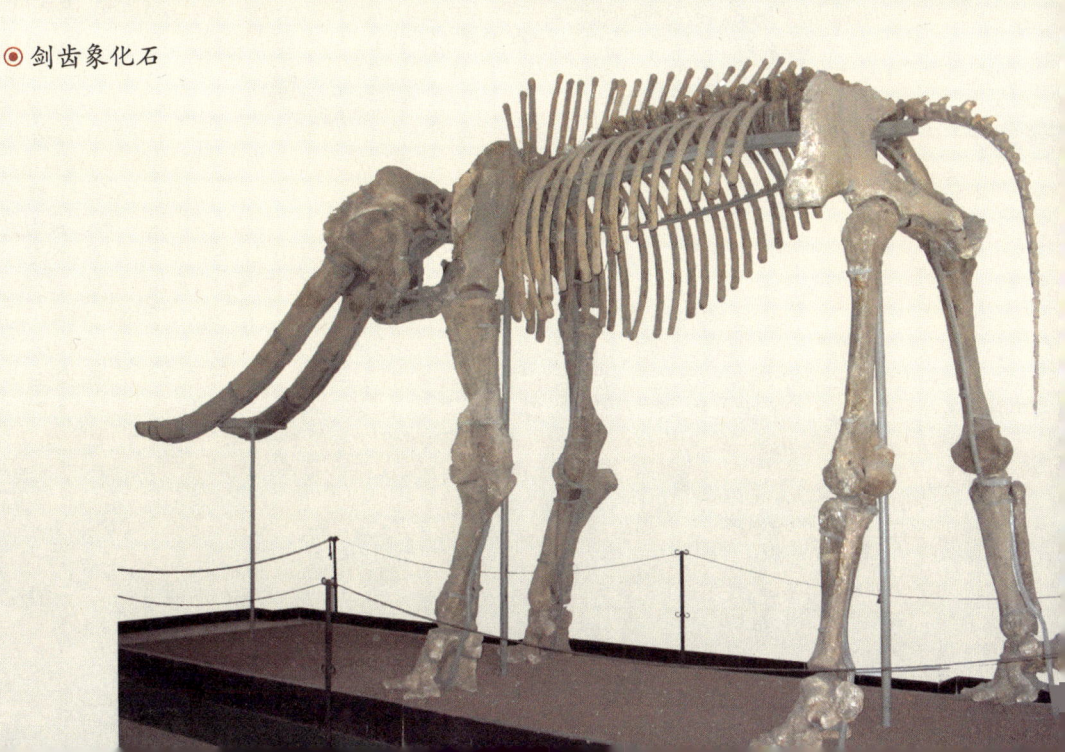

◉ 剑齿象化石

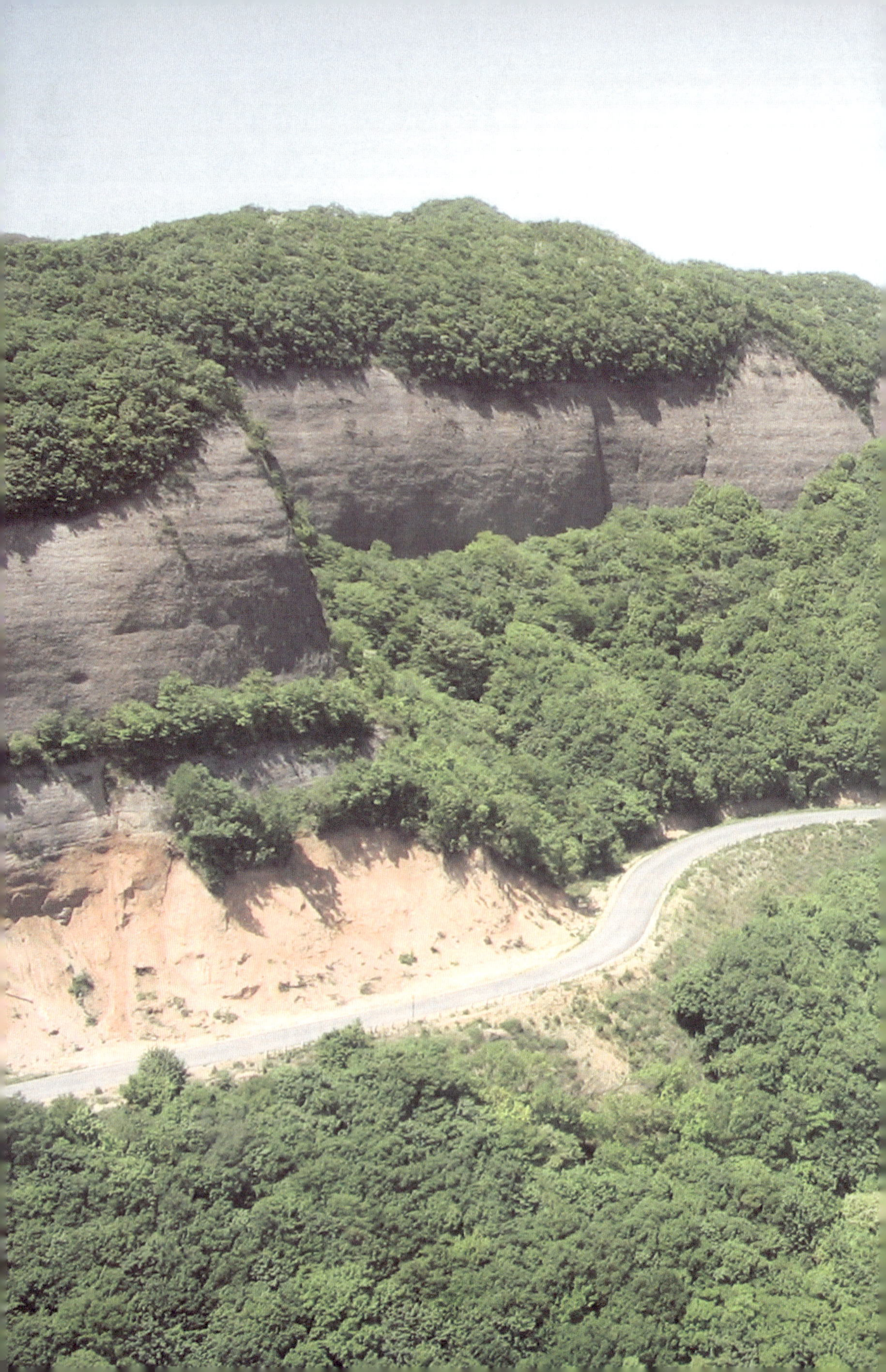

◉ 这段旬耀公路就在秦直道原址上修建

按说秦直道在此处算不上什么宝，因为此处既不是秦直道的起点，也不是终点，而且秦直道在旬邑县的保存并不完整，断断续续，宽宽窄窄，若有若无，许多路段都被现在的道路所取代。

但是在石门山景区内有秦直道从起点出发后的第一个大型兵站遗址，而且秦直道在起点的遗迹模糊不清，自南向北只有走到这里来，才能感受到秦直道的壮观和修建的不易，才能感受到这条道路的宏伟和价值所在，因为这条路至今还在被利用，旬耀公路（旬邑到耀县的公路）经过石门的这一段就是在秦直道原有的路基上修建的。看来现在的高科技也无法超越秦人的智慧，遇到这天堑的高山大谷也只得望洋兴叹，只能向古人借道。

全长千八百里的秦直道在这一段的修筑是最艰难的，堑山堙谷也好，遇沟架桥也好，穿山越岭也好，当初修筑秦直道的所有技艺和智慧在旬邑境内都能找到。所以说秦直道也是旬邑一宝。

如果问起旬邑没人知道，只要说以上三宝，总有一宝能被人记住。这就是旬邑。

◉ 甘泉山导航台

旬邑境内现已开辟的文化旅游景点还有飞云洞（官家洞）、北宋建造的泰塔、明末清初修建的构思精巧雕刻精湛的唐家民居等名胜古迹，以及旬邑"二八"暴动纪念馆、马栏革命纪念馆等爱国主义教育基地。

位于旬邑东南部的石门山风景区风景迤逦，一步一景，天然次生林和林相整齐的人工林分布错落有致，交相辉映，奇花异草广被种植，极具观赏价值。

石门山森林公园峰峦叠嶂，森林茂密，气候湿润，有独具魅力的地质、地貌、植被、河流等自然景观与石门关、秦直道、秦兵站、烽火台等古军事设施遗址。

此处很多古迹还蕴含历史典故和神奇的传说，如扶苏庙、姜嫄圣母庙等，成为人们追逐宗教始祖、挖掘名人轶事的理想去处。秀丽风光与名胜古迹融于一体，使这里被誉为渭北高原上的西双版纳。

○ 石门秦直道碑文

旬邑县现在已将旅游业纳入经济发展规划中，他们利用和发挥自身优势，加强旅游产业发展。其中，秦直道经过的石门森林旅游度假区是近期重点开发项目。2013年，旬邑县境内的秦直道遗址被评为国家级重点文物保护单位。

当地县上计划在度假区偏僻山梁上按原样恢复1公里左右的秦直道，

路两旁遍栽黄白草，在秦直道附近的山顶重修烽火台，放置秦代战车复制品，配备战马和秦代兵士服饰、兵器，供游人拍照留念，再现秦直道当年的雄姿。

县上在石门山东峰重建有扶苏庙，并在半山建仿古长廊。最初开发秦直道的方案已纳入县1998—2010年旅游发展总体规划中，现在已经全面实施、落实、完工。

2006年初，国家文物局秦直道研究课题组和旬邑县博物馆联合对旬邑县境内的秦直道进行了全面考察，又发现了一批秦汉宫殿遗址。此次考察使我们对秦直道在旬邑县境内的具体走向及确切路线有了更清晰的认识，查出了两处烽燧遗址，发现了三处防御工事、一处驿站遗址、多处排水沟，并详尽地绘制了旬邑境内秦直道线路示意图，为考察和研究秦直道提供了更加准确的信息。

从淳化经旬邑到黄陵上畛子，100多公里的秦直道都在天然林的保护下保存完好。考察组对外宣布说在石门关发现了秦汉宫殿遗址。其实不是宫殿遗址，而是秦直道从南向北第一个大型兵站遗址。这是继雕灵关一号兵站遗址发掘之后旬邑的又一重大发现。

秦直道沿途经过的各市县都在对外宣布最新考古发现，并都说是发现有大型宫殿遗址。宫殿遗址只能是皇帝的行宫，各地所说的考古发现秦代宫殿遗址其实都是错误的，因为：一、秦直道"道未就"，不可能修建如此众多的宫殿；二、皇帝不是天天出巡，既然是直道，皇帝也不可能每走一小段就要住行宫；三、沿途发现的大型建筑遗址里的文物都很粗糙，如秦砖、秦瓦等和宫殿的建筑材料不匹配。

所以说，秦直道沿途各市县内所发现的大型建筑遗址只能是兵站和驿站，无论是屯兵、驿站歇息，还是修建秦直道期间士兵和民工的住宿，都不可能是露天的，"道未就"，这些建筑是必须先修建起来的，否则道永远也"就"不了。

当然，秦直道上肯定有大型宫殿遗址，一个在秦直道的起点甘泉宫，一个在靖边县的阳周古城。阳周古城应该是既修有行宫也有大型兵站，以兵站为主，行宫为辅。秦直道终点的麻池古城是汉代修的，秦时可能也准备修，只是"道未就"，道路还没修到终点，所以也没来得及修建行宫。

茂密的森林、良好的生态环境使得旬邑境内直道周围不仅植物品种众多，而且吸引了大量的野生动物繁衍生息。大型哺乳动物有豹、野猪、獾、黄羊、狐狸、狍、林麝等，小型动物有野兔、野猫、松鼠等，另外还有鹰、灰鹤、锦鸡、斑鸠、鸳鸯等，种类繁多，数量较大。其中豹、林麝属国家一级保护动物，黄羊、灰鹤、锦鸡、鸳鸯、水獭属国家二级保护动物。

⊙ 作者带作家采风团在石门秦直道遗址上

若从旬邑县城开车去石门山风景区，最好走旬耀路，现在的旬耀路有一段还是在秦直道的原路上修建的，你可以感受一下现代交通工具在古今结合的秦直道上驰骋的惬意。

无论是从淳化甘泉宫徒步向北沿着秦直道穿越到旬邑境内的石门山秦直道遗址，还是直接从旬邑县城开车走旬耀公路去石门山秦直道遗址，沿途行人都很稀少，甚至无人。即使走到大路上，也很难碰到当地人，遇到最多的就是养蜂人。他们全都是四川人，向他们问路也是白问。他们像候鸟一样，哪里有花就到哪里去，住不到一个月又搬家了。石门山由于是自然森林公园，花期比较长，一年中有一半的时间满山遍野都开满鲜花。

6月中旬，城里的槐树花早已凋谢快两个月了，而这里的槐花开得正旺，正是这些槐树花吸引了那些不远千里赶来的花哥、花姐。想一想，他们一年四季都生活在花的海洋里，天南地北地追寻着春天，真令人羡慕。

沿着旬耀路弯弯曲曲攀上几重塬，继续向前走，一扇高大的拱形石门矗立在半空中，宛如一个圣人在那里迎接每一个过往的客人，并为每一个人送

上祝福。

　　这扇石门应该是天然形成的，因为再有能耐的能工巧匠也没法攀上去。即使攀上去，也无法施工雕凿这石门。即使能雕凿，费这么大的功夫、这么大的人力财力雕这么一个上不着天、下不着地的巨型石门有什么用呢？

　　此石门高约20米，宽约15米，如粉红色的大幕镶嵌在蔚蓝色的天空中，淡淡的薄雾将其萦绕，很是鬼魅婀娜。

　　跟它遥相辉映的还有一个高约20米、宽约10米的拱形石门，在公路的南面，石质坚硬，中间为青色，外围为白色和暗红色，石子为小碎石，估计古时是想在此建石窟，雕佛像，挖开后发现石质不行才不得已放弃的吧。因为这个石门上有许多人为的痕迹，石门前面还有人烧过的蜡烛、火纸等。

　　仔细分析发现，这石门的沙砾像是海底的风化岩。我还发现一个海贝一样的石头，拿在耳边听听，隐约还能听到海啸的声音。我连忙查看资料，资料上说此地地质构造属于中朝准地台陕甘宁台坳缘褶断束，说在距今六千七百万年至两亿多年之间，此地是陕甘宁内陆湖盆的一部分，湖盆内堆积了巨厚的三叠系、侏罗系、白垩系陆相碎屑岩系。到白垩纪末，受晚期燕山运动的影响，此地和陕北一样缓慢抬升，并发生褶皱，地貌骨架基本形成。到了第四纪，在黄土堆积的同时，以多期间歇性上升为主要特征的新构造运动，加强了地面侵蚀和河流的切割深度，使部分山峰基岩裸露。裸露的岩石以三叠纪或白垩纪的黄绿色、灰黄色、紫红色的砂岩、砂质泥岩、页岩及砾岩为主。砂岩和砾岩便形成了今天这样雄伟的山势和深邃峡谷、瀑布深潭等地貌景观。

　　紧靠路边有一牌子，是石门山自然保护区的简介。我们从中了解到，保护区位于旬邑县境内东南部，面积有50万亩，区内植被良好，乔木树种有槭树、杜仲、白桦、油松等47种，野生中草药有党参、黄芪、沙棘等120余种，野生动物有金钱豹、锦鸡、飞鼠等30余种，其中国家级重点保护物种亦有分布。我们向东走约10米，便看到路南幽静山脚下的秦直道遗址石碑，看来旬耀路的这一段的确是在秦直道上修建的。为了证实这一点，我们还用军用铲在路基上挖了一个很深的坑。尽管路基很是结实，但我们还是发现了与

○ 石门处到处都是秦砖汉瓦

其他秦直道遗址上同样的土质，虽说现在变成了柏油路，我们肯定这段路的路基就是古时的秦直道路基。此地秦直道的路宽约12米，但不一定是原始路的宽度。

傍晚时分我们走进一个牌坊似的山门，一个新开辟的垭口映入眼帘，垭口的四壁上有许多瓦片、瓦当，垭口旁边的秦直道上依旧如其他路段一样长满了罕见的直道草。这个草很奇怪，只有秦直道上才有，秦直道以外从没见过这种植物，这也给我们沿途辨认秦直道提供了一些线索。我掰下一些瓦片来，发现瓦片上有着细小的绳纹，跟秦直道起点甘泉宫内的瓦片雷同。

再往东北方向走约300米，稍微上一点山，此处的瓦砾铺满了半边山，一个大型建筑遗址依稀可见。此遗址南北长约100米，东西宽约50米，总面积约为5000平方米。政府经试掘探明，遗址地表30厘米以下为丰富的文化层，各种建筑材料密集堆积，相互叠压，出土有筒瓦、板瓦、铺地砖、空心砖、陶井圈、云纹及长生未央瓦当等。这些建筑材料有的纹饰粗犷，火候不足，符合秦末因工程浩繁时间紧迫而工艺简单的特征；有的纹饰规整细腻，具备汉代的风格。

此处其实就是秦直道自南向北的第一个大型兵站遗址。国家文物局秦直道研究课题组和旬邑县博物馆2006年初考察秦直道时新发现的，对外公布说是秦代大型宫殿遗址的该遗址，其实还是兵站遗址。

秦直道在旬邑县境内有两个兵站遗址，一个就是石门山风景区内我们眼前这个被命名为石关宫的兵站遗址，一个是早期在雕灵关处发现的，被命名为雕灵关一号兵站遗址，此兵站遗址位于雕灵关南侧1600—2000米处的山梁上，南北长约450米，东西宽约150米，面积约7000平方米，当地人称"四十亩台"，东、西、南三面环沟，北窄南宽，北面只有30米宽的出口紧贴直道，形似葫芦，是天然的屯兵营地。

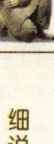

◎ 石门夜话

当我们回头再看这条直道时，它像一个蜿蜒的巨蟒盘旋在山梁上，雄伟壮观，婀娜多姿。这哪像是一条人为的路，这简直就是苍天开路，神仙开路。如果不是亲眼看见，还真不敢相信在这么复杂的山间还有这么一条富丽的路，而且它是诞生在科技落后的两千二百多年前，这怎么能让人不惊叹呢！

由于天色已晚，我们只能就地扎营，打算正儿八经跟秦直道朝夕相伴，体验体验古道不为人知的夜晚，聆听聆听古道幽灵们的心语，也感受一回古道上追花人的生活。我相信大多数考察者没有享受过这种躺在花丛中与大自然亲密接触、与秦直道亲密接触的滋味，我们却享受到了。

由于害怕林中有野兽，我们将帐篷支在公路边，也就是秦直道上。尽管公路上车少人稀，但离我们不到1里远的路上还有养蜂人的帐篷，他们都养有狗，就算有野兽，估计我们也不会遭到突然袭击。

山间的夜就是不近人情，说黑就黑了，不一会儿工夫就已经伸手不见五指。我们就着火腿肠、矿泉水吃了一些面包，而后就到一处小溪边洗脸。溪水冰凉透骨，我们将一天的疲惫洗之殆尽。初夏的山林吸取了太阳一天的精华，所以初夜比较闷热，大家都争抢着要睡吊床，因为我们只有两个帐篷和几张吊床。由于几个同行者都是男士，几个老大哥害怕我着凉，死活不让我睡吊床，我只能老老实实地回到帐篷里。可怎么都睡不着，由于路边的潮气重，不到一小时帐篷里就开始像地窖一般寒冷。

我将身子缩成一团，将睡袋卷得更紧些，依旧睡不着。不知是因为好奇还是不习惯，当一切都静下来时，我也特别清醒，耳

◉ 石门寺

朵里却不知不觉地有着不可捉摸的声响,似有似无,极庞大的,又是极细切的,像大海在咆哮,像烈马在平原上奔驰,像千军万马在厮杀,像魔鬼在呜咽,像浪涛在澎湃……等仔细聆听又什么都没有了,只是偶尔能听到从很远的地方传来的狗吠声和动物的嘶鸣。由于实在睡不着,也不想去想一些可怕的事,我便打开手电筒写日记。一同行者在外叫喊开了:"你不要命了!快将手电筒关掉,小心引来野兽。"我只能老老实实地关掉手电筒,和衣躺下,继续聆听那莫名其妙的声响。

  到了深夜,帐篷外一片死寂,不知是什么动物在我的周围嗅来嗅去,我们只有一步之遥。我的心悬在了半空中,一边默默地祈祷,一边坐了起来,将藏刀死死地抓在手里,对着帐篷外小声地说:"是人是动物?最好快快离开,否则我就不客气了。"帐篷外的动物并没因我的话而离去,我独自暗暗地掉"金豆",并将能想到的神仙全都请出来祈祷了许多遍,依旧无济于事。我只能闭上眼睛,将身子整个缩到睡袋里,要死面朝天,不死万万年。

  同行者声嘶力竭地在帐篷外大声叫唤开了。我不知道发生了什么事,一骨碌从睡袋里爬出来,手里紧握着藏刀。我刚把头从帐篷里伸出来,帐篷外几个人异口同声地叫开了:"快回去,不敢出来!"但是他们已经迟了一步,我已经出来了,而且另一个人也从帐篷里出来了,急问发生了什么事。吊床上的几个人从吊床上跳了下来。

  天上闪烁着几点星星,我们依稀可以看到有两个黑乎乎的动物在帐篷周围活动。我们的喊叫声引起了养蜂人和狗的注意,此时狗吠声一片,养蜂人的帐篷里也亮起了灯,紧接着有人向我们这边跑来。等我们打起手电筒寻找时,两个黑乎乎的动物早已不见了身影。

  养蜂人热情地邀请我们到他们的帐篷里去过夜,说我们这样过夜太危险了,山里的金钱豹和野猪都会对我们造成威胁的。我们谢过了养蜂人,说:"没事,万一有什么事,我们还可以到汽车里去躲避的。"养蜂人见我们执意不去他们的帐篷,也只好回去了,对我们说如果有什么要帮忙的只管叫他们。

  虚惊了一场以后,加上蚊子的"一夜长谈",尽管我回到帐篷里努力地闭上眼睛,可还是怎么都睡不着。我听到帐篷外有人小声地说着话,原来他

秦直道档案
大秦直道

◎ 98

● 魅力石门

们也跟我一样睡不着。我再次从帐篷里爬出来，跟他们坐在一起说话，有人递给我一张报纸以便驱蚊子。

此时的山间静得让人害怕，四围的山将这条蛇一般的公路包围，像一口井。当再次抬起头看这座山时，我发现这座山像魔王的一只手，只要它稍稍一动，我们将会粉身碎骨在这个魔王脚下。特别是不时还会有猫头鹰从头顶划过，凄厉地叫唤着，在山间回旋。或许是心理作用，只要你留意，总能看到有绿的或蓝的抑或是红的眼睛在看着你，这些真是古道上的幽灵吗？古道真的会神秘地吞噬我们吗？这时你会感到人是多么渺小，生命是多么短暂，光明是多么可贵，活着是多么幸福。我们真的应该好好地珍惜每一寸光阴，要好好地活出个人样来。

第一次在山里过夜，我们谈了许多事，也幻想了许多事，好事、坏事，身处在这种环境里，该想的和不该想的我们都想过了，也算是我们的中国梦吧。

天上的星星不知什么时候悄悄地隐去了，紧接着就下起了小雨。山间的天气就这么不近人情，说翻脸就翻脸，我们只能赶紧躲到帐篷里去。

雨不知下了多久，可能是因为太累，加上折腾了大半个晚上，我还是睡着了。等我醒来时，睡袋已经泡在了水里，好在衣服还没湿透。此时天也渐渐地亮了许多，我钻出

帐篷赶忙翘首仰望，大雾遮天盖地，使四周一无所见，山的痕迹几乎全被掩盖去了，残露的山形时隐时现，如刚画出的水墨画。由于害怕迷路，我们没敢下山。去养蜂人那里要了一些开水，以便驱逐寒意。

约一个小时后，大雾逐渐退去，山腰环绕着一条低云。山在云中逶迤穿过，若隐若现，变幻莫测，嶙峋的岩石都笼罩在这轻纱般的薄雾之中，幽谷花香，美若仙境，大家的心情也豁然开朗起来。

清晨的山林比夜间热闹了许多，睁开眼睛，满眼的绿，翠玉色的初夏如顽童般挥舞着鞭子飙游在秦直道上。此时的风是绿的，山是绿的，空气也是绿的，小鸟的啁啾声划破了山野和厚重的烟岚，松鼠、兔子、锦鸡、蚊子、蛇、青蛙等也都苏醒了过来，好不热闹，原始森林成了一幅活的画。如果没有亲眼见到，像我们这样住在城市高楼大厦里的人是想象不到生命中这种可望不可即的美的。此时在这里，我们真能用脸颊去感受云的缥缈，用肌肤去享受自然的沐浴，用脚去诠释攀登的真谛，用手去触摸神奇，用臂膀去拥抱崇高，用心去体验生命的坚强，用思想去领悟生存的必需，用豁达去讴歌上苍的伟大。我们不得不感叹古人的智慧和眼光，在这里修建兵站的确是明智的选择，既隐蔽，又仿佛置身于人间仙境。

淡淡的薄雾笼罩了郁郁葱葱的林间小路，此时我们眼里塞满了绿，像在梦游。

我们的确在梦游，绿在身边，绿在脚下，绿在眉弯，绿在心间，绿透了，绿醉了，于是一首好听的歌曲从心田里飘了出来："淡淡的薄雾凝聚了林中小路，石门（峨眉）山的香客都在梦中行。你燃一炷香，他点一盏灯，山月不问人间事，何以慰苍生？白的是老人发，红是姑娘亮丽的裙，结伴进入神仙境，都在梦中行。你还什么愿，他拜什么神？山月不问人间事，何以慰苍生……"这首歌唱峨眉山的歌曲放在这里再恰当不过了，因为此山还真有庙还真有神。

此庙绝非观音庙，此神也绝非财神，而是一个愚人的庙，一个愚神。绿牵引着我们去了一个让人舒展又让人伤痛的地方。舒展的是我们的情怀，伤痛的也是我们的情怀，因为此庙此神。

◎ 扶苏庙

我要说的不是石门山的壮观和富丽,这是初夏,在这种地方无疑是到了梦的天堂,所有华美的辞藻都难以说清这里的美,所以我索性来说这里的历史和一段让人痛心疾首的故事。

这个故事还是要从风景说起——沿着石门山山口向东走约300米,一条幽静的小道旁有一个指示牌上显示有"扶苏庙"三个大字。

这是一座现代人修的庙,但我不知道为什么要为扶苏修庙,扶苏既不是秦王,又不是功臣或者大将军,更不见其有什么过人之处或者为自己、为百姓谋过什么福利,不过是生在皇家差点继位为皇上的一个幸运而又倒霉的公子罢了。

既然来了,就肯定要去看看。我们沿着曲曲折折的山路向山的深处探寻,好在此处风景宜人,只当访古踏青的,心情倒是很不错。

◉ 扶苏庙

一条幽幽的小道向前伸延，既神秘也神奇，好像此处真的有什么仙什么神似的。七弯八扭，上山下沟，走上五六里路方可到达。庙小得可怜，一座小亭子似的屋子里有三尊石膏像，正中间的肯定是秦始皇长子扶苏了，两旁的一个是大将军蒙恬，一个是副将王离。

　　庙中只有一看庙的老道，老道心非静，四处游窜，见来人，忙坐其中，口中念念有词，说的都是一些不着边际的话，无非是想向人募捐。募捐给神啊佛啊都是胡扯，但我还是捐了，不是为求得一点什么灵兆，而是真心想给扶苏一点香火钱。尽管我知道这个想法会落空，这个所谓的香火钱一定会成为老道的囊中之物，但是我还是给了，那是因为我感到疼痛，为扶苏而痛。

　　"君要臣死，臣不得不死，为忠；父要子亡，子不得不亡，为孝"这句话被浓缩在了这个不足10平方米的小庙里，成为人臣之楷模、人子之楷模。

　　石门依旧一上一下、一左一右、一大一小、一高一低、一南一北地在那里矗立着，此处绿依旧，心已凉，什么庙啊神啊，山月不是不问人间事吗，拿什么来慰苍生？

　　于是父子、兄弟、君臣的冤魂都聚于石门，借此宜人的风景做道场，没完没了地讲述着历史的是是非非以作消遣。

◉ 扶苏庙

◎ 刘家店还在沿用的秦直道

刘家店林场准确地说已经不属于旬邑县了，地图上已经将它划到甘肃境内，它属于甘肃正宁县。

从旬邑县石门山徒步去刘家店林场几乎是不可能的，不说山大沟深，也不说秦直道断断续续根本行不通，就是绕道走也是万分艰难的，几乎没路。

去刘家店林场可以从旬邑县城出发，沿211国道到藻池，向北上306省道，经马栏到刘家店林场。

马栏至刘家店林场一段处在子午岭山脊，正是原来秦直道的路线，如今却如旬耀公路一般修成了现代公路。

此处也不难找，路边立着一块路碑，上刻有"秦直道"的字样，却是旬邑县所立。其实此地在陕西和甘肃的交界处。秦直道之所以被开发利用或者想申报世界文化遗产特别艰难，就在于秦直道跨越三省区——陕西、甘肃、内蒙古，要开发利用或者申报世界文化遗产须得三省区同心协力才行。然而秦直道的起点在陕西，终点在内蒙古，保存得比较完好的路段也在陕西和内蒙古境内，秦直道只是从甘肃的边上穿过，也只是在陕西的旬邑县、黄陵县、富县的部分路段有越过甘肃的，所以甘肃对开发和利用秦直道兴趣不是很大。

由于这十几年的呼吁，秦直道逐渐被各方面重视，有三处做了旅游开发。一处是淳化县凉武帝村，秦直道的起点，可惜的是淳化县凉武帝村附近跟秦直道有关的历史遗迹太多，淳化县又是国家重点贫困县，僧多肉少，投了几百万也不过是点缀了一下而已，没形成气候。

第二处不是秦直道的终点麻池古城，而是在内蒙古鄂尔多斯境内。鄂尔多斯财力雄厚，政府也重视，所以前后投资了

● 作者在秦直道碑文旁

10亿多打造出非常华丽的人为景观，并建立了恢宏的秦直道博物馆，还拍摄了古装电视连续剧《大秦直道》。但是不知道为什么，此地秦直道的旅游一直没有热起来，甚至走进旅游景区都大门紧闭，找不上个人。

第三处在不起眼的子午岭山脊上，由甘肃一家企业投资修建了一个直道山庄，能同时接纳二三十人吃喝住宿。此山庄占地约15亩，很隐蔽，不在秦直道上，而在秦直道经过的山腰上，生意还不错。据说现在甘肃政府也开始重视秦直道的旅游发展，准备在正宁县秦直道旁建秦直道避暑山庄和旅游景区，现在才开始规划。

秦直道在这一段的走向是从甘肃正宁县刘家店林场南边台地转弯直上子午岭山脊，经黑麻湾、野狐崾岘、南站梁、十亩台，沿子午岭至雕灵关。

此处秦直道路面一般宽约5米，最宽处约10米，两旁路基高约1—1.5米，但不一定是原始路基。刘家店林场就在子午岭最南端，地形复杂，地势险恶，不亚于主山脉。

虽然天色不早了，我们还是沿林场内的秦直道进行了考察。这里的秦直道实际上就是林区正在使用的道路，有20公里左右，许多地方后来进行了修整。这里的路面不算太宽，一般在6—7米。一些研究者认为，秦直道这么浩大的工程，当时施工条件又是那样落后，如果全部从零修起，无论如何两年多是修不完的。

其实蒙恬在修路的时候利用了战国时期的旧路，对其加以连接、整修、取直。秦直道在延安以南尤其是富县以南子午岭上这一段是曲曲折折的，并非"直道"，其主要原因就是当时修路用了大量的战国旧路，主要是用赵国和魏国的旧路，也有秦国的旧路。秦直道要想在子午岭上完全取直几乎不可能实现，现在的包茂高速公路几乎和当年的秦直道是平行的，不同的是包茂高速公路走的是山谷，秦直道走的是山脊，就这样，包茂高速公路在延安以南也不是直的。现在旬耀公路和刘家店这一段的路之所以都在秦直道原有的路基上修建，破坏了秦直道遗址，这也是无奈之举，因为再想开辟一条新的道路太艰难。所以当年修直道也只能利用战国旧路，想完全创新取直简直不可能。外加上当年修建秦直道的工期特别紧，两年半主体全线贯通是一个什

么概念？就是现在修一条全长千八百里的道路，想两年半全线贯通也是不可能的。

我第一次到刘家店林场是冬天，当时赶到此处时已经接近傍晚了，而且积雪很深，给考察带来一定的难度。

一个队友始终如一地跑在最前面，距我们约1里路。另一队友有些着急，一边呼喊，一边朝前冲。由于体力不支，这场雪又下得突然，让人没有心理准备，所以在这深山里我也不敢贸然行动，只得和司机坐在车里等他们。

二十分钟左右，司机指着远处对我说："前面有一头奶牛。"我好奇地

◉ 刘家店林场现用的路就是秦直道并沿用至今

东张西望，由于车里有雾气，我没能看清楚。下得车来，我用望远镜一看，天啊，那不是奶牛，是一只健壮的金钱豹，它在目视着我们，并不时地向前迈上一小步。我将望远镜递给司机，司机看了一眼，收起望远镜，立即开车去追前面的队友。

好在有惊无险，车艰难地拐了一个弯朝回走，再次走到我们发现金钱豹的地方时，大家人多，底气也足了，就想下车拍一张照片，可此时夜幕急速降下，已经看不到200米外远了，金钱豹早已没了踪影。

大家感觉没有尽兴，路遇一位老农，便上前搭讪，老农说："秦直道？我知道，这条路长得很，淳化县是起点，一直向北走，好像要走到内蒙古的一个什么地方。你们是干啥的？"我说："拍电视的。"老农紧张地说："说句你们不爱听的话，你们这电视就别拍了。"我问："为什么？"老农说："这条路早就没人走了，听老人们说，这条路危险得很，路上有很多古村庄，有进去的人，没出来的人，沿途到处是陷阱和暗器，那都是古人打仗时候埋下的。还有些地方路难走得很，走着走着就迷路了，迷了路走不出来，饿都要把你饿死的。你就是不进古村庄，一路上也会碰到野兽，野猪和豹子最多。好在这冬天蛇都冬眠了，否则蛇也不少。听说多年前有两个外地来考察子午岭秦直道的，就是叫豹子吃了，有个山里的猎人看到的时候，只剩下一堆骨头，旁边是几件血衣服和一个照相机。他看了看旁边留下的蹄印，是金钱豹的。从那以后，考察的人就少了。我爷爷说，秦直道这条路不吉祥，从古到今都是一条死人的路。真的，人走在那路上就容易死。"

老人说得我们毛骨悚然的，我们确实捏了一把汗，因为我们刚刚是看到了金钱豹的，相信老农说的话是真的。但是害怕归害怕，几个人依旧不死心，看到旁边有一个学校，进去后才知已经废弃，里面空无一人。又费了一些周折，终于找到刘家店林场场办，林场书记翟广生热情接待了我们。

刘家店海拔1360米，属子午岭南段。刘家店林场的自然资源十分丰富。秦直道由此往北先后与甘肃的宁县、正宁、合水、华池等县的部分地界"亲密接触"。

刘家店林场在甘肃省正宁县境内，管辖面积22万亩，有林木1000多

种，以灌木为主，现有花卉800多种，珍稀动物20余种，包括金钱豹、鹿等，药材300多种。林场有职工八九个人，平时没有多少事，也没有多少外人来。几年前曾有几个人来此考察过秦直道，这几年也没见有人再来过问关于秦直道的事了。

离刘家店林场不远处据说是埋葬了秦始皇长子扶苏两个女儿的两女岩遗迹。沿着林区的秦直道北行20多里就是黑麻湾，在这一带相距5里就有一座烽火台，共有三处。直道的路面也稍平整一些，有些地方路宽有30米。

刘家店林场的秦直道正是陕、甘两省的交界线，再往北就是马栏、后畛子、雕灵关，从而到达黄陵县境内的艾蒿店。这一段路况非常差，是整个秦直道途经道路最难走的一段。

沿途全是茂密的原始丛林，步行一天也见不着一个人。说有路也有路，说没路也没路，披荆斩棘颠簸不止地小心翼翼驾车勉强也能过去，因为这土路勉强还有一车宽。在这个荒凉的山巅还能有这么一条路，主要要感谢电力部门和石油勘探队给我们的考察做了贡献。

但此处若是下过雨就举步艰难了。所以这一段还是适合徒步，徒步的好处是这一路还有很多古建筑遗迹，有驿站，有兵站，有古村庄，还有戏楼子等古遗迹。其实这段路的自然风光也是很美的，很适合探险游。

这段路总体给人感觉很神秘，很刺激，值得为此付出一整天的时间步行到雕灵关。到了雕灵关也下不了山，建议最好带好帐篷，在秦直道上过夜。

秦直道在旬邑境内曼延约80公里，在这80公里的途中，有平原、高山、沟壑、原始森林，风景无限美好。

只是沿途人烟稀少，交通不便，通讯不通。由于与外界交往得少，当地人都很善良质朴，不防人，很好沟通。但秦直道沿途医疗和经济都很落后，人们生活水平不高，基本上靠自产。林场几个职工的工资也很低，好在不需要怎么花钱，有钱也没地方花，没有了攀比，不用为购房和物价飞涨而操心，也还算惬意。

◎ 访直道第一人兰草

兰草是现代最早在报刊上发表关于秦直道文章的人，现年80岁。我第一次见他是在十二年前，第二次见他是在六年前。

这位老先生家住黄陵，1956年在富县县报工作，一直到1981年，而后又在陕西画报等单位从事新闻工作。他从80年代就开始搞黄帝文化研究，一直到今天，已经出版了十几本关于黄帝文化的书。

● 作者和兰草合影

兰草先生应该是现代第一个发现秦直道遗迹的人，尽管他后来没有研究秦直道，却为秦直道的最先认定做出了一定的贡献。

兰草说他关注和研究秦直道是从1961年开始的，那时他并不是为了研究秦直道才去考察秦直道的，第一次发现秦直道是在60年代初因考察陕、甘两省边界而误走上秦直道的。当时给他们带队的是王世奎向导。兰草对同伴们说他找上了秦直道时，王向导还指责他，认为他胡说。当年他才二十几岁，正是血气方刚的时候，年轻人就有些不服气，晚上他们夜宿杀人庄，他躺在吊床上打开手电翻看了一些资料，确定他发现的的确是秦直道。后来他又看了许多资料，就写了一篇文章在《新民晚报》上发表了。事后香港等地纷纷打来电话，各界人士对秦直道也就开始有了议论和争议。

他第二次走上秦直道是在70年代，当时是因为生产队的一条狗给弄丢了，他带人寻狗，再一次误走上秦直道。事后他在《西安晚报》上又一次发表了一篇关于秦直道的文章，再次引起了争论。他说现代著名的历史地理学家史念海教授也走过、写过秦直道，史教授写了一篇三万多字的关于秦直道

的文章，在这篇文章中，他认为秦直道是要经过定边的，还绘了一张路线图，于是这条路线就成为一条明显的大曲线。

兰草认为史教授走的秦直道线路是不正确的，就算走也只是走了局部，考察了一些地方道路和支线，就误认为是秦直道。关于秦直道的路线，兰草与史教授分歧较大，他认为秦直道不可能走定边，否则直道就成"曲道"了。

事后，兰草还陷入一场是非之中，其实他说他并不想去与谁争，他只想澄清事实，可后来他不但没有澄清，反而弄得接二连三是非不断。他感到再争下去已经没意思了，所以事后又写了一篇《我所走过的秦直道》作为声明，本想从此跳出这个是非圈，但直到现在还是有人找他问关于秦直道的事，他一听此事就烦。

说归说，可是当我们向他询问秦直道的时候，他还是滔滔不绝地跟我们讲他是如何发现秦直道的，他对秦直道的了解和认识，以及秦直道在富县和黄陵这一段的具体情况等，因为他就是在富县和黄陵段偶遇秦直道的。由于争论比较大，他也就没再去考察和研究秦直道，对其他地区秦直道的情况也不清楚。

兰草说真正的秦直道最宽处有60米，在富县和尚塬上，此处可以并排行驶十五辆卡车。秦直道在子午岭上的路线由南向北经石门山、刘家店、上畛子、艾蒿店、沮源关、安塞镰刀湾、志丹等地。并说这一段秦直道都很明显，路基保存得也较完整，从黄陵的秦直道向北走到上畛子林场到艾蒿店，现在这一路有石油勘察队，车还能开过去，可以一直开到和尚塬。

兰草说和尚塬上的秦直道非常漂亮，很值得一看，它像一条巨蟒伏在地上，很是壮观。

我问杀人庄是否也在这一带，

● 兰草说的千佛洞

兰草说杀人庄就在八卦寺附近，离此地不远。他还说和尚塬上有个千佛洞，朝代记不清了，现在还保存完好，可以看到。艾蒿店旁边立着一个秦直道遗址的石碑，他认真考察过，此碑没有立在真正的秦直道上。

兰草说他们当初在水磨坪西半坡上的王村古寺庙院内还发现唐代李世民征突厥时留下的一块碑，上写着"唐武德四年李世民北征经过圣道"等字样，现在肯定找不到了。

秦王朝历时太短，历经十五年就灭亡了。秦直道真正发挥军事作用是在西汉王朝，汉武帝刘彻当年率十八万大军沿直道北上巡视朔方，威震匈奴，返回长安时祭黄帝陵。他留下的祈仙台、挂甲柏，至今留给后人攀登、怀古。

隋朝灭亡以后，李渊、李世民父子乘机夺取农民革命果实，建立了大唐。当时唐朝为了巩固政权，很注意北方突厥动向，李渊派儿子李世民领兵前去试探军情。后来元、明两代都沿用过秦直道。到了清代，秦直道就慢慢衰落下来。到了20世纪60年代严重困难时期，逃荒难民来到这里，发现又宽又平的路，正好种庄稼，谁知，路基土质硬，而且是熟土，种上庄稼不肯长，以后子午岭一带的秦直道就彻底荒废了。

兰草说他们当初考察秦直道花了四十三个黑夜和四十二个白天，非常辛苦。他建议我们到上畛子林场后找双龙镇政府，让他们派一个人跟随我们做向导，否则容易迷路。

临走时，兰老还说中华民族有许多非常宏伟的工程，秦直道不亚于秦长城、兵马俑，只是没有人好好开发和利用它。他建议秦直道沿途的每个县都把属于他们县内的一段秦直道保护好，哪个县比较富裕一些，他们可以提前开发，在秦直道周围修建一些仿秦仿汉建筑作为旅游配套设施，并可配备一些直升机和滑翔机，供游人从高空参观秦直道以及娱乐。他建

◉ 作者再见兰草

议最好是由陕西省文物局、文化局等单位投资开发，成立一个秦直道旅游公司，将秦直道旅游做起来。

热爱秦直道的人都这样，都希望秦直道旅游开发早日实现，希望秦直道也如茶马古道一般成为热门的旅游景点。

◎ 黄陵直道探幽

黄陵县是中华民族始祖之一轩辕黄帝陵寝所在地，也是陕西乃至全国重点旅游区之一。黄陵旅游资源得天独厚，县境内有各级各类文物古迹二百七十二处，名山、名树、名水、名泉等自然景观百余处。1993年，黄陵县城被定为省级历史文化名城，黄帝陵风景名胜区已被列入省级风景名胜区，已申报国家级风景名胜区。

轩辕黄帝陵寝号称"天下第一陵"，陵区有柏树8万余株，其中千年以上古柏3万余株，是我国最大的古柏群，是黄土高原上不可多得的绿岛奇观。这里是全国重点爱国主义教育基地之一，具有不可替代的历史文物价值和人文优势。

黄陵石刻精工细镂，技艺高超。宋代双龙千佛洞石雕和黄帝陵庙陈列的历代帝王"御制祝文"石碑均为稀世珍品。此外，反映黄陵四季风光的桥山夜月、沮水秋风、南谷黄花、北岩净石、龙湾晓雾、凤岭春烟、汉武仙台、黄陵古柏等八景独具特色。秦直道更是境内又一中华奇

● 桥陵圣境碑

● 黄帝陵

● 蚰蜒岭秦直道遗址

迹。目前县旅游、林业等部门正加紧规划，积极开发子午岭地区的秦直道线路和人文历史旅游资源，在整修有关道路的基础上争取把秦直道旅游纳入全县旅游统一规划中，这也是我们的希望之一。

2013年，秦直道遗址在第七批国家重点文物保护单位里就有两处，一处是秦直道的起点淳化甘泉宫，另一处就是跨越陕西黄陵县、富县、甘泉县、志丹县的这一段了。这一段刚好都在延安市境内，于是延安政府也很重视对秦直道的保护和利用，据说是准备投巨资将秦直道打造成绿色长廊，集环保和休闲娱乐为一体的旅游景点。我也在积极筹备拍摄一部电影《探秘秦直道》，也是准备在这段秦直道上拍摄。

秦直道在黄陵是由艾蒿店沿子午岭山脉北行，到沮源关又沿蚰蜒岭东行，再到三面窑北行入富县防火门，长约50公里，一路"堑山堙谷，直通之"。路宽30—40米不等，最宽处达60米，有六个烽火台、六个垭口和石块垒起的路基等遗迹，大部分路段都可以行车。2009年陕西省交通厅组织了一个七人考察团，由交通厅工会主席姜志理带队，对这一段秦直道进行过初步的考察。事后，大家纷纷表示很惊奇，也很感叹古人的伟大。

秦直道在黄陵境内保存得还算完好，沿途都是原始森林，人烟稀少，野生动植物在此繁衍生息。秦直道沿途古遗址、古村庄很多，沮源关附近尤其密集，有三面窑、八面窑、柏树店等古建筑遗迹，还有一个震惊世界的古窑洞建筑群——午亭子。

◎ 富县访古

所有去过秦直道的人都去过富县境内的秦直道，所有还相信秦直道遗址保存得还比较完好的人也都会说起富县境内的秦直道。我也组织过作家、书画家、摄影家、媒体到秦直道采风，一般都是带他们来看富县境内的秦直道，尤其是车路梁上的秦直道遗址，它是目前保存得最完整、最壮观、路面最宽、能步行也能驾车行驶的直道路段，也是秦直道由南向北最直、最通畅、最痛快的路。

富县辖八镇五乡一个街道办事处，交通便利，县城是连接陕、甘、晋三省的重要枢纽。《鄜州志·记事》上说："鄜州西百余里，有圣人条。" 鄜州即今富县，圣人条即秦直道。富县旅游资源也比较丰富，除秦直道外，境内文物景点有二百余处，著名的有号称天下第一的铸造于唐代的富州铜钟、建于唐代的开元寺宝塔、宋

◉ 作者在张家湾秦直道上

◉ 石泓寺

◉ 石泓寺里的佛像

代柏山寺塔、石泓寺石窟（就是兰草所说的千佛洞）、唐代大诗人杜甫居住过的羌村遗址等。

富县又是革命老区，毛泽东、周恩来、刘少奇、林伯渠等老一辈无产阶级革命家曾在这里留下战斗和生活的足迹，著名的直罗镇战役、榆林桥战役就发生在富县。

目前，有关部门正积极探索开发秦直道旅游项目的路子，如制定政策、吸引投资、改善景区条件，并将秦直道、子午岭、石泓寺石窟、柏山寺等纳入同一旅游线路，同时对槐树庄、和尚塬段的秦直道进行自然生态游和考古探险游的调查论证，以期作为秦直道旅游开发的突破口。

富县最壮观的秦直道路段，也是整个秦直道最具魅力的一段，在张家湾乡和尚塬至望火楼的山岭上，这段山岭叫车路梁。秦直道由南向北经防火门进入富县县境，经八面窑、槐树庄、白马驿、大麦秸沟、和尚塬、鲁柱坪到墩梁，在县境内长约90公里。黄陵县的兰草老先生文中所写的秦直道正是位于富县张家湾一带和尚塬上的秦直道。他的文章发表后，秦直道开始被人关注，被人考察、研究，被人探索，被人发掘，被人开发。据我所知，多数实地考察过秦直道的人都到过和尚塬，因为此处的秦直道最宽，保存最完整，可视性和冲击力都很强，而且它是秦直道的身子，非头非尾。有人说这里是秦直道的肚子，原因是一个人全身就肚子最大。所以我在想，秦直道不是一条简单的道路，而是一个人，一个有生命的人。

出富县县城，向西走约25公里便进入林区，路边有一牌子，上面写着"富县天然林保护区"，据说是国家天然林保护林场。车向西再走约30公里，著名的直罗镇战役纪念馆和直罗战役革命烈士陵园就在眼前，也是去往秦直道的必经之地。

◉ 八面窑遗址

◉ 油坊台秦直道遗址

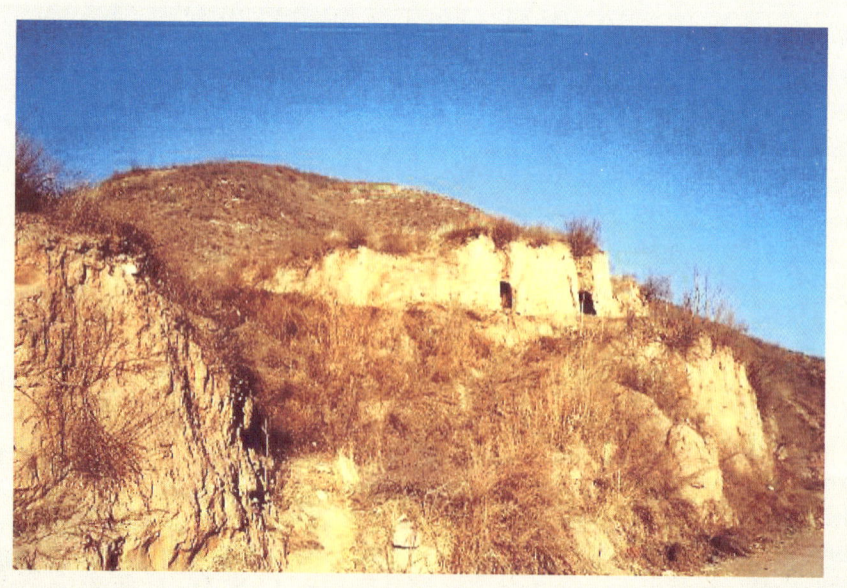

◉ 秦直道上白马驿遗址

⊙ 柏山寺塔　　　　　　　　　　　⊙ 直罗战役革命烈士陵园

　　直罗镇战役纪念馆、直罗战役革命烈士陵园和柏山寺塔其实都在一起,去柏山寺塔也要走纪念馆大门,参观此处不用买门票。纪念馆门前立有两个碑,一碑上写着"柏山寺塔",另一碑上写着"直罗烈士陵园"。柏山寺塔是唐代所建,现为陕西省重点文物保护单位。出园后,迎面有一碑,碑上赫然写着几个大字:"直罗战役烈士纪念碑",左边有一段直罗镇战役简介,全文如下:

　　直罗镇战役简介(一九三五年十一月二十一日至二十三日)

　　一九三五年十月十九日,中央红军长征到达陕北吴起镇,与红军十五军团会师,国民党当局调集五个师的兵力,分东、西两路向我进攻,妄图乘我立足未稳而加以围击,毛泽东、周恩来和彭德怀等同志指挥中央红军和西北红军,部署了直罗镇战役。

　　十一月二十日,敌一〇九师沿葫芦河川,在飞机掩护下窜进了直罗镇。次日拂晓红一军团由北向南,红十五军团由南向北向直罗镇发起猛攻。上午十一时,我军攻入直罗镇,敌师长牛元峰率残部五百余人狼狈逃窜至寨子山,我军随即将其团团围困。当晚,敌军从东、南、西三个方向增援,均被我分兵阻击,不能前进。我军主力在向西迎击敌援兵时,于张家湾歼敌一〇六师六一七团。

　　二十三日晚,寨子山残敌待援无望,仓惶出逃,师长牛元峰于逃跑中被击毙,其余残敌全部被歼。直罗镇战役歼敌一个师又一团,共计六千二百余人,缴获了大批枪支弹药。

　　直罗镇战役的胜利,彻底粉碎了敌人对陕北根据地的第三次"围剿",给党中央把全国革命大本营放在西北的任务,举行了一个奠基礼。

富县人民政府

一九八五年六月

出了纪念馆的大门，路上行人已经多了起来，还有一些卖食品的小摊。一辆中巴车载满从富县到张家湾的乘客摇摇晃晃地驶过，扬起一路灰尘。我们问路边一摆摊卖水果的老人去槐树庄的路怎么走。老人指点，就从他正面的一条小路一直向南走。此段路为乡级公路，不太好走，估计有80公里路程。80公里路往常一个小时就能到达，现在估计两个小时也不一定能到。一个卖肉夹馍的妇人说大概要三个半小时。这话说得我们心里有点悬，如花上三个半小时才到槐树庄林场（农场），那才划不来呢，到那儿一没饭吃，二没店住，怎么办？但是我们仔细一想，此妇人肯定是坐三轮车或拖拉机，像老牛漫步吧！80公里怎么也不可能花上三个半小时，于是还是决定前往。

车在坑坑洼洼的小路上摇摆不定，不时有人的头碰到车上。既来之，则安之，死都不怕，还有什么可怕的？尽管知道危险无处不在，前面山高路险，沟壑蜿蜒，禽兽出没，怪石嶙峋，刺木参天，而且罪犯成群，简直如入了狼窝，但不入虎穴焉得虎子？尽管我们胃里已经翻江倒海，但始终意志坚定一路前行。

我突然想起《小马过河》的故事，其实我们差点成了这篇文章的主人公小马，走这段路既不像我们想的那么快，也不像妇人说的那么慢，我们花了两个半小时，于中午1点1分到达槐树庄林场。

这里有槐树庄农场（劳改农场）和延安市林业局下属的槐树庄林场。槐树庄是秦直道线路上的著名兵站。

此处随时可见三五成群的犯人扎堆在一起，要么蹲着，要么坐着，或斜站着。我们上前向几个狱警简单地问完路便匆匆地驱车离去，免得惹事。

去槐树庄林场考察秦直道一定要做好充分的准备，此处没地方吃饭，没地方住宿，路边有一个仅能放两张桌子的餐馆，黑乎乎脏兮兮的，在这罪犯成群的地方，估计很少有旅人停下脚步光顾此店吧！

驱车沿着西南方向的小路上山，路边有一跨路横牌，标明此处为陕西富县槐树庄监狱农业生态开发工业区。穿过路牌朝南走，此处地形较复杂，山都是一样的山，路也是一样的路，没有向导，谁也不知秦直道匍匐在哪个山梁上，没有人指导，也不知哪个山梁叫什么名字。此处到处都是劳改犯人，他们在放猪、放牛、放羊，也有的在修盖房子。尽管都是些即将释放的外役犯人，但瞧他们横眉竖目，虎背熊腰，怎么看都让人觉得有点怕。我们在农场、林场附近没敢多待，车也开得不慢，准备瞅准时机、瞅准人再问路。

车离开林场办事处3里多路，一辆摩托车随后而来。于是我们连忙将车停住问路。其实骑摩托的两人也是来追我们的，他们是林场的职工，以为我们是来此探监的，主要是怕我们乱扔烟头，引起山火，所以前来加以警告。此时正是秋冬季节，满山枯枝干叶，一个烟头就有可能毁了整个山林。我们掏出了证件。骑摩托车的小伙子姓赵，是关中人，另一位名叫谷传忠，是槐树庄林场林政股股长。谷股长一听我们是为秦直道而来的，很是兴奋，自告奋勇要为我们当向导。他对他们管辖范围内的秦直道了如指掌，他说他的工作主要就是巡山，有时一天上几次山，山间的一草一木他都熟悉得很。

◉ 槐树庄秦直道烽火台

◎ 夜宿槐树庄

槐树庄林场场长呼生荣和副场长刘玉生知道我们是来考察秦直道的，万分高兴。林场旁有一间很小的小酒馆，也是唯一的小酒馆，晚饭由呼场长和刘副场长请客，并亲自作陪。

呼场长是延安人，刘副场长是榆林人，两个陕北汉子非常热情豪爽。呼场长让我们今天住在林场，林场有几口窑洞里放置了几张席梦思床，专接待省、市、县下来的考察人士。他说，要去沮源关考察秦直道，我们那车根本不行，明天还是开上他的北京小吉普到沮源关去比较保险。再说去沮源关的路尽管只有一条，可路况很差，有时你还看不出来是路，容易迷路，不熟悉路况还容易翻车，在这崇山密林里叫天不应叫地不灵，想搜救都无从下手，太危险了。他明天会派一个人做向导，给我们引路，他本人明天要开防火会，否则会亲自陪同。

盛情难却，一杯接一杯，喝了个半醉，席间还玩陕北的打三关、猜大小，欢声笑语一片。呼场长说他们这里离城较远，一年也难得有几个人到此处。槐树庄林场管辖面积有490多万亩，就他们这几十号职工，而且具体管事的就那么七八个人，平时很少有外人，所以见到我们非常高兴，有朋自远

● 和槐树庄林场场长等人在沮源关秦直道遗址上留影

方来当然乐乎。

闲聊中我们问起劳改农场的事，我们见劳改农场的监狱是破破烂烂的窑洞，感到好生奇怪，问，此处真能关住犯人吗？在我的印象中犯人都神通广大，几口破窑洞岂能关住他们。

呼场长说："的确是，此处犯人有八九百人，狱警有二三十号人，以前经常有犯人闹事，现在不太多，越狱现象也有，只是犯人逃不出去。山上的路不多，犯人越狱后一般不敢走大路，只能一头扎进树林里。林中没有吃的，还有野兽，况且一天两天又逃不出森林，一进林中就会迷路，好多犯人逃走几天后又转回来了——在林中没办法生存。"呼场长说，此处犯人主要是陕西的，关中地区犯人较多，到此处服刑一般都是十年以下刑期，犯人逃走划不来，千辛万苦还要让亲朋接应，逃出去后再被抓回来就是重刑，好好在此表现几年还可以提前释放，何乐而不为呢？

这是第一次夜宿劳改农场附近，而且呼场长原先准备让我跟一个陌生女人同住，我怕会是一个外役女犯人，没有去，所以一夜迟迟不敢酣睡。加上窑洞的门锁不牢，总预感晚上会出事，不是有越狱犯人就是有野兽会突然闯进来。窑洞简陋得一塌糊涂，陈旧的窗户用1989年的《陕西日报》糊上，玻璃上还有一处破裂，并掉下来一小块。窑洞是砖窑，但里面黑乎乎的，多半是被烟囱熏的。一盏古老的25瓦灯泡上蒙了一层黄灰。

这里的夜特别冷，窑洞里生有炉子。因为我是第一次住窑洞，既好奇又紧张，而且以前有过煤气中毒的惨痛教训，所以只要睁着眼睛，多半时间都盯着炉子，随时准备着只要它敢冒烟，我就朝外跑。反正我一夜没脱衣服，早做好了各种准备，并且在枕头旁放了两把刀。夜宿陌生的地方不免有些疑神疑鬼，心比天高，胆比鼠小，其实一晚上都安然无事。凌晨4点钟还听到公鸡叫，这可是非常令我惊奇的，我想，公鸡真神，它怎么知道此时刚好4点呢？

由于此处手机没信号，也就没关手机，将它当手表用。凌晨4点36分，公鸡叫第二遍，5点12分，叫第三遍。其实公鸡叫第一遍之前，我的炉子已经灭了，没有烧过炉子，也就不知道半夜应该起来加煤。窑洞的东北角堆了

一堆煤炭，我却没动一块。到凌晨，窑洞内已经很冷，也就更加睡不着了，不到7点便起了床。简单梳洗后，他们也都起床了，刘副场长过来招呼我们去吃早点。呼场长本来是说将他的吉普车借给我们让我们自己开上沮源关，今天他却说山路不好走，他对路况特别了解，他要亲自开车与我们同去，将防火会往后推迟了。我们很是感动，这个陕北汉子如此热情豪放，让人没办法用言词来加以感谢。

◎ 探寻沮源关

吃完早点，呼场长亲自开车，并让林场的小赵陪同我们四人一起上沮源关。临出发之前，还让小赵到农场借来一支半自动步枪和三十发子弹，一是为了防身，二是为了给我们打点野兔之类的野味饱一饱嘴福。

车窗上结满了霜花，走出10多里也没消。吉普车摇摇晃晃，风从车窗钻了进来，将我们的表情也打扮得很是僵硬。离开槐树庄林场，从白马驿向西北前行1里多路时，遇到一些外役犯人在盖房子，砖块将路面拦住，我们于是绕道而行。再向前走约半里路便到了陈家沟，陈家沟路边有一大截木桩将路挡住，并上了锁。呼场长下车，去通知路边窑洞的人开防火会，并让其将木桩摇起，放我们通行。一个流着鼻涕、脸冻得通红、全身脏兮兮的四五岁的小男孩拿着一把钥匙过来，嘴里嘟囔着："开了锁好。"其实开过了就没再锁好，我们的车在颠簸的路上跳跃着远去了。

我感到奇怪，问呼场长，这孩子为什么不上学呢？呼场长说这孩子的父母是从甘肃逃到这里来的农民，在此以放牧为生。这里没有学校，孩子也就不可能上学，孩子父母也没有让孩子到直罗镇去上学的意思。这小子野，也不是个学习的料，他冬天在雪地里光着脚丫乱跑，没人管他，他不怕冷，也不生病，可怪哩。

陈家河附近的路特别不好走，山路上车辙印很深，但这是我们到沮源关的必经之地，尽管胃里已经翻江倒海，可我们又有什么办法呢。

太阳已经缓缓升起，温度也逐渐升高。路两旁荆棘丛生，我们的车如同乘风破浪，穿山越林而过，野草和树枝不时将"手"伸进车窗"热情"地跟

◉ 沮源关附近秦直道

我们打招呼。车继续向前走了约30公里，在距沮源关不远的被当地人叫杏树院子的丛林深处，我们发现有一块古碑，碑上刻有"嘉庆捌年十月动工，次年九月十九日开光成功"等字样，前碑文中有"关圣帝君、观音菩萨二位神庙两间、戏楼一座、隋代火房斋□膂力成工各出已资……以上三生共施十四千文……"字样。碑是斜着裂开的，一半埋在土里，许多文字已经漫漶不清了，我们无法知道全文，但是有一点可以肯定：秦直道周围到嘉庆年间还热闹非凡，在这深山野岭中还有过寺庙和戏楼子，此碑文只是一个布施碑文，上面记载着百名布施人的名字。在碑的附近有不少清砖清瓦残片。离此处几十米处，我们还发现有庙宇、戏台台基遗址。在沮源关北边，据说以前也有清代的寺庙台基和戏楼土台，20世纪60年代因知青垦荒而被破坏了。

看来直到清朝，秦直道沿线及周边还是非常繁华热闹，村庄多，戏台多，庙宇多，香火旺。联想到在其他路段发现的房舍、窑洞、行宫、和市（交易市场）和农庄遗址，一幅车马喧阗、行者熙攘的古道生活图展现在我

们面前。

  这一带山梁上还有大水井遗迹，也有"五里店""三里店"的地名，进一步说明了当时村落相望、炊烟相连的历史事实。

  槐树庄林场至蚰蜒岭一段的秦直道两旁，也有不少废弃的老窑洞，还有"八面窑""三面窑"等地名，旁边也还能拾到秦汉或清代砖瓦残片。

  在黄陵与富县交界的张村驿附近有个地名叫柏树店，原来叫百户店，古时是个不小的村庄。秦直道沿线和周边还有许多这样的窑洞式村落。

  当时的繁荣是我们无法估计的，尤其是跟现在的荒凉联系不到一块儿，也使人难以想象。此处名曰杏树院子，可没见一棵杏树，倒是遍地都是瓦砾，我又在此处捡到两块较完整的瓦当，以作证据。

  在去沮源关的路上，汽车的后右轮轮胎破了。我们下得车来，呼场长和小赵快速地换上备用轮胎，又立刻上路。10点35分路过午亭子，向南就是沮源关。

  沮源关海拔1687米，以前叫兴隆关或贵人关，后来叫走音了，叫成鬼门关，再后来就叫成了沮源关，因为此处在沮水河边。这个贵人指的就是唐王李世民，他征突厥时在这里住过。兰草先生说发现唐代的一块碑就在这附近，可惜的是，他们当时把碑埋了起来，后来再也找不见了。沮源关一带的秦直道在唐初期时李世民命人修缮过，以便于用此路来运粮。

  古时的秦直道虽然自秦、汉、唐、宋以后军事作用降低，但并非像今天一样苍凉凄落，而是充分发挥着和平的功用，直道沿线一直是人居众多，商业往来频繁，人喧马嘶的繁华地带。

  呼场长让小赵开车下山将桂花源林场的张永贵老师傅给接上山来。我看了看呼场长所指的桂花源林场，其实沿一条小路上山很近的，开车反而远了。我笑看了一眼这位"山大王"，呼场长好像也看出我的心思，笑了笑说张师傅年龄大了，腿脚不利索。我再仔细看着这个粗犷的汉子时，心里肃然起敬。他应该算是一个好男人，粗中有细的好男人，他今年44岁，张永贵也才56岁，山中的人可能长年日晒雨淋，所以看上去苍老一些。可他关心张永贵如同关心一个七八十岁的长辈，怎能不让人敬佩？

据张师傅介绍，唐王李世民征突厥时从此经过，20世纪60年代知青在这里开荒种地，人气很旺。

沮源关秦直道遗址宽6—7米，也不知此处以前就只有这么宽，还是后来水土流失将原来的路面冲毁了。张师傅说以前就只有这么宽，我想他所说的"以前"只是我们来之前，最多也只是他来此处以前，怎么能证明两千多年来只有这么宽呢？我们拿出望远镜仔细地搜寻秦直道路基在其他地方的痕迹，很遗憾没有什么新发现，至今也没弄清此处秦直道到底有多宽。

浩荡的群山，纵横的沟壑，秦直道在此忽胖忽瘦，腾腾跃跃，隐隐现现地伸展到远方。此时我的思绪在山风中飘摇，在那烽火连天的久远岁月里，在车马萧萧、旌旗猎猎的秦直道上，兵士如潮，威震匈奴。秦始皇殡车徐徐，声势浩浩荡荡；汉武帝威风凛凛，鼓角争鸣；唐王雄慑天下，惊心动魄……往事像一幕幕画卷呈现于眼前，战旗飘飘，羌笛悠悠，军马云集，飞刍挽粟，武夫宿将，君临城邦，生生死死……全在眼前，全在一瞬间，这是

⊙ 沮源关秦直道上古驿站遗址

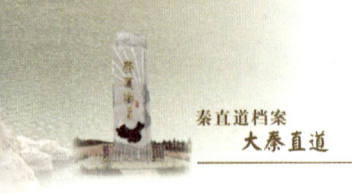

一种怎么样的感觉嘿！秦直道伴随着参差起伏的茫茫大山，像陡然翻涌的排排巨浪，澎湃过，磅礴过，凝固了若干年流逝的风风雨雨，现在也该无怨无悔笑傲江湖了。

从沮源关往东走，可沿蚰蜒岭到三面窑，再向南走就连接上黄陵的艾蒿店等处了。此处离艾蒿店只有45公里，开车披荆斩棘还是能过去的，但是需要熟练的司机和高底盘小一些的越野车才行，若是路虎、霸道一类的越野车估计有些够呛。

张师傅说，以前有个姓韩的老人对秦直道很是了解，以往来考察秦直道的人一直是由他带路，不过他现在不住这里了。

我问张师傅，到此考察秦直道的人多不多？张师傅说，不多。据他所知，十几年前有一个自称是省文化厅还是省教委的姓郭的来此考察过，并说，他要回去给省上打报告，让省上将秦直道作为旅游景点来开发。张师傅他们很是高兴，左等右盼也不见人。后来又过了几年，大概是前七八年吧，姓郭的又来了一次，还带了一个学生，他们又是比画，又是用仪器测量，还是老韩带的路。自那以后就没见有人来，估计那姓郭的早就退休了，这秦直道开发计划也泡汤了……

◉ 唐太宗昭陵

我下得山梁，向沮源关遗址近处走去。沮源关历史古远，应该是在唐代建的，而此处的土窑洞遗址看上去最多也不过一百来年，不可能是唐代建筑，至多是在老窑洞基础上重新修复过。整个窑洞连山梁加在一起高约10米，砖土结实，梁上杂草丛生，窑洞口坐北朝南，呈弧形，洞门口有用树木围起的羊圈，还堆有许多高粱秆。此处虽说没住人，依然被牧人合理地运用着，有两间窑洞里还养有黑山羊。向东一口窑洞有坍塌的痕迹。

沮源关朝南有一个山谷，当地农民叫它皇帝庙。窑洞门前有一块平地，据说以前也是一个庙，现在已经看不出古庙的痕迹了。我们根据一些散落的清砖清瓦分析，此窑洞应该建于清代。距窑洞西边约100米处，有一棵名为金银木的树上结满了大红色的野果，像山胡或木莲子般细弱，此果不能吃，在这孤山野岭中也不是很起眼，仔细看看却很别致，有着秋菊般傲寒斗霜的风姿。

我们带的半自动步枪最终也没发挥任何作用，不但没遇到对我们造成威胁的野兽，就是我们想打的野兔也没见到一只。头顶上一只老鸹凄厉地叫着，尽管很烦，却没一个人动心要去打它，主要是因为它在飞行，不好瞄准射击，再则大炮打麻雀，有点大材小用了。老鸹见没人理它，很是无趣，便灰溜溜地飞走了。于是这杆步枪成了我们的道具，我们纷纷与它一起留影，事后对着呼啸的山梁放了几声空枪，也算过了把瘾！

◎ 世界之最——古窑洞群

午亭子处在陕西黄陵、富县和甘肃正宁县、合水县的交界地带，古称午云寨，是子午岭主峰，位于陕、甘两省交界的峰峦区，四面环沟，崂梁交错，居高临下，地形险要而复杂，易守难攻，自古以来是兵家必争之地。

"蒋军偷袭午亭巅，旗鼓号鸣士争先。不负陇原父老心，春风着意解倒悬。"这首诗是红军警三旅旅长黄罗斌所作。

红军长征到达陕北后不久，国民党军胡宗南部开始大举进攻延安，在午亭子处跟红军展开了歼灭战，最后以红军歼敌一百余人，俘敌

◉ 午亭子上下九层窑洞

副营长以下一百三十余人，缴获轻机枪四挺、掷弹筒七具、步枪五十七支、各类子弹三万余发而告终。

　　据史料记载，自秦修直道以来，这里曾经长期兴盛不衰，成为兵家、商贾过往云集的重要驿站，尽管现在人迹罕至，依旧能看出它当年的雄伟和繁华。

　　午亭子上下九层共有一二百孔土窑洞，那气势和规模，如果没有亲眼所见是想象不到的。尽管现在它已经废弃了，但是它的价值没有废弃，因为它是目前发现的世界上最大的窑洞建筑群。

　　我在考察秦直道的时候偶尔发现了这个古代的伟大工程，就想它可能是一个古兵站遗址。当地人有的说这里曾经是一个镇子，有的说是一个县城，都只是猜测而已。是什么年代修建，何人修建，哪些人使用过，为何又被抛弃，关于这些至今众说纷纭。但从建筑结构来分析，应该是明清时期的产物。

　　连续九层，这样的窑洞建筑在黄土高原上施工难度是很大的，挖这么多窑洞，挖出的土都得堆起一座山。像这样上下分层修建窑洞，首先是选址很关键，虽然都是黄土，有的土质松，有的土质硬，还有的即使在同一座山、同一个断面上，土质也不尽相同，经常有挖窑的人，挖了一段后才发现土质有问题，不敢再挖了。没经验的挖着挖着土塌下来就会被埋在里面。2003年9月，陕北子洲县就出现了土山崩塌事故，有十二个人被土压死，原因就是挖窑时选址不当，施工时多次切坡，而且土质过于疏松，黏结性不够，稳固性

◉ 午亭子附近的秦直道

差。分层修建的窑洞，分层越多，难度越大。窑洞能修到九层，的确令人惊叹。可惜知道午亭子的人太少，同样考察秦直道的人，至今没一个跟我提及这个大的建筑群。2013年年末，在陕西省图书馆举办了首届秦直道摄影大赛，参赛的作品有3000多件，收集了秦直道沿途的各类风景，遗憾的是我没看到午亭子的身影。2009年陕西交通厅组织的三辆越野车七个人的考察队，据说去了很多非常奇特的地方，也依旧没见到午亭子的影子。

只因此处交通不便，通讯不通，又在深山大沟旁，能到达此处的人太少太少。政府应该重视起来，将其申报世界吉尼斯纪录，使其成为一个震惊世界的文物旅游景点。

当地的老乡说，这些窑洞不敢进去，进去会死人的，说里面有古人布下的暗器。这话很使我感伤：人住的窑洞，却荒废到让人害怕走进去，这不就更会荒废吗？我还是走近察看了一番。这些窑洞建造很精巧，根据地形因地制宜，有的窑洞有约20平方米，也有的只有四五平方米，窑洞和窑洞之间还相互串联，类似于关中地区的地窨子窑洞，不需要走出门就可以通往自己想去的地方。只是我至今也不明白：此地土质并不是很坚硬，怎么就能挖下这么多而且上下九层的土窑洞呢？

现在有个别窑洞还在被利用，农民用它来圈羊，羊群在里面倒是冬暖夏凉。窑洞里还有放羊倌扔弃的现代垃圾等。原始的保存是一份收获，却也是一种凄美。

为什么到了近代以后秦直道变得如此人烟稀少、荒芜寂寥了呢？究其原因应该主要有三：一是清末民族之间的流血战争很惨烈，甚至到了"望烟杀人"的地步，许多村落的人都被杀光了，剩下的纷纷逃离这死亡之地；二是这里后来暴发了瘟疫和克山病、大骨节病等严重的地方病，造成了"万户萧疏鬼唱歌"的局面；三是地貌恶化和水土流失严重，使人被迫离乡背井。

午亭子那九层窑洞的壮观景象，它周围的荒凉落寞，是可以让人产生古今之叹、沧桑之感的。在这里我感到像是做了一个糊涂的梦，到底是梦回了秦朝，还是梦回了唐朝，抑或是梦回了被战争清扫过的清朝，我说不清。

◎ 家牛变野牛

在路上我们遇到一家背着干粮找牛的农民，我们感到奇怪：自己家养的牛怎么不见了，要这么兴师动众地一家人背着干粮上山找牛？农民说："现在的牛已不是以前的牛，它成大爷了。"说着摇头远去。

呼场长说，农民为了减少开支，节约时间，一般不养牛，闲时将牛放入山间，忙时将其找回。

我们问，这么大的山，上哪去找呀？

呼场长说："以前农民忙时要用牛只需吹一吹口哨，牛就自己回来了。可现在朝纲变了，牛也变精明了，知道找它没好事，不但吹口哨不见回来，你找它，它反而还会躲起来或蹲下不动，所以要用牛时就得一家人背上干粮上山找才行。"

我们听后感到好笑，唉，这世道真是今非昔比，连老实巴交的老黄牛也变了，何况是人呢！

牛是比以前聪明多了，虽然随着牛的进化，找牛越来越难，但农民还是乐此不疲，找牛给人感觉好像成了一种游戏，也成了对自己体力和毅力的考验。有幸的是，在那片山林中至今还没有丢过一头牛。虽然牛与人玩着斗智斗勇的游戏，但是只要人找到它，它一般还是会乖乖地跟人回去耕地的。牛在山林中待久了，也许会变成牛魔王，但牛魔王本事再大，还是比孙悟空差那么一点。

在这片原始森林里感觉真有趣，只有近距离接触它，你才会懂得人和自然和睦相处的生存之道。

沿途我们不时遇到甘肃农民越境放牧，还遇到一个手拿锄头像是偷草药的少年。呼场长下了车，将他全身上下摸了一遍，从他兜里摸出一本破旧的小学二年级的语文课本。他说他是放牧的，呼场长再三叮嘱他不敢抽烟，小心火灾，说着我们又驾车往回走。

从杏树院子沿秦直道往北走，回槐树庄农场，就可以到达众所周知的防火门三面窑处，这段秦直道至今还在利用。这段路在地图上被标为县级公

细说秦直道

● 三面窑秦直道遗址

路，可以行使汽车。

　　时值下午5点多钟，金黄色的山梁沐浴在夕阳中，道路两旁的芦苇高仰着头，整齐且有秩序地排列在路边，好似迎兵仪仗队亲切地爱抚着车窗和我们的视线，秦直道像是《奥德赛》中海岛女妖的化身，否则不会吸引我们千里迢迢地来找寻它。此处路面宽15—20米，不过只有中间5—6米是较为平整的土路。

　　车行在上畛子梁上，秦直道遗址在夕阳的余晖中有些浮躁。前人栽树，后人乘凉，想必秦始皇看到我们驾驶着现代交通工具在他老人家修的路上驰骋，应该是非常自豪和欣慰的！

　　此处的秦直道已经不是一条简单的路，它是一个英雄，是一个凯旋的将

军，几千年来它依然生机勃勃，豪情万丈，它与大山融为一体，它与这温馨迷人的秋天相伴，尤显得靓丽多彩、婀娜多姿。其实它还是一个美少女，等着你去发现和品味。我想，就是一块铁站在这里也会被感化的。

烽火台遗址很多，也很明显，我们一路又发现四五个，它们雄赳赳地傲立在山冈上站着最后一班岗。烽火台一般高约5米，周长约20米，5里一处，很是壮观。

一天忙碌下来，我们的胃里已经翻江倒海，再看几个人，几乎全成了出土文物，大家你笑我像兵马俑，我笑他像挑山工，再回头看，那辆吉普车已经被树枝"爱抚"得成个"大花脸"了。我们一脸歉疚，呼场长却豪爽地一笑："没关系，整天在山间跑都习惯了，再喷遍漆就行了。"嘿，这个西北汉子！

看得出来，呼场长等人对开发秦直道旅游很有兴趣，并将这个兴趣和期待都寄托在我们身上，因为此处交通落后，通讯落后，教育落后，经济落后，他们很期待经常与外界交流、沟通。在呼场长等人心里，若秦直道能得到保护和利用，将车再喷上几次油漆又何妨。

我们不敢说大话，只是答应一定尽力。因为对秦直道的保护和利用既是呼场长等人的希望，也是我们的希望，但却不是呼场长或我们能做到的，这些都有赖于政府，只有政府重视，秦直道才会再次迎来辉煌。

我们没有食言，自我第一次考察秦直道至今已经有十五年之久，年年都在对秦直道进行各种各样的宣传，并积极与政府沟通。这十五年来秦直道已经广泛受到社会各界的关注，作家、书画家、摄影家、媒体、驴友等等不停地往返在秦直道上，为秦直道的保护和旅游开发而呼吁。奇怪的是，这十五年来少说也有几百人穿梭在秦直道上，我却几乎没有看到有人宣传或者写沮源关、午亭子、杏树院子周围秦直道的情况。难道这一块儿真的成了无人区吗？我很伤感。

细说秦直道

槐树庄以北秦直道遗址

◎ 槐树庄林场以北秦直道现状

接下来的探访由槐树庄林场林政股股长谷传忠给我们带路,在他的带领下我们又朝北走,路过白马驿,然后徒步上山,山上的古道就是秦直道,当地人习惯称之为秦直道梁。上山的路非常陡峭,也没有明显的路,没人带路是很难上去的。

谷传忠股长是一个非常健谈的小伙子,他一边健步如飞地攀登,一边还心不慌,气不喘,有条不紊地给我们讲解,不时引经据典,间或穿插一些传说。由于没能跟上,有一些我没能记下。他说再往前走有一个上畔子梁,再往北通过大麦秸沟就可以到五里铺附近的和尚塬,这条路很直,不需要问,直接走下去就是了。只可惜这一段车上不来,人要想上来没有向导就是走在秦直道脚下也找不到上山的路。如果从直道梁上山步行穿越和尚塬,建议最好备好干粮和帐篷,否则一天下不了山。

从槐树庄林场旁的油坊台朝北边山梁上眺望,可以看到一座烽火台。这

座山梁当地人称上畔子梁。往西还有一座电杆梁，可能是因兰州军区某通讯连曾在梁上架线布杆而得名。我们就从这里的陈家河沟往北循秦直道的路线爬上山梁。这段秦直道相当宽，路基夯得十分坚硬。谷股长说，关于当年铺路用的土有三种说法：一种说法是铺路的土是炼（烧）过的，另一种说法是土层由黄土、石灰、风化岩混合而成的三合土，还有一种说法是土里掺了盐（这个可能性等于零）。不管怎样，当时的筑路者在路面质量和保护上是下了一番大功夫的。

正因为路基结实，到后来还有人在路基下挖窑洞居住。我们没走多远就发现路基下修建的后来又被废弃的几处窑洞，具体修建窑洞的时间没人知道，但谷股长分析，窑洞旁边的树估计也有一百多年的树龄了，所以这窑洞至少是清朝时候的了。废弃的窑洞坍塌下去，跟山谷连成一体，让人感觉到它们跟山谷一样悠久。其实这路基到底是用什么土筑成的，在科技如此发达的今天，要解开这个谜并不难，只是人们还没想到去认真研究它罢了。

此处的秦直道跟其他地方的秦直道一样，只长灌木不长乔木，路面上低矮的艾蒿、杂草现已枯萎，但依旧能看出它们有着坚强的毅力和伟大的生命力。堑山堙谷依旧，垭口处和沟壑处特别明显，从南向北，右边的沟壑像乌龙潭般斜泻下去，深不见底，此处就是兰草老先生说的杀人沟。

提起杀人沟，还有一个传说，说从前有一牧童上山放羊，听到山里有一个声音问他："东边开还是西边开？"牧童年少无知，又只听声音不见人，当时不知该如何回答。连续几天，他都听到同样的声音，他感到很奇怪，便回家问母亲。母亲告诉他，如果再有人问他东边开还是西边开，便回答说东边开。第二天他又上山，听到同样的声音，他便回答："东边开。"于是，东边天旋地转，不一会儿便裂开一个大口子，慢慢地将山分裂开来，形成了现在的模样。

其实这样的传说故事编得很是拙劣，我们也只是随便听听而已，秦直道沿途可以收集无数类似的故事。

秦直道梁往南一段的直道路面特别宽广，最宽处约有60米，平均路宽也有20—30米。此处到处都是古村庄遗址。杀人沟对面山梁上有一块平地，

○ 杀人沟处秦直道遗址

叫木瓜寨，沟底有一个古寨叫古瓜寨。这些古村庄据说是唐代所建，秦直道沿线到唐代时已是一条商业大道，沿途的古村庄、古寨子特别多，如山脚下有一处叫白马驿。沿途这样的古村庄数不胜数，但至今为止我们还没发现有一处古村庄像张弢所说的那么危险。或许危险依旧存在，只是我们没有多余的时间勇敢地去一一察看。再说张弢他们所说的都是老皇历了，他至少在二十年前来的此处，在那之后他便没再来了。在日新月异的今天，别说是二十年，就是两年前的景物跟现在做比较也有了天翻地覆的变化，况且据谷股长说，很少有人来问关于秦直道的事，最近一次至少也在四五年以前，有两个人徒步来过此地（我们在这一块探访时是2002年）。据他所描绘，我想徒步考察者应该是贺清海和张泊，但仔细一算，应该是八年前的事了。当然这只是我估计的，也是从张泊的《子午岭上秦直道考察手记》里知晓的。

白马驿遗址在槐树庄农场以西约800米处的一道山坡上，是当时的兵马驿站，两排窑洞相对而立，窑洞口有的呈半圆形，也有的呈长方形，洞内现仍有被烟囱熏过的痕迹，据说此处在清末仍有人居住。白马驿在秦汉时期是个换马或临时歇脚的驿站，看其规模，大致数了一下，约有三十二口窑洞，便可猜想到当年这个驿站还是不小的。

据说这一带还有其他类似的兵马驿站，估计在唐代这些驿站应该是马匹交易、商业往来之处，足可证明秦直道沿途曾经有过繁荣昌盛，也有过人叫马欢的热闹景象。

现在的白马驿驿站遗址看上去跟午亭子的修建年代和模式差不多，估计也是明清时期留下的。秦汉时期人们是否会挖窑洞不得而知，也有可能是秦汉时期挖下的，后代人陆陆续续在这个基础上巩固、维修，从而再使用。

● 杀人沟

◎ 也说杀人沟

杀人沟路面上长满了一种长6—10厘米的刺，当地人称之为杀人刺，杀人刺透过我厚厚的牛仔裤和毛裤直刺到我的小腿肚子上，生疼，晚上上床时才发现居然还扎破了皮，流出了血。我想，这是不是古时冤魂未散的士兵，误认为我是当年杀害他的人，或者是将我们认作是始皇、武帝或唐王李世民，而幻化成刺前来进行报复？还是他如地方评剧《血盆记》里所说的有意引起我们的注意，好为他雪洗冤仇呢？

只可惜现在朝纲变迁，今非昔比，古去今来年代已久，我们实在无能为力。《血盆记》讲的是一个秀才进京赶考，夜宿一窑场，窑主其实是一个很善良的人，见秀才住宿，不愿收店钱。秀才过意不去，执意要给店钱时被窑主看见了他的钱财。夜间窑主便起歹心，将秀才杀害，谋了钱。秀才的血溅到正在烧制的一件瓷器上。此瓷器烧出来光滑无比，色泽亮丽，窑主舍不得将其卖出，便送给县官。县官将此瓷器当夜壶使用。每当晚间小解时夜壶便大哭，县官莫名其妙，上灯观之，夜壶无声。一到黑暗之处使用，夜壶又大哭。县官有些害怕，蒙了一块黑布想弃之，夜壶突然开口说话，并向县官讲述了他被杀害的经过，后来县官为其雪洗冤仇。

我知道亘古以来中国所有的伟大工程，都是中华人民智慧与勤劳的结晶，至今为人所讴歌礼赞，可每一种工程和文明的背后都渗透着野蛮与丑恶、暴力与牺牲。秦始皇筑长城，修直道，建坟冢，修阿房宫，汉武帝徙民实边修宫殿，大夏国君赫连勃勃用千万人畜之血修筑统万城，等等，哪一项工程在现在看来都无比伟大，人们都会正面地去审视它的历史价值和可观赏性，去讴歌那些帝王的丰功伟绩，不管他们的残暴，不管他们的劳民伤财。"秦世筑长城，长城无极已。暴兵四十万，兴工九千里。死人乱如麻，白骨相撑委……"几十万兵士，九死一生是有些夸张，但我们不难想象，在北方的寒风冰雪中，在酷吏暴卒的刀杖绳索下，一批批人倒下去了，气势雄伟的长城却诞生了。千年古道秦直道的修建不也是以无数士卒百姓的血肉之躯为代价的吗？

秦直道是为战争而修的，所以道路修成之日，也就是大规模流血毙命的开始，与其说它方便了民族的交流，方便了文化的沟通，不如说它方便了大量无辜百姓和士卒的死亡。以下的数据就是一个明证：公元前125年，匈奴伊稚斜单于在上郡杀汉军数千人，双方死亡约两万人；公元前121年，李广杀匈奴三千余人，霍去病斩首八千余人，匈奴浑邪王所部被杀数万人；公元前119年，卫青斩首匈奴兵一万九千余人。仅在汉代，魂归九泉的匈奴人就有约三十万，汉兵、汉民身首异处者三十余万。这只是一个朝代一笔简单的账，可想而知，古时的秦直道是用人血铺就的一条道路。据说当年匈奴人在杀人沟处杀害汉民、汉兵数千人，汉人也在杀人沟杀匈奴人，同时也自相残杀。我相信此处的土尽管已经两千余年，但它一定是红的，那应该是重重灾难的象征。

杀人沟处直到一百多年前回汉大战时还死了不少人，此处的人几乎都死光了，直到几十年前此处还是尸骸遍地。相信这里的土地更红，所以这里的冤魂也应该很多，单单这沟的名字就足以让人毛骨悚然了。

至今我们还可以在沟底找到当年写着犯人名字的破碎的秦砖或木片。当

然，更多的被埋在了地下。现在很难找到完整的砖头和木片，即使找到，经过多年的风雨剥蚀，上面的名字也肯定漫漶不清了。

谷股长说，在这条林木遍布、人迹罕至的幽深的山沟里，常常会掀起一股阴风，将树木刮得胡摇乱摆，产生令人恐惧的呜呜哀鸣，像有无数的阴魂野鬼在集体呼喊。而此时，在杀人沟咫尺以外的地方却风尘不动。听说在杀人沟，真正令人毛骨悚然的一种更加古怪的现象是，在没有风的安静的沟里，经常可以听到战马的嘶鸣和一些人惨烈的号叫、奋力喊杀的声音，甚至还有相互叫喊名字的声音。这些声音要响很长的时间才能停止。

对这个我是相信的，因为我们在石门露宿时也听到过类似的声音，我相信古道是有幽灵，有冤魂的。而且这类的事情我在其他古遗迹上考察时，周围的民众也有说过的，可能是一种磁场效应吧。

不知什么原因，我不惧怕这个地方，甚至想在这里多待一会儿，总以为它还会告诉我什么似的。可我终究没有得到什么答案，留给我的是无限的想象与沉思。

◎ 不曾歇下的脚步

我们继续北行。秦直道时宽时窄，窄处有明显的水毁印迹。经过一段低矮杂木路段，秦直道在我们面前舒展起了身躯。这里的路宽有30多米，一面堑山，一面临沟。路基下的沟沿长满了橡树，虽然在冬日，也煞是好看。直道一般隔四五里就有明显的垭口，宽度基本与路面相当。我们还特意观察了特色鲜明的崾岘：在两个山梁之间填土构出一条路，两边都是沟壑，路宽20—30米不等，路基也较完整。

从白家店向大麦秸沟、芦茅坪方向，直道的遗迹都很明显，路面也比较平坦，路宽30—40米。谷股长说，

◉ 大麦秸沟直道遗址

◉ 富县白家店内秦直道

上山一般无路，如果没有向导是会迷路的，山间不但有野兽，山体随时还有可能滑坡，巡山人一般一两个人不敢上山，一是怕山体滑坡，二是怕偶尔遇到野兽，现在山间仍有金钱豹、土豹、野猪、羚羊、金雕等动物。子午岭是国家重点天然林保护区，仅刺树就有五六十个品种，现有的天然野生侧柏为重点保护林木，它们都是珍贵的林业资源，同时也为保护秦直道遗迹起到了作用。

秦直道所经过的槐树庄林场林地面积达到了33030公顷，森林覆盖率84.7%，以乔木、天然次生林为主，有油松、柏、桦、榆、杨等树木50多种以及多种花草药材。还有黑鹳、白鹳、金钱豹、金雕、鸳鸯、野猪等几十种珍稀动物。目前林场已申报子午岭天然次生林自然保护区，并获省上批准。近年来，各县的林场还开展了人工造林、飞播造林工作，并开始相继实行封山禁牧、封山禁伐，加强对天然林和各种林业资源的保护。

由于天色不早，也没打算在山上过夜，于是我们向北步行了十几公里，在勘察了地形路貌，记录了解了有关情况并进行摄影摄像后从原路返回。

在返回途中上到上畔子梁上，一座烽火台遗址高高地挺立在山峁上，烽火台上立有两棵树，真像是两个痴呆士兵在那里站岗。

这座烽火台高5米左右，呈土堆状，它像一个警惕的哨兵雄踞山头，俯视四野，南北数十公里的草木山川一览无余。正南相对的山梁上，还能望见一座烽火台，它们构成了这一地区直道的防卫和预警系统。

此烽火台下东西各朝下挖了一个宽约2米、深约5米的洞，谷股长笑

说："可能是某人将此处作为古墓挖掘的吧。"没有更好的解释，这应该是很好的答案。

站在烽火台上接受西北风的洗礼，群山峻岭尽收眼底，天高云淡，心高气爽，我们也有着占山为王的霸气。"群峦如浪云如海，浩荡喷涌奔天外。登顶顿生英雄气，江山美人入怀来。"这是我的朋友刘斌先生的诗，用在这里、用在此时是再恰当不过的了。

◎ 保存最为完整的秦直道路面

位于宜川到兰州的309国道175公里处的五里铺是秦直道由北向南上山的地方，公路边立有一块秦直道遗址的碑，此处为陕西省人民政府1992年4月20日公布的陕西省重点文物保护单位，此碑由富县人民政府立。其实到2013年，此处的秦直道已经是国家级重点文物保护单位了。

徒步攀上和尚塬，上山行走约5里，穿越灌木丛，眼前豁然开朗，一条长满了荒草和荆棘的宽广大道映入眼帘，准确地说不是大道，看上去更像是南方正在丰收中的梯田，尽管没有稻花飘香，但有秋的温馨、丰收的喜庆。驻足细看，非常符合秦直道堑半山、走高位的特点。这里的路宽最少也有30米。

再朝前走约1里路，秦直道劈山而上，非常平直宽阔，笔直的路段有时达近千米长，路宽一般都在40—50米，有的区域路段宽度超过了60米。深黄色的蒿草均匀地铺在路面上，在阳光照射下，直道像一条金色的长龙向子午岭纵深蜿蜒、前进，又像一条宽广的大河流向远方。在八九公里长的路段中，垭口和转弯的宽度都接近50米，道路坡

● 作者在秦直道上接受采访

◉和尚塬秦直道遗址

度不超过10度，正如兰草老先生曾描绘的，它宽阔得像一片延伸的开阔地，甚至可以起降飞机。

　　说实话，没来考察之前，对兰老的话我们有点将信将疑，今日一见，方知不是虚言。站在这里，眼前仿佛出现了秦皇汉武的车仗兵阵，几十辆战车在直道上并行，战马嘶嘶，旌旗猎猎，气势雄壮。我们也在想象，如果十辆现代载重卡车并排开在古道上，那又是多么让人感到不可思议。确实，这段直道如果稍加整治，完全可以供直升机或小型飞机起落，以方便考察者和游客。直道两边植被很茂密，油松、柏树、桦树、榆树、杨树和各种次生林木布满了山冈沟谷，可见近年来生态保护取得的成效。

　　往北探索前进，一段段宽展的路面、一个个马鞍状的垭口相继被我们搜寻到。登上一个缓坡，回头看看来路，漫长的秦直道更像一个从战场归来的金戈铁马的武士，枕戟安睡，静静地俯卧在逶迤的子午岭上，在酣梦中追忆千百年前的峥嵘显赫。

　　秦直道顺着山梁走，山脚下大片的树林在北风呼呼声中时而似小桥流

⊙ 宽广的秦直道路面

水，时而似滚滚浪涛。子午岭山脉层层叠叠，如潮水，如波涛，如少女美丽的胴体羞涩地蒙上一层薄薄的、朦胧的金黄色的霞衣。我相信没有人不爱这种山，没有人不为此激动，这已经不是山，是一种精神，是一种信念，更是一种希望。

又向北行走约1里路，秦直道中断了。我们在一马平川的路上奔走得兴奋了，路突然中断，总是有些不甘心。穿越约400米长的灌木丛，秦直道又清晰地展现在眼前，而且更宽，据我们估测，最宽处至少有60米，端直地向北伸延。这一段路全长有60多公里，可以直接通到甘泉县安家沟村和方家河村。

我们行走了五六里路便发现四个垭口，"堑山堙谷"的特征很明显。约走了7里路时，在一个山弯处，我们发现在秦直道路边的山崖上有四口窑洞，洞前还用木棍围成圈羊的栅栏。其中三口窑洞已经废弃，我们猜测这里会不会是古村庄。其实我一路都在找古村庄，既害怕，又渴望能有一点刺激，可我始终没敢向这口窑洞里迈上一步，哪怕明知这只是窑洞而已，那种大无畏的精神终究没能体现出来。

我手握大刀，站在窑洞门口朝里张望，有一口窑洞好像还有牧民居住过。此时没人，里面遗存下三个单人床床架和一个土灶台，烟火熏烤的痕迹明显，地上有一些羊毛、方便面箱子、草帽、啤酒瓶、罐头瓶、饮料瓶，还有许多小的青霉素瓶子。起先我们看不懂，心想，放牧便放牧，难道这牧倌还是个做药品生意的？后来我才明白，青霉素是抗菌药品，人需要药品，动物同样也需要，听说青霉素和土霉素混用注射到动物身上，还可以起到抗口蹄疫等作用。想必现在的牧倌并非文盲，他带着牧群，执着地守候着最古老的森林，同时也接受了外界的新事物、新科学知识。啤酒是汉斯2000，方便面是三鲜伊面，饮料瓶是芬达汽水。我们不禁设想，也许是一个或几个考察者曾借此栖身，抑或是在花飞草长季节曾经有过惬意的牧羊倌手舞着羊鞭，呷着啤酒，啃着方便面，恬静而幸福地目视着自己的羊群漫步在古道上，悠闲地吃着草。窑洞外有一个较大的羊圈，此时不是放牧期，羊群和它们可爱的主人一起不知去向，给人感觉它们不是羊群，而是候鸟群。

这一段直道依然是宽广的坦途。再走五六里，穿过一片低矮的杂木林，眼前又出现了一个大垭口。从望火楼到水磨坪、八卦寺的30多公里线路基本上没有人烟，但路基保存较好。

站在直道上朝东张望，我有了一个惊人的发现：山沟对面的豁口处，显露出来一层层清晰的夯土层，再看沟壑里面，有些没有完全被雨水冲刷掉的地方也有很明显的夯土层。这是秦直道的一部分吗？堑山，是不是就是将西边的山挖开了，土填在东边这个沟谷里了呢？如果是这样，秦直道在这一块儿最宽的路面就不是60米，而应该在100米以上，甚至120米。

我不敢肯定，于是沿着山沟向北走，一路走走停停，仔细观察分析，对面山沟约50厘米以下绝对是人为的夯土层没错。这个在后来的考古发现中也得到证实，因为我们脚下踩着的秦直道路面就在50厘米以下。这么说来，这个被冲击开的沟谷也是秦直道路面的一部分了。这怎么可能呢？秦时要求"车同轨"，那么道路的宽度最起码应是一样的，如果秦直道的宽度在100米以上，这条道路如何修建呢？首先从此向南的这一段就没办法完成。再说，即使出于行军或者打仗需要，也没必要一定都修成这么宽吧。除非将

◉ 秦直道上考古挖掘的探坑

此处修成战场。但古时战场不是固定的,而是随意性很强的,敌人绝对不会乖到任你指定战场,而后跟你作战的。即使是指定战场,也不会指定在这里,若敌人都打到这里来了,离关中王城也就不远了,岂不是有着灭国的危险吗?

事后我们分析,不一定秦直道所有的路面都一样宽,或许有规划是一样宽,也不过是二三十米宽,这一段之所以这么宽,主要用途有二:其一,可能是此处比较平坦,堑山堙谷也很好完成,于是在这里修建有兵站或者作驻军之用的建筑物;其二,这里有可能是堆放修路材料的料场以及筑路民工居住的场所。或者以上这些功能都有吧。因为这一段被冲开的沟壑延绵三四里路,当初秦直道修建的时间太短,秦时也还没有很好的防水功能,所以被填埋的堙谷部分路段经过两千多年的雨水冲刷又被冲开了。好在陕北一直以来气候都比较干燥,雨水少,两千多年过去了,以前的夯土路段还有没完全冲掉的,也就给我们的考察提供了很多依据。其他路段都有路面突然变窄的现象,许多恐怕也是山水地貌变化所致。

和尚塬往北的这段秦直道,其路面之宽平、路基之坚实都超出了我们的想象。可以说,它是我们考察调研中所看到的保存最好、最为大气、最令人激动的一段直道道路。

站在暖熏熏的冬日下,看着古老而伟大的秦直道从来处而来,往去处而去,天地悠悠,岁月如梦,逝者如斯,真令人感慨万千。

放眼望去,古道、西风、枯树、老藤、野草、蓝天、白云、大山、旅人,构成了一幅充满诗情画意、令人无限遐想的图画,仿佛天地时空都凝聚静止在这一时刻了。

林间不时有松鼠好奇地跑到路边来抢镜头。我们一路听信了十年前或几十年前来过此处的人的话,说子午岭上到处都是古村庄(可以杀死人或害死人的那类),还有凶猛野兽。我们没带武装部队,也没能带上枪支,只是带了几把刀。在这高雅圣洁的山冈上手舞大刀,显得特傻,玷污了古道的同时也降低了自己的档次,只有疯子才用凶器去跟西北风较劲。我快速收起刀,满脸通红。

我们向北走了约半里，又见一口窑洞和牛圈，依旧空无一人，窑内有一土炕，门前堆了许多牛粪，牛蹄印遍地，无人也无牛，原因大概跟前面的窑洞一样。

满山遍野的灌木丛中挂满了红塑料袋，像大山的装饰物，又像当年飘舞的战旗，雄赳赳、气昂昂地向我们示威。再仔细看，漫山遍野的城市垃圾或堆积或飞扬，唉！城市啊，玷污了自己，又来祸害这清幽的大山、古道，真不应该！

大约又走了10里，再次见到一个垭口，此处植被特别好。斜阳嚼碎崇山峻岭，原始森林像一个美丽的陷阱，吸引我们步入其中。延绵50公里的山路，只闻鸟语不见人，山谷中不时传来稀奇古怪动物的叫声，但并不像我们想象的那般可怕。

此处秦直道中间有一条人和车压出的小路，证明它至今还在发挥道路的基本作用。秦直道是道，所以没能种上粮食，也没有被耕种的迹象，只生长着一些小草和纤细的蒿草之类。路基土质特别坚硬，至今也不生长乔木，不过现在有一排排整齐的人为的树坑，不知是由于这段路夯土太实，树木成活不了，还是没来得及种下树木，导致古道伤痕斑斑。

淡黄色的山，淡黄色的路，并没有淡去我们的记忆和我们的热情，只恨日落如箭，它急于下山去跟大地约会，时下才4点多钟，夜幕就偷偷降下来，我们不敢朝前走，沿着来路下了山，晚上住宿在富县。

◉ 和尚塬秦直道遗址

◎ 甘泉访友不见友

甘泉县是延安市中部的一个县，它西南有墩梁余脉，北有崂山，洛河由西北向东南横贯县境。

甘泉历史文物遗存丰富，而秦直道就是它众多遗迹中璀璨闪亮的一条"宝带"。

甘泉县的著名旅游景点有石门石窟、香林寺坪摩崖题刻、美水泉和陕甘宁边区政府旧址、崂山战役遗址等。

县旅游文化等部门已多次对以方家河圣马桥为中心的秦直道遗迹进行了考察，并把秦直道旅游开发列入甘泉县95规划和旅游业十年开发目标。具体内容是搞两个环绕旅游线：一条是北线，包括圣马桥引桥桥墩遗迹、劈石遗迹、任窑子、老窑湾直至安条林场；一条是南线，包括安家沟秦直道路基、高山窑子到箭杆、赵家畔、寻行铺、墩梁一线。并使这两条线路与县内其他旅游线路串联起来，以此带动甘泉特色休闲旅游的发展。

◉ 圣马桥导堤

我们首次考察秦直道是在2002年秋，当时知道秦直道的人很少，基本上找不到一个能全程给我们当向导的人，都是走到哪一部分就去县文化馆或文物部门询问。要是有熟人介绍哪一个县的谁对秦直道比较了解，就会如获至宝地先去寻找人，问清楚再出发。实在没有熟悉秦直道的人，我们就只能靠地图一路问路了。

甘泉县文化馆刘虎林和上官云祥对甘泉境内的秦直道有所了解，我们希望能从他们那里了解到甘泉县一带秦直道的具体情况。可惜我第一次考察秦直道时没能跟他们联系上，因为那时候手机还没有普及，而我只有他们的办公室电话，打过去却始终没人接听。

好在甘泉县不大，全县人口还不到七万，县城约两万人，是延安治下人口最少的县，所以我们不费吹灰之力便找到了位于县中央的县文化馆。

◉ 高山窑子秦直道垭口

◉ 甘泉秦直道引桥桥墩

文化馆在一幢破旧黑暗的筒子楼的二楼，有几间非常简陋的办公室，陈旧的门上贴着用白纸打印的"文化馆馆长办公室"或"文化馆办公室"之类的字样，让我们能分辨出这的确是县文化馆。可是每个办公室都由"铁将军"把守，楼内一片狼藉，不免让人感叹文化的败落。

　　一打听，所有的人都知道刘虎林和上官云祥，甚至连他们的住址都清清楚楚，并毫无戒心地告诉了我们。他们说文化馆一般下午都不上班，让我们到其家里去找找看。我突然感到很奇怪：这里的人都很热情，但他们这种做法有些让人难以理解，我们毕竟是陌生人，而且他们没问我们从何处而来，去往何处，没看我们的证件，也没问我们是什么单位人士，找其有何贵干。是因为这里的治安环境好，人们不防人，还是因为这里的人厚道？

　　出于礼貌，我们并没有去刘家或上官家，经人介绍，我们与文化馆后楼的甘泉博物馆取得了联系，博物馆馆员李延利女士接受了我们的采访。她说秦直道在甘泉县境内遗存32.4公里，南部生长着树木，北部从方家河到老窑湾被开垦为土地，大部分保留完好。洛河南岸高山窑子到箭湾5公里这一段路面宽而平，成鱼脊形，最宽处残存58米，平均宽30米。洛河北上山处的秦直道遗址弯度大，坡度小，遇沟填平，遇河架桥，逢山开山，遇石堑齐，痕迹较为明显。不过现在方家河上没桥，尽管河水不深，但车过不去，她当初带中央电视台记者和《华商报》记者去过两次，都是涉水过河的。过河后朝南走上山，还有好几里路方可见到秦直道。她建议我们最好能雇一辆三轮摩托车或打摩的上去，她说此段山路不好走，山上荆棘丛生，让我们今天就不要去了，从甘泉县到方家河还有几十公里路，我们走不到方家河天就会黑的。

　　李女士打开博物馆展馆的门，让我们参观了甘泉境内方家河、安家河等处的秦直道遗址的图片。图片上的秦直道上春暖花开，绿装盛敛，如不介绍我们还真不知这些图片呈现的便是我们梦绕魂牵的考察目标。

　　此处秦直道是从一个较平缓的宽道伸延上去的，人工开垦的垭口依旧特别明显，至今还能看到。李女士还将在方家河、圣马桥附近任窑子一带出土的秦朝瓦当和板瓦搬出来让我们参观和拍摄，并打电话请馆长赵文琦也赶回

来，接受我们的访问。

赵馆长也非常热心，没等县上的会开完就匆匆赶回，将我们带到他的办公室，指着甘泉县地图帮我们查找路线，并将馆内所存照片找给我们看。他建议我们，若考察甘泉境内的秦直道，可以以方家河为中心，向南北徒步考察。

有趣的是，十年以后，刘虎林偶尔在书店读到我的书，于是千方百计跟我联系上了，遗憾万分地说错过了当导游的好机会，责备我当初为什么不到他家去找他。可是当他打通我的电话时，我已经将他忘得干干净净，直到他简单地说"甘泉的，道友（秦直道的朋友）"，我才耐心地听他的电话，才慢慢想起这个原本十年前就能认识的朋友。

因为有了秦直道，好像原本我们就很近，不需要过多的沟通，一见如故。我们成了无话不谈的好朋友。再后来，他也陪我上秦直道，热情很高，只是没有主见，我说什么就是什么，据说是尊重女性，哄我开心的表现。其实他还是一个画家、摄影家，对秦直道也很有研究。很可爱的一个小老头。

● 秦直道美如画（刘虎林摄）

◎ 甘泉访古

由于没有向导，一路上我们见人就问秦直道。沿途对秦直道的叫法很多，有叫圣人条，有叫皇上路，有叫云中直道……也有叫秦直道的，不过发音成了"驰道"。其实也没错，秦直道也是纵横南北的驰道的一部分。

甘泉方家河一带的人都称秦直道为圣人条。

从甘泉县城通往方家河基本上是柏油路，但是路况并不好，虽只有六七十公里的路程，开车却走了两个半小时。一路上拉石油的油罐车很多，长年累月下来，路上洒了很多石油，开车要格外小心，若是冬天易结冰，车容易打滑。虽是柏油路，却被大车碾压得坑坑洼洼的，极不好走。

方家河圣马桥秦直道遗址被洛河拦腰切断，一条现代公路横跨秦直道而过，路上车辆并不多。早些年这里经济非常落后，这几年据说由于石油和煤矿的开采，甘泉县成了个"小胖子"，经济实力不容小觑。

● 安家沟秦直道的春天

由于急于到洛河南岸了解秦直道的有关情况，当走到圣马桥时才发现了问题的严重：河上没桥，根本无法过河。在我们前几次考察的途中皆如此。

正在危难之时，我们在路边遇到背亲戚过河的农民贺慧忠，其亲戚想搭我们的顺车，所以顺便聊了起来。贺慧忠说洛河以南安家沟山梁上有圣人条，也有垭

● 刘虎林和贺慧忠

口,很明显。

热心的贺慧忠用他那瘦弱的身体将我们一一背了过去,回家放下潜水衣就带我们上山了。

山路并不窄,只是很陡峭。贺慧忠一天到晚走山路都已经习惯了,所以不久便将我抛在了后面,由于害怕野兽出没,又不得不停下来等我。

于是我们走走停停、停停走走向前寻去。再朝南走不多远又有一个垭口,周围还有农民种过的高粱地,现在还有高粱秆立于地间。此时已是下午3点多,我们抓紧时间向南进发,去找寻直道的遗迹。经过艰难的攀登,沿方家河走了约4里,我们上到了悬梁(当地地名)。这段秦直道宽窄不一,最宽处约30米,一部分被开垦成农田,另一部分有被冲毁的痕迹,还有些路面多布满荆棘荒草。经过一个垭口,到大弯(当地地名)再往南到达高山窑子,秦直道就是这么由南往北过来,在这里下山过圣马桥的。

山间一片苍凉,好在老鸹归巢、鸟兽还家,还算是一片繁忙。我环顾四周,山间有一棵小树上居然还开有黄花,花蕊为红色,花很小,乍一看去还有点像迎春花,点缀得山间有了一些活气。初冬季节能见到鲜活的生命使我们锐气倍增。此时有几只野兔惊慌失措地胡乱逃窜出来,可能是我们惊动了它们的安逸生活吧。刺槐、胡杨、沙松漫山遍野,山谷幽幽,不时可以看到暗红色的巨大的朝天刺,犹如城里人用来装饰家居的阳桃,真是美丽极了,又可怕极了。我不想再去打扰它们的宁静,只管朝目的地前进。

贺慧忠为我们唱了一首悠远的信天游,那婉转悠扬的歌声回荡在古道的上空,袅袅余音弥散向远方。此时的秦直道就像一条绵长的河流,流过了黄土高坡,流过了信天游的故乡。这条苍茫古道和信天游伴随着人们度过了一个个春秋寒暑,一个个日出月落,经历了一次次聚散离合……

众所周知的《走西口》唱遍了大江南北,闯关外的汉子们在送行者依依不舍的目光注视下,迈向那未知的世界,而脚下,就是那条已经几乎被历史长河湮没了的秦直道。

信天游和秦直道一个凄柔悠远,一个苍凉厚重,正像三哥哥和四妹妹这一对历尽苦难的恋人。

在这条古道上，至今还回荡着信天游质朴、悠远的歌声，这是古道的心声；在这条古道上，至今还演绎着一个又一个美丽、动人、凄婉的爱情故事，这也是古道的心声。信天游唱了千百年，到了20世纪40年代，它有了新的内容，同时也预示着古道又有了新的生机。秦直道上传唱起一首名叫《东方红》的信天游，新的信天游迎来了新的生活和新的希望，从此古道所在的这片土地就一直在演奏热情、昂扬、奋进、充满朝气的新旋律。

◉ *作者在方家河秦直道上*

我们赶到高山窑子南时天已经快黑了，此处的秦直道宽约20米，依旧长满了灌木（我们一路发现秦直道遗址上没有乔木），隐隐约约伸展到远方。

在山上行走了一二十里路，最终只发现一辆摩托车和一个手握镰刀的农妇经过。听贺慧忠说，他以前在这山间狩猎，常打到野猪、羚羊、野狐等，现在禁猎了，不能打。野兽在白天一听到人的声音就逃之夭夭，晚上却经常出没在村庄里袭击人。

贺慧忠邀请我们一定要到他家吃饭，盛情难却，我们也确实饥饿了一整天，也就没再推辞。

贺慧忠家并不贫困，尽管住的是窑洞，但是很宽敞，没有楼上楼下，但有电灯电话，还有两台彩电，并安装有有线电视。贺慧忠说他有五个孩子，大儿子在一个加油站工作，二儿子学开翻斗车，一个女儿在外学美发，另两个女儿在上学。家中养有猪、鸡、羊、驴等牲畜。贺慧忠没事时还做点小生意，从西安、北京等地进一些服装到桥镇上去卖，还代为收购杨树花送到外

◉ 安家沟秦直道遗址

◉ 安家沟秦直道   ◉ 方家河秦直道在山顶

地去卖，日子过得很殷实。

　　贺慧忠40岁出头，人很精神，也很精干，很乐观。他说他所在的安家沟村是一个不大的行政村，共有25户人家，多数住着窑洞，有几户人家的窑洞就建在秦直道的路基下。

　　吃完饭，贺慧忠带上他的两个朋友打着手电筒背我们过河。我们不得不由衷地感谢这里的农民，他们的朴实、善良、憨厚不是能用文字形容的。在科技飞速发展的全新社会里，他们还完整地珍藏着中华民族古老的传统美德，可爱的父老乡亲踏着祖祖辈辈的足迹，伴随着古老的文化，伴随着秦直道，度过了一个又一个欣欣向荣的春夏，直到今天也没改变。

◉ 甘泉境内秦直道遗址（刘虎林摄）

◎ 秦直道和圣人条

为什么贺慧忠以及方家河周围的人都称秦直道为圣人条呢？"条"是蒙古语，蒙古人都喜欢把路叫"条"。住在这一块的人把秦直道叫圣人条，那么这些人是不是当年游牧民族的后裔或者就是赫连勃勃统一大夏后迁徙过来的蒙古人呢？或许他们的祖先就是曾经住在统万城的市廛百姓，由于大夏国是一个短暂的王国，所以当年的百姓随着国家的灭亡而流落到这里了？

但是仔细一想又不太对。至于这些人是不是蒙古人的后裔，我们现在无法考证，他们自己也说不清楚，我想圣人条和秦直道可能是两条路，不是一回事。我们在内蒙古境内考察秦直道时，沿途没有一个人把秦直道叫圣人条，有的只是叫"皇上路"。难道内蒙古的蒙古族人被汉化了，不把路叫"条"，而这里的人却蒙古化了？

道路的名字是根深蒂固的，不容易改变，就像榆林街上有两个巷子，一个叫后水圪坨巷，一个叫前水圪坨巷，榆林人也不知道这个"圪坨"是什么意思，为什么要叫"圪坨"，只知道是从古代留传下来的名字。榆林还有个豆腐巷，那是因为这个巷子曾经卖的豆腐特别有名。榆林街上现在有一种小吃就叫圪坨，但是这两条巷子绝对没有人卖圪坨。现在的榆林是全国能源重地，日新月异地改变着，而这两条巷子的名字却始终没有改变，原因是从古至今人们都叫习惯了。后来有人分析说这个"圪坨"是古老的蒙古语，至于是什么意思还没人知道。如果以前的内蒙古人把秦直道称为圣人条，我相信现在的内蒙古人还是会叫它圣人条的。中国的古道千万条，到目前为止还没有哪一条古道的名字是因为哪个民族的改变而改变的。所以这条命运扑朔迷离的圣人条到底是不是古时候的秦直道就值得考究了。

有资料说赫连勃勃修筑统万城以后，还在延安修建了一座丰林城（故址在延安李渠镇周家湾）。这座城池与统万城的建筑如出一辙，城虽不厚不高，但马面修得更密更长。马面长4丈，相隔仅七八丈，这个距离恰好在抛石抗敌的有效范围之内，所以这样的城池易守难攻。大夏建国后年年都有大规模的战争，生灵涂炭，人口稀少，田畴不毛。赫连勃勃又长年保持三十余万步兵，仅军需的供应和运输就得大量的人力财力。为了军队的调动和军粮的运输，赫连勃勃下令从统万城至长安（今西安，秦汉时期的都城）修筑一条宽30—40米的"圣人道"。这条圣人道的路线很符合现在我们所看到的延安境内的秦直道路线。我想：这条圣人道是否就是这里人所说的圣人条呢？

疑问就出来了：延安境内我们所发现所考察的路段到底是当年的秦直道还是后来的圣人道呢？如果是秦直道，那么赫连勃勃修筑的圣人道在哪里？秦国离大夏国，始皇嬴政离赫连勃勃时期不过区区六百来年，如果秦直道真的像我们现在所看到的这么坚固，那赫连勃勃为什么还要劳民伤财修筑圣人道呢？秦直道可是从长安抵达内蒙古包头的，其他建筑是容易毁掉，但道路一般是不容易毁掉的。秦直道能保存到现在，想必当时应该是更为完整可用的吧。赫连勃勃不使用秦直道，只能说当时的秦直道已经遭到毁坏，不能使用了，或者秦直道压根就没有修好过，只是把路面平整了而已。赫连勃勃有可能就是在当年的秦直道的基础上修建的圣人道，这样可以节约不少财力和人力，还可以节约大量的时间。再说用秦直道还有一个好处就是这条道路走的是山脊，修路的人可以一边修路一边眺望，万一有敌人前来攻击，是很容易发现的，也就有了充分的时间来做战斗的准备，不至于被偷袭。另外还有一个好处是，用这条路运送军粮军火绝对安全，这是秦人修路的目的，也是被胡人所看好的。

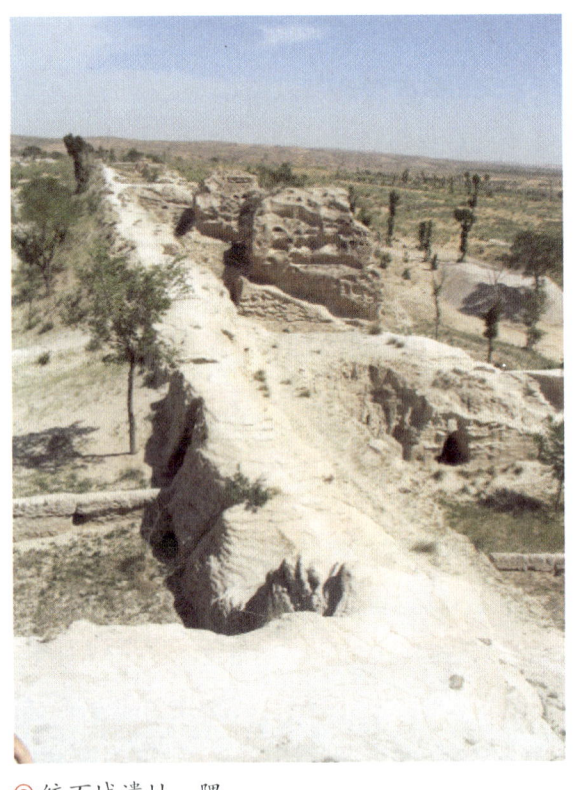

● 统万城遗址一隅

如果大家认为这一分析不成立，那么圣人道又在哪里？两千多年的秦直道至今还存在，一千多年的圣人道为什么就无影无踪了呢？难道说秦人修的路结实，胡人修的路太次？这一说法是不成立的，以赫连勃勃当时所修统万城和丰林城的质量来说，世界上很少有建筑能与它们的坚实度相比，赫连勃勃想一统万年江山，想必也不会只是草率地修一条简单的路吧。能被叫作圣人道，那应该不是一般意义上简单的路。所以我断定现在的秦直道既是当年的秦直道，也是六百多年以后的圣人道，秦直道的真正完工是在五胡十六国时期，我们今天所看到的完整的秦直道路面就是当年赫连勃勃修建的圣人道，所以这里的人依旧沿用当年的道路名字圣人条（圣人道），至于内蒙古境内的秦直道，由于没有得到太多的利用，也没有人重新修建，所以尽管没有完工，被遗落在荒野里自生自灭，也能勉强看出一些当年的轮廓来。

　　如果真的是这样，那么秦直道早在一千五百多年前就已经没有了，今天仍存在的完整的道路就不是秦直道，而是大夏国时期的圣人道了。要说还有秦直道，那就是秦人开道，胡人铺路，是一条跨越六百多年才修建完工的道路。

◎ 所谓的古代交通环岛

　　秦直道在行进过程中遇河架桥，圣马桥就是直道沿线第一座很有名的大型渡桥。

　　2011年新年伊始，陕西省考古研究院的专家们宣布在秦直道所经的甘泉境内方家河处发现了古代交通环岛。我确实振奋了一段时间，但是转念一想，不对，此处有交通环岛应该是不成立的，而是方家河处应该有两座千年古桥。于是，我抱着认真严谨的态度前往一探究竟。甘泉文联主席刘虎林说，2011年2月18日陕西省考古研究院考古专家确实在此考古，发现了秦代修直道时在方家河过洛河处修有交通环岛，架桥过河。

　　经考古专家介绍，他们挖掘出来的文化层是向东南方向绕了一个约200米远的180度大弯，而后又回到我们眼前所看到的方家河上现存的引桥桥墩处架桥过河。

　　专家们发现的千年文化层不假，但是秦直道为什么要在方家河村洛河处修

● 两座千年古桥处

交通环岛？交通环岛的作用是疏导交通，缓解交通堵塞，秦时交通状况需要修交通环岛来缓解吗？秦直道在崇山峻岭中都要堑山堙谷地直行，在这一处应该平坦的路上却要修建交通环岛过河？秦直道无论是为战争而修，还是为秦皇出巡而修，都不可能修交通环岛，现在都讲究皇上不走回头路，那时候却让秦始皇巡行的车马绕一个大弯子，这不是没事找事吗？修建直道就是为了快速前进，为何又在这里弄一个莫名其妙的交通环岛？就是现在架桥过河也没必要修这么巨大的交通环岛，因为实在是没有什么作用，反而是累赘。

但此处确实有四个引桥桥墩。

其实，要解释这么一个问题很简单，只能说在方家河处的洛河上曾经有两座千年古桥，这两座千年古桥一座是距今两千二百多年的秦代古桥（秦直道桥），一座是距今约一千六百年的五胡十六国时期赫连勃勃修建的圣马桥（圣人桥）。

除了两座古桥在洛河上稍有差异以外，圣人条和秦直道的路线是一致的，也正好说明秦时修直道的确"道未就"，现在延安以南的秦直道大部分路段都保存得很完整，证明赫连勃勃在秦直道原有的路基上加以修建过。

那么，赫连勃勃在秦直道原有的路基上进行修缮，为什么在甘泉境内方

○ 专家所说的交通环岛

○ 交通环岛考古回填处

家河处过洛河又要自己重新修桥呢?

　　秦直道从动工到始皇死一共才两年半的时间,全长"千八百里"的秦直道是"道未就"的,后面由于秦国的动乱以及很快灭亡,估计继续修秦直道的可能性不大。当时秦直道是可以"道九原抵云阳,堑山堙谷,直通之",但工程绝对达不到精细、一劳永逸的坚固程度。在方家河处我们看到洛河两边现存的引桥桥墩距离最少有300米,而现在方家河处洛河水面不过50米宽,证明当年洛河的水面至少应该比现在宽2—3倍。而以当时的技术和时间来推算是不可能修建过水桥的,那么也就只能修建浮桥。在秦代,"车同轨"的"轨"都是用木头制的,浮桥应该也只能用木头来修建,当时应该是可以通行的。到了五胡十六国时期,这些木头浮桥应该早都腐烂不可用,可能考虑到怕桥基也不牢固,所以重新修建浮桥。因为两座桥距离很近,专家们考古发现了同样的文化层,于是误以为秦直道在当年修建有交通环岛。

　　若秦时在甘泉境内方家河处洛河两岸修建交通环岛,那才真是劳民伤财,没有意义。

◎ 方家河以北秦直道现状

我们拿上甘泉博物馆赵文琦馆长给我们的照片反复进行对照。他们的照片是在夏天拍的，满山翠绿，我们现在是在初冬，满山荒凉，一片狼藉。好在方家河村有一中学生听说我们是要考察秦直道，便带我们去寻找，他说以前也有人来考察秦直道，也是他给带的路。中学生拿着照片帮着对比，我们终于认出了位于洛河以北的秦直道遗址方位。此处车是上不去的，只能徒步攀登。

毛驴在古道旁悠闲地漫步，小黄牛成群结队地在不远处的农田里寻觅着最后的果腹之食。蓝天白云，北风徐徐，苍茫古道沉睡在山谷之间，好似一个退休老者完成了他毕生的使命，在此坐享天年。

此处还有一个传说：古时候有一场浩大的洪水在此肆虐三年之久，有一个读书人背着诗卷走下了阶梯，变成石马跃进水中，化作一座石桥，桥的南岸是马头，北岸是马尾，顿时车辚辚，马萧萧，一条富丽的皇族大道映入眼帘，使洛河变成通途。天注定这里应该有一条皇族大道，所以这秦直道就在传说中的皇族大道上修筑而成。若干年后这"神马"被叫走了音，叫成"圣马"，此地便得名圣马桥。这尽管只是传说，但流传很广，使这座桥、这条道更增添了几分神秘。秦代为直道而修的圣马桥实实在在是人工所为，并在后来相当长的时间里造福了两岸民众。

从此处可以直接步行穿越到志丹境内任窑子秦直道遗址，但要有非常充分的后勤保障及其他各项保证。如果开车从甘泉县城沿县乡级公路往西北方向，经高哨、石门石窟、下寺湾镇、桥镇到方家河村，可以更方便地到达圣马桥遗迹。

今天，圣马桥早已不复存在，可能不知何年何日被洪水冲毁了。早些年的洛河上没有桥，只能涉水而过。洛河河面宽约50米，当时是枯水期，河水不深。不时有三轮车从河中涉水而过，行人脱了鞋，光着脚丫子过河。是落后，是怀古，还是嘲笑现代文明的一种手段？直到2011年7月，此处才修了一座桥，过洛河终于可以不用涉水或者人驮了。当地百姓对秦直道开发旅游

⊙ 二十年前洛河上有简易的桥　　　　　　　⊙ 十年前行人涉水过洛河

细说秦直道

163

⊙ 甘泉洛河上终于有桥了

的呼声也很高，2014年1月20日，纷纷给我打电话拜早年，并告诉我，现在县上很重视秦直道旅游开发，他们对秦直道旅游开发很有信心，欢迎我再次去秦直道看看。

其实十三年来我没少去秦直道，甘泉境内的秦直道一直是我关注的重点。2013年7月，延安受到百年不遇的洪灾，甘泉当地村民也纷纷跟我联系，说秦直道受灾了。我揪心地疼，准备筹备资金对秦直道进行保护。好在

秦直道异常坚强，通往秦直道的路都被水冲毁了，从甘泉县城往圣马桥走的这段柏油省道都被冲毁了，秦直道却安然无恙。正因为秦直道坚强，正因为古代劳动人民实在，秦直道才会经历两千多年的风雨保存了下来，这是对今天用高科技用钢筋混凝土和沥青浇筑的路和桥的一种嘲笑吗？

从洛河边上的方家河村往西走几百米，在公路北边可以看到一个很特别的大土墩。这个土墩底宽80米左右，顶部宽40多米，高11米，形状像一个削平了顶的大馒头，顶上现在种有庄稼。这便是圣马桥引桥的桥墩遗址。检查它的夯土层，可以看到土层黑黄相间，比较坚硬，可以想象当年的结实和考究。河对岸也有同样的引桥桥墩。向南200米处，河两岸还有两个引桥桥墩，但是不明显，也没人知道，是后来专家考古发现的，这就是所谓的交通环岛的由来。

我们从圣马桥桥墩遗址往北出发，上将台山考察秦直道。这一段直道的特点是一面临崖、一面临沟，弯度大（近40度）、坡度小（不到10度）。顺直道痕迹往上爬几百米，经过一段石质坚硬的山头，再翻越一座山梁，秦直道才映入我们的眼帘。尽管北部从方家河到老窑湾已开垦为耕地，但大部分保留完好，基本上还能辨认。

垭口处自南向北，右边的山石还能清楚地看出一道道用工具

◎ 秦直道桥引桥桥墩

◎ 当年堑山痕迹依旧明显

凿开的痕迹，原来向路面方向凸出的石头被人工堑得十分平直。因为这一带的山岭石头多，所以可以判断当时修路的难度也增加了，毕竟劈石比堑开土山要费劲得多。

秦直道在此穿山而过，远远看去像一列威武的部队在行军。刚上山梁处的直道宽约20米，地势险恶。从圣马桥往北到老窑湾一段道路，路面宽度30—40米，沿山而上，越往前走路面越宽。由于此段沟壑较多，所以不少地方用土填平作为路面，即所谓"堙谷"。但有局部地段可能受山洪影响，回填的土又被冲掉了，路面也相对残缺变窄了。不过多数路段直道的特点还算体现得比较明显，在几段路面上还有几条深深的车辙印，看来这条古道至今还广为后人所用。尽管有些偏僻，跟现代交通大道相比有些落后，但它在万籁静寂的黄土高原上是那么典雅、那么慈祥。春天，将自己装扮一新，以崭新的形象迎接万千生命的诞生；夏天，它陪同现代牧童，天真而甜蜜地守护着牛羊；秋天，它像外婆般慈爱地目视"孩子们"（万物）入眠；冬天，它又如将军般镇守着一方圣土。它默默无语，伸延着神秘，伸延着悠远，让人们感受到它内心深深蕴藏的犹如黄河般强大的生命力，感受到它那永恒不灭的信念，感受到它那豪迈壮阔的威严。它像长白山的松，葳蕤挺拔着它的意志；它像华山的雪，磊落光明着它的精神。它舒展着它那矫健的身姿，讴鸣着岁月的风风雨雨，真乃万载长青欺福地，四时不谢赛蓬瀛。诗人们飙着风，漫山遍野追逐秦直道的歌声，将它的意志、它的精神、它的信念、它的伟岸、它的不朽播散，诗人刘倬的《桥陵今古在》在我耳边响起：

南北亘长岭，纵横列万山。
桥陵今古在，驰道有无间。
地折庆延过，源分漆沮潺。

秦皇开凿后,路有兆人还。

走在黄土高原连绵起伏的山岭上,高原如海,林海潭深,秦直道如同一条蜿蜒的大江,我们在它凝固了的浪尖上移动,白云如浪翻转在我们的身边,仿佛伸手即可摘取。此时,我们已经不是凡胎,分明是神仙,在天地间飞舞。那感觉是如此惬意和豪迈,如此如醉如幻。

秦直道上到处都是羊粪和驴、马、牛的粪便,因为有了秦直道的陪衬,这些昔日里我们感觉龌龊的东西此刻也变得生机盎然,将寂静的秦直道点缀得生机勃勃。路两旁的丛林间不时有松鼠、野兔、野鸡窜出来,又羞羞答答地离去,让你感到秦直道并没老,也没沉睡,它依旧睁着一双慈祥的眼睛迎接着我们这远方客人的到来。

山谷间有一个被洪水冲击形成的圆圆的山洞,从上往下看,像是人为的,外观光滑美丽,洞内平整,细看里面好似还有坐禅用的坐垫和被褥,当然这只是我个人的看法和想象。我在想:是否有过得道高人在此修炼?还是某个武林侠客在此居住过?抑或是某人看破红尘在此寻找一方幽静?还是曾经有一对痴男怨女在此白头到老相守终生?……多么美妙的地方啊!优美,清静,与山谷相间,与花草为伴,与大地相融,与万物对歌,真乃人间仙境!如能跟自己相爱之人终生居住此处,那将是一种怎样的快乐生活!若干年后我们白发苍苍地携手走在古道上,是否真的超然了呢?人生不过如此,什么时候真能放下功名利禄,过这种平凡而又不俗的日子呢?

离题了,还是回到古道上来吧。我们一路北行,转过山梁就没路了。我们还是不死心,继续朝北走,穿过约500米的刺林,又连上大路了。我们估计此处是因若干年水土流失,直道路面坍塌了一部分。在水土流失的这一部分沿山崖有一条小路,小路路基跟大道相符,想必直道之中有沟壑,古之"堑山堙谷",堙谷之土为虚,经山水冲洗遂成沟谷,故而路基冲断。

直道上还有一些路面被种上了庄稼,我们也发现了几处明显的垭口。再往前走就到志丹境内的任窑子了,那是秦直道上又一个驿站遗址。

◎ 志丹县秦直道现状

志丹被称为"红都",革命历史遗迹旧址很多,如毛泽东旧居、刘志丹旧居、红军抗大旧址、吴起镇、保安军城等,以及卧龙寺石窟、龙泉寺舍利塔、旦八寨、石湾砖塔等人文自然胜迹。秦直道在志丹县也被列入县旅游总体规划中,并计划以民俗自然专题游的形式推出。

志丹地貌是陕北黄土高原上最为复杂的地理形态,中央电视台在拍摄《复活的军团》时也拍摄过这一段的秦直道驿站遗址。该遗址其实就是位于任窑子村西大约200米处的土台,秦直道从土台的西南侧继续向北而去。

志丹的地貌的确与众不同,大大小小的山相连相叠,层次分明,不像山,更像是梯田,阴阴暗暗,红红绿绿,好不壮美。但是没人带路,这复杂的地貌,给考察秦直道带来了难度。

我们从志丹县新嵝岘岭北新胜条林场上山,正在愁没人带路之时,前面不远处有一个老乡在放羊,于是上前问路。老乡也正闲着没事,于是自告奋勇地要给我们当向导。

这位老乡姓刘,说是此地土生土长的,对这里每一座山都了如指掌。以前也有人来考察秦直道,也是他带的路。他说前面还有几个古墓,已经被人盗过了,上次带人前来还发现古墓边上有骷髅呢,不知道还在不在。

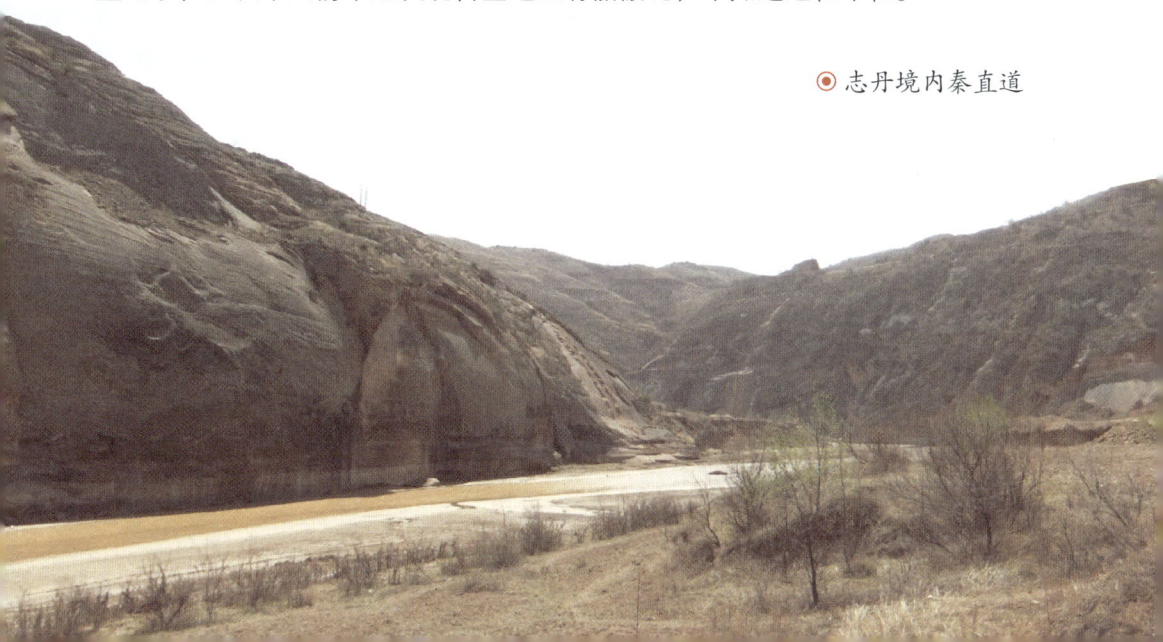

◉ 志丹境内秦直道

任窑子处秦直道驿站遗址很明显，有说是秦始皇的行宫遗址。我认为不太可能，在那么短的时间内能把道路抢修好就不错了，哪有人力、财力和时间修建行宫呢？最多不过是当时的规划。如果当初在任窑子处修有秦始皇行宫，这个行宫肯定是没有完工的，直到秦始皇死，这里应该还有人在搞修建，那么当时蒙恬和扶苏应该在这里有驻军，至少此处会有部队和民工，如果这样，秦始皇死后的灵柩绕直道归不可能没人知道，所以于情于理此处都不会有行宫遗址。尽管发现有过建筑遗址，那也可能是驿站或者工人住宿休息的建筑，因为沿途的驿站或兵站遗址的砖瓦都很粗糙，跟甘泉宫内的瓦当和砖不可比，不符合皇上行宫的规格。

我们问老刘这古墓大概是什么年代的。老刘说可能是清代的，但是也说不清楚，他也是放羊时看到的，当时墓里什么也没有了。

我们对古墓并不感兴趣，但是既然是必经之地，也就顺便看了看。绕过一个山梁就到了，古墓只剩下一个60—70厘米见方的墓坑，也没见什么骸骨，墓坑里黑乎乎的，深浅难测，由于相机底片不足，也就没打算浪费了。

于是继续往前走了三四里路，公路边有一个很奇特的山，好像里面都被掏空了。走进去一看，还真空了，可以顺着石台阶下到最里面。此山一面临崖，一面临路，从外面还真看不出什么名堂，也没人会把它当成建筑，更不会看出它的特殊。走进里面才发现别有洞天，分明是一个隐蔽的古城堡，里面一层层建筑有客厅，有卧室，有营地，有炊房，还有瞭望口、马面、射击口、泉眼等等。此地叫营盘山，好像说是刘志丹将军在这里屯过兵。

◉ 营盘山

◉ 志丹新崾岘岭北秦直道遗址

◉ 志丹杨条林场附近地貌

◉ 志丹境内新胜条

山顶上有一片平坦的地方，是马圈，至今还有几个石质的马槽，前几年由著名作家高建群先生的小说《最后一个匈奴》改编的电视剧《盘龙卧虎高山顶》还在此处取景拍摄过。这个电视剧在此取景是再恰当不过的了，此处既有居高临下的霸气，又隐蔽，攻守自如。我想，这里不只是刘志丹将军用过，估计秦汉时期就已被利用或者使用吧。此处不光是好驻军，更大的优势还在于粮草供给不用从别处调运，这里低处有水稻田，高处有玉米地、高粱地，完全可以自产自供，又是一个南泥湾好地方。

此处地形地貌比较奇特，石质坚挺滑润，呈赤红色，风景宜人。不远处一大片梯田，远远看去就像一层又一层的磨盘由小到大垒积起来，又像是风吹起的层层波浪，很漂亮。

地边随处可见大小不一的砖头瓦片，甚至还有比较完整的瓦当静静地躺在庄稼地里。仔细查看，好像什么年代的都有。甚至还有近代的火砖。这证明这一段秦直道两千多年来一直没有被人遗忘。

但是此处秦直道遗址却不像富县和甘泉境内的那么明显。资料上却说有30—50米宽。我们就很是怀疑了。

老刘说再往前走就到任窑子了，那里有圣人条，而且很宽。

我们跟着老刘继续朝前走，一只山鸡从我的脚边飞了起来，大家都吓了一跳。老刘说，这里山上有野猪和豹子，他们放羊时还见到过几次，山鸡和野兔就多得不得了。前几年少一些，山民没事还上山打打野味，现在都打石油或者到北面挖煤炭去了。没人打了，这些东西就越来越多，基本上每年都有人在庄稼地里捡到死山鸡或者野兔。这不是个好现象，庄稼叫糟蹋坏了……

任窑子遗址的确相当大，裸露出来的驿站遗址里很明显有着人为的夯土，每层夯土3—6厘米厚，土质坚硬。东北角有一个豁口，豁口的断面上夯土层清晰可辨。遗址的南端从上向下数第四和第五层平台上，还有现代人挖的几口窑洞，看样子里面还在住人。窑洞外壁上的夯土层痕迹也很清晰，整个土台的夯土层厚度在20米以上，夯土层里面都夹杂着许多秦汉砖瓦残片。从现场残留的云纹瓦当和残砖断瓦推断，这里在秦时期曾经有过很庞大的建筑。

我们认真地在附近寻找，却始终没能找到一片完整的瓦当。

老刘说他们小的时候经常到这里来玩,那时候这些瓦片基本上都是完整的。农村人没什么玩的,他和小朋友们就玩扔瓦当,看谁扔得远谁就赢了。那时候好多完整的瓦当都被他们扔掉了,要知道那些都是文物,收藏起来就好了。他还说那时候还有很多完整的青砖,很大,他们扔不动。后来村子里经常有人盖房子就把它们搬走了,现在在村子里还能找见不少呢。

一路上我们发现秦直道在此处保存得并不完整,断断续续的,最宽的地方也不过50米,最窄的地方三五米,大部分路段都没有了,只能靠经验和结合前后的地形地貌加以分析了。但是志丹的地貌的确美丽惊人,北国江南的风情此处都有。林木看上去差了很多。

◎ 安塞直道遗址现状

直道穿过志丹就进入安塞县了。

安塞全县的古遗址多达三百余处,其中仰韶文化类型的有十二处,龙山文化类型的有八十五处,秦以后各代的遗址有五十九处,并有烽火台、关、寨、驿站遗迹。著名的唐、宋要寨龙安、招安、万安及芦子关和塞木城遗址至今清晰可辨。汉以后的古墓葬几乎遍及全县,尤以汉、宋、元的为最,唐以后的石窟也有几十处。出土的文物不少被国家文物部门收藏。有关部门也正在加紧论证,计划以秦直道遗址和其他古遗址相结合的形式推出专题旅游项目。

安塞境内的秦直道由南向北穿越后陵湾、王窑、化子坪、镰刀湾进入靖边县,长50多公里,最窄处16米,最宽处50米,修筑在四条川道山头上的烽火台遗址有四十三处,关、寨、驿站遗址有十处。

● 安塞秦直道遗址上的排水沟

● 王李家湾秦直道遗址

秦直道自志丹以北痕迹就不是很明显了。秦直道又名"圣人条"，"条"字单从字义上来解释就是细而短的东西，秦直道在志丹以北就是细而短的路，我所说的细是比起甘泉以南的路面窄了许多，而且这一段的秦直道并不是连续的，走着走着就没了，湮没在了沟壑之中，想一马平川地穿越秦直道已经不可能了。但是并不是没有，有的地方也很宽阔的。

秦直道在安塞境内是由志丹县曹老庄村北关道山进入安塞县王窑乡境内，随后下山，沿着鹰嘴子沟南侧二级台地，经圆峁、背台、草圈台过杏子河支流岔路川。又经后陵湾，在枣村阳湾复上山，过堡子山、阳山湾、桃嘴崾岘、卧虎湾等地，而后进入化子坪乡红花园村。秦直道在红花园村境内修建有驿站，现在还能找到遗迹。过红花园村后，随即进入白家畔、扣崾岘、杀人崾岘、七垴地崾岘、同沟等地，再经过延河支流新庄沟水北岸的河西沟以西。秦直道到这里以后路线变得比较复杂，多少年来秦直道路线有争议也是从此处开始的，在这里直道路线被一分为二，东、西两条。东边一条经哈巴崾岘，到达冯岔村，中线较直，但坡度较大。西边一条经阳山梁村，路线呈弧形，但坡度较平缓。两条路在冯岔村重新汇合。也有说不汇合的，说西边一条直接从阳山梁村向西进入靖边，而后继续向西到定边再向北。这个路线是现代历史地理学家史念海教授的结论。

秦直道到冯岔村后沿着延河西岸二级台地向北延伸，经徐家沟进入镰刀湾乡境内。之后继续向北行，在罗居村南过延河，再沿着张家沟西侧高地北上，经石窑滩、康家河，过前火石洞上山北行，经麻地渠，到达鸦行山。秦直道在鸦行山处有一个很明显且高大的垭口，宽约20米，长60—70米。穿越这个垭口后，就进入王家湾乡境内。资料上说直道在王家湾乡黄草塌村西北拐了一个"之"字形的大弯，复入镰刀湾乡境内，经宋家洼，在宋家洼村东北和王家湾乡丁嘴梁西北处复入，再次进入王家湾乡境内，继续向北延伸，进入靖边县小河乡郑石湾村。我认为这一段的介绍有误，路线也有误，这一段现在能通过也能看到的秦直道的道路情况基本如此，但是绝对不是秦直道原始的道路本身。可能还是此处地貌复杂，两千多年来水土流失比较严重而造成的吧。

我们出志丹进入安塞，从王窑处找了一处比较方便上山的路上山。这里的植被不如志丹县的那么茂密，但是山川相连，沟壑曼延，有着几分壮观。直道断断续续，但是还是能走下去。此处的秦直道最宽处也有30米的样子，最窄处也就五六米。

安塞对秦直道也重视，在包茂高速公路上都立有牌子。由于这几年秦直道旅游已经被人关注了，有不少朋友开车经过化子坪或镰刀湾时，都将车停在路边，然后按照公路边的指示牌去寻找秦直道，上到山上却找不见秦直道，又纷纷给我打电话。有的走岔路了，有的已经站在秦直道上却不认得秦直道。即使在我的指导下走到秦直道上了，回来也是有一分抱怨等着我，好像有被欺骗的感觉。

这有三个原因。其一当地还没有将秦直道旅游做好，只在公路边立有牌子，在秦直道遗址上却没有任何动作，人们自然不知道秦直道在哪。其二，说明秦直道在此处的保护工作没做好，水土流失比较严重，让游客不好辨认。其三，秦直道开发利用裹足不前，没跟上宣传的步伐。

我们在考察秦直道的途中发现不少窑洞都挖在秦直道路基下，这真是一个省时省力的好办法，千八百里的秦直道尽管只花了两年半铺路基，说明此处本身土质就好，适合挖窑洞，加上修秦直道时又将路基夯实，所以就更结实，更坚固，可不就更适合挖窑洞吗？在安塞境内的秦直道遗址上，也经常可以发现有人在秦直道路基下挖的窑洞，好像不久前还有人住过，窑洞的窑壁和窑顶都有人工夯筑的痕迹。

在化子坪段秦直道上也发现几口窑洞，倒不在路基下，却发现它们的土质不是新土，凭我们对古代人为的夯土层的分析，这种土应该取自秦直道路基上，土质里也掺杂有秦汉瓦片的碎块。

我们一直认为这周围肯定有秦汉时期的驿站遗迹，因为我们已经进入红花园村境内。于是分头向窑洞南北探寻，刚走出没几步，就发现两个若隐若现的烽火台遗址呈现在我们面前。烽火台被人为挖开了几处新土，从土的结构分析，是一种混合土，很符合秦直道上建筑的夯土形式。

顺着这个烽火台遗址往前探寻，发现沿途山顶上的烽火台遗址很多，也

○ 安塞境内的烽火台

○ 被风化的烽火台

○ 秦瓦当

很明显。

我还在周围找了一些残碎瓦片，于是用铲刀挖了一个小的探沟，果不其然，约4米以下就是人为的夯土，而且夯土很均匀，夯土层约有40厘米厚，每层6—8厘米厚，土质很坚挺。

此处秦直道很窄，也就不到10米宽。这一段路也很短，不到200米就向东拐弯了，而且秦直道也随之消失了。再继续往前看，也就依稀能跟前面一个山头右边的一小片平地连接上，但是这片平地看上去可能有20多米宽。

我们又向前走了一段，估计应该已经到达镰刀湾境内了，但是一路并不顺利，上山下沟体力消耗太大。其实我们一直想在沿途找到古建筑遗址，更准确地说是想找到秦驿站遗址，但遗憾的是没有找到。原因是关于这一段秦直道争议很大，有认为秦直道在山谷里行走一段才上山，有认为秦直道在此处有两条路，一条向西，一条向东，而且有重复和分合的路，更有甚者认为秦直道直接从镰刀湾向西到靖边而后拐到定边去了，所以秦直道在这一段怎么走都是错误的，除非考古在此有了新发现。

镰刀湾内秦直道也很明显，尤其是从包茂高速公路向西进入山谷这一段，此段现在能看到的路面是在峡谷中穿行一小段

细说秦直道

就迅速上山，这个平坦的现在还在种庄稼的峡谷不一定是原始的秦直道路基，由于此处山大沟深，以前堑山的地方还很明显，填谷的地方被雨水冲毁，被填的谷道再次暴露出来，而且很平整，就被人误认为当年秦直道在此处是在山谷上走了一部分后绕到山顶的。

晚霞燃烧在西部天际，夕阳映照着群山峻岭，黄土高原像一个熟透了的金黄色的芒果，散发着几分幽香的同时，还有着几分庄严和壮阔。面对永恒的大自然，面对伤痕累累的秦直道，我们感慨万千。两千多年前我们的古人是怎么穿越这重重山脉开凿出这么一条雄伟的大道走进匈奴腹地的呢？如果今天我们依旧能沿着这条路走到阴山脚下，走进怡人的内蒙古大草原，那将会有一种什么样的感动啊。

◎ 秦直道遇险记

连续多天的考察使得人困马乏，每天爬高上低的，体力消耗特别大。最大的问题是很少能吃到热乎的饭菜。

我们几乎每天都是早上6点半左右起床，穿戴整齐梳洗干净就出发，而此时街道上连卖早点的都没有，即使有也只能简单地吃点油条豆浆，超市都没开门，无法购买干粮。然后走上几小时方能到达秦直道上，一旦上了道，几乎就很难碰到人，更别说购买供给和有饭吃了。到太阳西斜才下山，再回到县城。有时为了赶路还会向北再走一些，经常晚上11点左右还在路上穿梭。找到宾馆住下后，再出去，街上已经没有行人，饭店都打烊了，超市也关门了。所以我第一次考察秦直道十天，整整瘦了十斤，第二次考察秦直道十五天，瘦了十二斤，还算好，还赚了三斤肉。

在安塞的考察与以往一样艰难，走了一天路又累又饿，从山上下来已经快7点了，因为有过在石门山里的秦直道上过夜的惊险，加上我们人少，这次考察又是在冬天，秦直道上正午时温度只有零下2摄氏度，到傍晚时分已经是零下11摄氏度了，北风呼呼地吹，站在山顶上几乎被吹走，这样的天气谁也不敢在古道上过夜。加上安塞境内的秦直道不明显，多半都在沟谷里面，这样就更不敢在野外过夜了。于是决定将车开到安塞县城住宿。

我们拖着疲惫的身子继续上路。山路艰险，人又劳累，只得将车开得很慢。晚上10点11分时，坐在前排的老周也开始犯困，老赵也已熟睡，我倒是大睁眼睛，但车内一片死寂。车开到一拐弯处，突然像脱缰的野马向山体撞去，老冯迅速扭转方向盘，车却又向山下冲去，顿时我两眼发黑，老周和老赵也惊醒了，只听老周发出绝望的呼喊："刹住——！"坐在车内死死地抓住副驾驶前方的杂物箱，人向后倒去，好像这样就能抓住车不向下滑，而向后倒似的。老赵大叫："完了！完了！"车身剧烈地震动着，忽而向西撞，忽而向东撞，老冯在情急中拼命刹车，好在车还是刹住了。

已被惊得魂飞魄散的四个人纷纷下了车。天哪，我们车的前轮有一半悬空在山崖上，就差那么一秒钟我们就永远与这片苍凉的土地融为一体了。

为什么我们的车走得好好的会不受控制了呢？老冯说累了，加上沿途遇到多辆大卡车或翻到山沟里，或在拐弯处相撞，看得他惊心动魄，可能分神了。

一看，可不是，前面不远处就有一辆车翻到山沟里了，伤亡情况不明。

几个人仔细勘察现场才明白了，原来是因为山体滑动，许多土块从路旁的山上滚落下来，车轮碰到了这些土块就完全失控了。而且此处是一个180度的大拐弯，离路面约3米高处一个倾斜的山体像一把镰刀一样悬在半空中，将整个路面都挡住了，这些土块就是从上面掉下来的，若整体掉下来，这条路就全部被堵住了。

大难不死，大概应有后福，几个人庆幸不已，希望这次的遇险预示着我们以后考察秦直道会很顺利。

我们一边安慰自己，一边朝安塞赶，到达安塞县城时已经是晚上11点13分。住下后洗澡，写日记，临睡时已经是凌晨3点23分。

◎ 绥德拜君子

经历了前一晚的生死一瞬，一夜未眠，现在还心有余悸。

车一直在朝东北方向走，我们此行的目的是要去绥德。

秦直道并不从绥德经过，但是要考察秦直道还是应该去绥德看一看的，因为这里躺着两个君子，两千多年后依旧被人称颂为人子之楷模的扶苏和人臣之楷模的蒙恬。他们俩都是秦直道的监修者，最后都冤死在秦直道上。

扶苏墓位于绥德县城西南约半公里的大理河北岸，在疏属山顶。蒙恬墓位于大理河西岸，绥德县一中校园内。这两处现在都是绥德很重要的历史文化景点，去绥德的人一般都会去拜谒这两位君子，也有不少像我们这般特意绕道或者千里迢迢前去参拜的文人墨客，使得这两处景点常年宾朋满座，游客满园。

◉ 扶苏墓　　　　　　　　　　　　　　◉ 疏属山

◎ 一个陨落的真命天子

扶苏，这个曾经被父亲疼爱、母亲宠爱的真命天子，他的人生之花还没来得及开放就已陨落。这不得不说是大秦帝国的悲哀，秦始皇嬴政的悲哀，更是扶苏自己的悲哀。

历史没有记载扶苏像胡亥一样受到父亲的疼爱。但是，我们是历史的侦破高手，从历史长河里还是能捕捉到点点温馨信息的。首先，他的名字就决定了他的父母是希望他像赵国的扶苏树一样有着顽强的生命力。可是，秦始皇却始终没有给这个儿子提供锻炼的机会。

因为我们在秦统一战争中没有找到扶苏的身影，在统一以后的各种决策中也没有看到他的身影，直到让他去上郡和蒙恬一起修直道时才说是让他去锻炼。

修直道已经是始皇三十五年的事情了，两年后始皇帝就死了。扶苏是始皇帝的长子，公元前212年，扶苏的年龄应该在30岁以上。这个年龄放在古代，已是而立之年了。而此时始皇帝才开始放开他的手让他去历练，可想而知嬴政是多么地疼爱这个孩子。

当然，母以子贵，子也以母贵。扶苏的母亲应该是嬴政早年的妻子，结发夫妻感情深厚。加上扶苏又是长子，嬴政初为人父，添人添丁，这就是在普通的老百姓家里也是大喜事，何况是在皇家，所以扶苏从小应该是在蜜罐里长大的。

他接受过良好的教育，加上年龄的原因，应该是非常懂道理的，知道要想国泰民安，就必须和谐、爱民，哪怕是有错误的人也不能随便开杀戒。

他生就了一副悲天悯人的心肠，加上他是被佞臣害死的，所以他一直被人们念叨。现在的秦直道沿途还有不少关于扶苏的传说以及后来人为扶苏立的庙宇。真真假假扶苏墓也有几处，现在被确定且公认的扶苏墓就在今天的陕北绥德县境内，离他曾经战斗过的地方——秦直道不远。

众所周知，秦长公子扶苏于始皇三十七年九月死在上郡，也就是今天的延安以北。至于扶苏死后到底埋在哪里，有两种说法：第一种说是在今天的绥德县城疏属山，山上有扶苏墓也有扶苏庙；第二种说是在陕西旬邑县石门山处。我这里说的不是考证历史，所以也就没必要为这些问题所缠绕，至于扶苏墓到底在哪里，这个问题很明了。其一，他肯定在陕西境内。其二，扶苏是冤死，也没有任何历史资料记载他死后遗体送至其他地方。我个人认为就地埋葬的可能性极大，因为如果送往其他地方，那肯定不会是在陕西旬邑，而是直接回咸阳了，或者埋在了秦皇家墓地了。其三，当年长公子扶苏是和大将军蒙恬驻守上郡，一面抵挡匈奴，一面修秦直道，驻守在上郡的军队有三十万人，民夫也有几十万人，赵高不可能冒险将扶苏的遗体转移。扶苏死的时候蒙恬还活着，蒙恬已经想到了其中必定有诈，所以不愿死去。他们有足够的军事力量来反抗赵高等人，在这个时候扶苏选择了忠孝两全，如果扶苏的遗体转移，就完全有可能会出现意外。赵高肯定也会想到这个问题，万一被识破了奸计，赵高等人岂不满盘皆输，死无葬身之地？其四，当时秦始皇刚死，赵高等人既要忙着安葬秦始皇，抓紧抢修没有完全完工的始皇陵，又要忙着阴谋篡位，扶新主登基，他们没有时间也不可能顾及将长公子扶苏的遗体转移。其五，赵高等人害怕引起外袭内乱，长期以来一直对长公子的死都是保密的，直到起义军攻到关中，陈胜等人都还不知晓长公子扶苏已死。

所以我个人认为扶苏墓在陕北绥德的可能性大一些。至于扶苏庙的问题，并不是一个原则性的问题，哪里都有可能有扶苏庙，旬邑的扶苏庙、扶苏墓，就是后人崇敬和怀念长公子扶苏，憎恶秦始皇暴虐无道、秦二世昏庸无为的必然产物。

"君要臣死，臣不得不死，为忠；父要子亡，子不得不亡，为孝"这句人人都会说的话在这里展现出一幅两千余年的历史画卷，一个是作为人臣的蒙恬，一个是作为人子的长公子扶苏，他们穿越时空停留在某一个点上，让人们称道。

"扶苏"是古人对树木枝叶茂盛的形容，可能也有今天的"复苏"之意，秦始皇以此给爱子命名，显见对爱子寄托着无限的期望。实则也是，始皇一直对长子扶苏格外偏爱。据说年少时的扶苏机智聪颖，生具一副悲天悯人的慈悲心肠，因此在政事上经常与秦始皇背道而驰。秦始皇统一中国后，扶苏曾多次议政，对于治国、安定天下也有自己独到的见地，始皇很欣赏他，有心将他培养成一代接班人。

秦始皇三十五年，侯生、卢生等人大肆诽谤皇帝，秦始皇听到消息后极为愤怒，下令进行追查，把四百六十多名术士全部"坑之咸阳"。当时身为长公子的扶苏不同意父亲焚书坑儒的举措，多次上书劝阻父亲。他认为"天下初定，远方黔首未集，诸生皆诵法孔子，今上皆重法绳之，臣恐天下不安"，希望父亲赶快终止错误的举动。始皇有些不快，偏执地认为这是扶苏性格软弱所致。为了让他得到锻炼，于是下旨让扶苏协助大将军蒙恬修筑秦直道，挡住北方要道，抵御匈奴，希望借此培养出一个刚毅果敢的未来的君王。

尽管在塞外几年扶苏好像也没能上战场历练（没有资料显示秦在修筑直道时跟匈奴有过大规模的战争），但是他身边有像蒙恬这样的著名大将军辅佐，加上他悲天悯人的慈悲心肠，以及出色的指挥才能，还是让众多的边防将领和民众佩服他、爱戴他（尽管没有太多的历史资料记载他怎么慈悲，但是至少比他父皇可能要慈悲很多。尽管修直道也的确死伤了不少人，直道上也的确发生了许多惨无人道的故事，但是毕竟没有发生过像孟姜女那样的流

传至今的凄婉而又惊心动魄的故事，这些事情也并没有都归结在长公子扶苏的身上）。

始皇时期没有立皇后，扶苏也就不可能子以母贵。始皇还幻想着长生不老，所以也没能及时立太子。但是所有的人包括始皇在内，基本上算是公认了长公子就是未来的皇帝。有嫡立嫡，无嫡立长，这是规矩，是没有争议的事情。然而，这个未来的皇帝却经不起历练轻率地接受了命运跟他开的这个玩笑，就这么轻易地自我裁决了。

始皇三十七年七月，始皇嬴政巡行天下，行至河北沙丘时不幸病逝。秦始皇临终以前，的确下过诏书召令扶苏至咸阳主持丧事并继承帝位。赵高和丞相李斯等人与秦始皇的小儿子胡亥阴谋篡改始皇帝的遗诏，立胡亥为太子，即皇帝位。为了让阴谋顺利地实现，另书赐蒙恬和扶苏死，并"数以罪"。

胡亥的使者奉书到上郡，扶苏打开诏书遂准备自杀。大将蒙恬曾经起疑心，力劝扶苏不要轻生，"请复请，复请而后死，未暮也"。但扶苏愚钝，竟不问青红皂白就豪迈地、果敢地、英勇地、悲愤交加地自刎了。

赵高在劝说公子胡亥篡位的时候，胡亥还说："废兄而立弟，是不义也；不奉父诏而畏死，是不孝也；能薄而材谫，强因人之功，是不能也。三者逆德，天下不服，身殆倾危，社稷不血食。"看得出来，胡亥最初不是一个昏君，他也想到了自己是无能的，如果违背了天意，国家就会灭亡。照这样说胡亥应该不傻，凡是有点头脑的人都应该能想到始皇让谁接替皇位也不可能将皇位传到胡亥手里，原因有三：其一，胡亥年纪太小，胡亥上面有二十五个兄长，从上到下排，他也是不会有希望的。其二，论资格，胡亥应该是最没有见过世面、最没有见过风霜的人，始皇英明一世，不会这么不负责任地将他九死一生打下的江山交给这个年仅20岁没有任何作战、执政经验的儿子。其三，胡亥的母亲也不是皇后，姓甚名谁也无从知晓，史书上关于她没有任何记载，有野史说胡亥的母亲是一个胡人。当时有一方士对始皇说"亡秦者胡也"，于是始皇处处提防胡人，对胡亥母子都很冷漠，据说胡亥的母亲就是始皇给下药毒死的（这是野史不可信）。但是可以肯定胡亥绝不是始皇二十六个儿子里最受宠的一个。所以我们推断，始皇将皇位传给谁也不可能传给胡亥。

○ 蒙恬墓

胡亥其实是万分清楚这一点的，他的篡位可能缘于许多的无奈和年少无知，我们没必要去责怪他。可是令人痛恨的是，作为长公子的扶苏为什么就没有想到这一点呢？扶苏如果是个聪明人，应该能看出来他父皇的良苦用心，如果要杀他，那不是一句话的事情吗，为什么还要把重兵交给他让他去历练？把秦朝最得力的将军派给他让他去学习？他应该想到虎毒不食子，他应该想到父皇是格外偏爱他的，他应该想到即使始皇要杀他，也不会等到两年多后他做出了成就再一纸诏书急急忙忙地要将他就地正法……

在秦朝的历史上，没有发生过父亲杀子的案例，何况扶苏激怒始皇时始皇没杀他，还让他去监工，去历练，在其历练了两年多后，没有发生任何实质性的错误的情况下，始皇帝为什么会杀他呢！扶苏没有认真思索这个问题，所以就自杀了。这一点也可以充分说明扶苏并不是一个很聪明的人，所以秦始皇在位时有过想立胡亥为太子的思想也情有可原。

我想假如赵高和胡亥不篡位，秦朝有这么一个并不聪明的国君，秦朝的江山会是什么样的呢！扶苏死的时候应该在33岁左右，他的儿女也都是成人了，他的后人将来还会出现如同他父亲始皇帝一般的枭雄吗？

扶苏是一个慈悲的长公子，是一个忠孝两全的大孝子，但智商不高。秦始皇重用外人，以至于成天疑神疑鬼提心吊胆地过日子，大权不敢放手给任何人，都不重用自己的子女，难道他不知道他打下的江山将来还是要留给他的子女的吗？难道他真的对自己的儿女没有感情吗？谁可信能可信过自己的子女？

秦始皇之所以不重用自己的子女是因为自己的子女没一个能担当重任的吧。他最能委以重任，将来要接替他皇位的儿子也不过如此，想必其他儿子可能就更差了吧。

只是嬴政做梦也没有想到他叱咤风云，呼风唤雨，将硕大的一个中国浓缩在他的手掌之中，到头来却让两个小鬼毁他江山杀他儿孙灭他九族。可，这一切都是事实，古人看着呢！历史看着呢！今人也看着呢！

面对这样的一个公子，司马迁好像不愿意多说什么，可又不得不说，历史对这个公子的记载也只是寥寥数笔，却还是侧写旁描，可见史人的无奈和痛惜。

今天，我们只能去想象那个不存在也永远不可能再存在的历史了。我们想，如果扶苏是秦二世历史会是什么样子？秦王朝会延续下去吗？现在的秦都还在吗？今天的中国会是如此这般吗？

我想有一点我们可以肯定：如果扶苏是秦二世，在蒙恬、蒙毅兄弟的帮助下秦王朝延续的时间可能会长一些，历史会更加精彩一些；如果扶苏是秦二世，历史上就不会出现赵高指鹿为马的荒诞故事；如果扶苏是秦二世，李斯就不会是继关龙逄、比干、伍子胥、文种之后的又一个高呼"飞鸟尽，良弓藏；狡兔死，走狗烹"的冤魂了；如果扶苏是秦二世，盛唐时期可能就是秦朝的克隆，康乾盛世就是秦王朝的翻版；如果扶苏是秦二世，今天的泱泱中国可能依旧是世界上的顶级强国；如果扶苏是秦二世……

我说的是如果，因为不论扶苏是否有才华、有能力治理国家，他的国家都不会迅速灭亡，因为扶苏身边有强臣辅佐，因为扶苏会聚拢人心，就足够了。

英雄老子打江山，创业容易守业难！

悲乎？痛乎？

◎ 蒙氏三代功臣

始皇帝能在很短的时间内完成祖先千余年未完成的心愿——大一统，说明什么？说明秦始皇有他的魄力，有他独特的人格魅力和过人之处。

秦朝的霸业、王业、帝业靠的不是鲁莽与冲动，而是无数智者的谋划和

无数英勇善战的将士天衣无缝的配合。

　　老话说"富不过三代"，在秦朝历史上富过三代的现象倒不难见到。为什么呢？因为秦有明君。只有最英明的君主善于运筹帷幄，才能驾驭庞大的虎狼之师、精锐之卒，有了骁勇善战披坚执锐冲锋陷阵的骁将，才能有视死如归奋勇向前毫不畏惧的大秦勇士。顺世靠制度，乱世靠武力。于是秦国的地盘越来越大，敌人越来越少，臣民越来越多，大统一就越来越近。

　　要说秦国之所以能完成大一统的大业，自是少不了蒙氏一家三代人的功劳。

　　当然在秦始皇时期，像蒙骜、蒙武、蒙恬、蒙毅这样祖孙三代名将伺候几代君王恩宠不衰的现象不是首例。善用驭人术的秦始皇不是不知道这样做的危险，因为他们历经几代国君，享受高官厚禄，朝中上下容易结党营私，在更多情况下若不削减他们的实力，对于君主来说是很危险的，容易造成尾大不掉。然而，嬴政不但没有削减他们的实力，反而更加信任他们，重用他们，使其成为股肱之臣，为秦朝的政治和军事发挥着作用。

● 蒙恬墓

事实证明嬴政是对的，因为到最后最忠心的还是他恩宠并信任的蒙氏和王氏家族。尽管我们从有限的历史资料里也能找到一些小小的摩擦和冲突，但都是无关紧要的。

蒙氏祖籍非秦国人，而是齐国人。

早在秦昭襄王时期，蒙恬的祖父蒙骜就从齐国来到秦国入伍为兵，没有任何背景，而是凭着战功获爵，直至上卿之位。

想必此人也非常人，有着非凡的智慧，并勇武有加。

到秦孝文王、庄襄王至秦始皇嬴政时期，蒙骜一直是秦国的得力大将，曾先后率军攻韩、伐赵、伐魏数次，攻占敌国城池百余座。在韩国设置了三川郡，伐魏后又设置了东郡，为扩张秦国的疆土使得秦国更加强大做出了巨大的贡献，为秦后来大一统打下了坚实的基础。

老迈的蒙骜死于秦始皇七年（前240年），没能参加统一战争。虎父无犬子，蒙骜的儿子蒙武也英勇善战，很快成为勇冠三军的战将。

《史记·王翦列传》中叙述，在统一战争中，王翦主张攻楚六十万人，和李信所主张的只需二十万人有着很大的差距。谁都希望战争不战而屈人之兵，人越少，消耗越少，伤亡越少。始皇自然会采用李信的意见，王翦借此告老还乡。于是秦王任命李信为大将，蒙武为裨将军（副将），统领二十万秦军分两路进攻楚国。（蒙武为副将攻楚，《王翦列传》将蒙武误写为蒙恬。根据《六国年表》及《蒙恬列传》，攻楚者为蒙武，当时，蒙恬还没有为将。）

李信军进攻郢陈南部的平舆县（今河南平舆北），蒙武军进攻郢陈东南部的寝县（今安徽临泉）。战争伊始，楚军在强大秦军的攻击下大败。然而，就在这个时候，李信军出现了令人不可思议的行动。他没有乘胜东进，按预定计划攻取楚国的首都寿春（今安徽寿县），而是回师西退，掉过头去攻击秦国领土内的郢陈，蒙武军也撤退回来与李信军会合。

也就在这个时候，一支楚军出现在李信军的后面，三日三夜紧紧尾随跟踪，然后发动突然袭击，一举大破李信军。李信军的军营壁垒被逐一攻破，部下七名主要将领被杀死，大败而归。此事发生在始皇二十一年（前226年）。

李信攻楚的失败，是战国以来秦国历史上罕见的惨败。关于这次战争的真实情况，秦国史官在《秦记》中没有留下正式的记录。其他史书更是没有记载。《史记·王翦列传》中的这段描述，主要是为了交代王翦隐退后又复出的原因。既然是给王翦作传，就一定要写这个人的过人之处和先见之明，于是就顺便牵连出来这场战争的片段。但是，正是由于秦国史官的刻意隐瞒，这段叙事不但语焉不详，而且歧异零乱，千百年来就是一笔糊涂账。糊涂账有糊涂账的原因，这种原因往往在封锁的消息当中，却给我们研究历史提供了很多重要的信息。李信大败的消息秦政府不希望公开，这已经说过了。事实上，秦政府不希望公开李信大败的消息，还有一个更大的理由。这个更大的理由是什么呢？李信军为什么攻楚失败？

人往往对敌人有着防备之心，对自己人过于疏忽，自己身边的人或者自己信任的人若要害你，基本上是百发百中的。此时李信和蒙武所遇到的正是这类的事情。因为，当时发生这样的事情是因为秦国国相——楚国公子昌平君反叛了，所以李信和蒙武的失败是必然的。这是后话。

我们从这个简短的故事中还是了解了一些真相的，那就是李信军败了，蒙武军肯定也败了，如果像记载樊於期的事迹一样，秦朝的制度很严酷，战败后将军是要受到处罚甚至被砍头的，那么此时的李信和蒙武都性命难保。

但是我们在《史记·蒙恬列传》中很快就找到了答案，否定了将士战败被杀的可能。始皇二十三年（前224年），王翦复出后，蒙武依旧担任裨将军，跟王翦一起攻打楚国，大败楚军，杀死楚将项燕。第二年，蒙武再次攻打楚国，俘获了楚王。

这说明什么呢？其一，在秦国，打了败仗不一定要处罚将军，在秦国的历史上我们没有找到一个打了败仗回去受到严厉惩罚的实例，樊於期除外。当然樊於期到底因为什么要逃到燕国去避难而不回秦国，这是一个历史之谜，但是可以肯定的是，秦王绝对不会是因为樊於期打了败仗而要杀他，主要是因为他知道秦国太多的军事机密而又逃往他国，这才是要杀他的理由！

其二，战败受处罚是要视情况而定的，这次李信和蒙武战败的原因不在李信判断失败，也不在蒙武指挥不当，而在嬴政的决策上。他在挑战人的极限，也可以说是嬴政太自信导致判断失误，他不应该将秦国的国相、楚国的公子昌平君派去攻打楚国。所以这次战败是一种必然。

其三，可见嬴政还是很爱才、惜才的，对蒙氏格外宠爱，他犯了错误不但不处罚，还让其将功赎罪，这是一种什么样的胸怀。

他是成就了蒙氏三代忠良，使其誓死效忠秦国的君王。

再说蒙恬、蒙毅兄弟俩，他们俩之所以能成为嬴政的股肱之臣，取决于其家世。所以在秦统一的最后一年即始皇二十六年，蒙恬担任秦军将领，得以参加统一战争，率军攻打齐国，大败齐军，被任命为内史。

秦统一以后，蒙恬和蒙毅正式登上秦历史舞台，成为当时最有权威、最受始皇宠爱的大将之一，成为中国历朝历代都可望不可即的忠臣良将的代名词，他们的名字至今人尽皆知，并将流芳千古。

秦统一以后依旧保持有六十万大军，其中三十万大军由蒙恬统领北上驱逐匈奴，收复了黄河以南的土地，并修筑有历史上最著名的万里长城和被称为世界高速公路鼻祖的秦直道、秦驰道等。而另外三十万大军当时正在南边与百越打仗，他们修筑有著名的灵渠、蜀道、南越要道，也参与修建了往南的秦驰道等，可是至今没有人能说清楚当时的统帅是谁。

始皇三十二年（前215年），由大将军蒙恬率领的三十万军队，用一年时间将疆土扩展到阴山一线。对此《史记》做了记载，还专门为蒙恬做了传记。而对于开拓南疆、南征百越之战，《史记》记得简略又分散。

比《史记》早五十年的《淮南子》一书中有一段记述，但仍然因为简略而存在诸多信息缺失和史实不清的地方。对此，古代史家基本上不去涉及，而现当代的史家则做了各种推测，从而有了多种不同的说法。因为都是推测，就看哪一种更合理，更接近史实了。秦军的统帅是谁，依旧是个谜。

《淮南子》记述秦始皇派遣"尉屠睢发卒五十万为五军"，于是大家都认为五十万秦军的统帅是屠睢。

近年有几位史家提出疑问，认为屠睢只是一个都尉，在秦史中名不见经传，担任五十万大军的统帅似乎与其级别不符。

另外，百越的地域非常广阔，东部在今浙江、福建境内，包括东瓯和闽越

○ 蒙恬塑像

地区，中部在今广东境内有南越，西部在今广西直至越南的中、北部有西瓯和骆越。这些部族之中还"各有种姓"，所以称"百越"。这样秦军东西战线有数千里，当时又没有无线电通讯，由屠睢一人指挥五路大军是不可能的。

这么说来，征战百越用的还不是三十万大军，而是五十万。这么大规模的战争，这么兴师动众的人匹马夫，却没人知道统军是谁，是有些不可思议的。

但，蒙恬驻军三十万在北方抗击匈奴是人尽皆知的，统帅就是蒙恬一人。

而蒙毅就在始皇身边，跟随始皇出行，始皇帝有大小事情都跟蒙毅商量。连立太子之事也跟蒙毅商量，听取蒙毅的意见。

蒙毅认为立胡亥为太子是不可行的，于是始皇帝就打消了这一念想。对蒙毅依旧格外亲近，使蒙毅官至上卿，这个职位跟蒙毅立过无数战功的祖父蒙骜的一样。始皇帝外出时还让蒙毅与自己同乘一辆车，在朝堂上随时在自己左右。

蒙恬处理外事，蒙毅在朝内谋划，称为忠信大臣，可谓权倾朝野，没有人敢和他们相争。这兄弟俩受宠可见一斑。蒙恬、蒙毅兄弟虽说有一点世袭的优越而得以近侍始皇，却也是靠着忠诚、才干而博得始皇帝的器重和信任。而这兄弟俩既没有辱没先祖，也没有恃宠而骄，而是恪守忠君之道，感念始皇帝的知遇之恩，手握军权却甘愿蒙受莫名的冤屈而不忍谋反，最后落了个一个自杀一个被处死的下场。

如果始皇帝不死，他们的恩宠还会延续到他们的下一代或下下一代，甚至子子孙孙。

如果二世没有篡位，而是善良懂道义的长公子扶苏继位，他们百分之百不会死，后世是否受宠也很难说，蒙氏完全有可能会一代代成为秦的重臣，成为中国历史上经久不衰、地位显赫的重臣世家、忠臣世家。

如果胡亥不是个孩子，如果胡亥不受赵高蛊惑，这兄弟俩也不会死，依旧会得到重用，蒙氏后世是否还会出现杰出的重臣也难说。

如果没有赵高，而有蒙氏兄弟的辅佐，秦朝一定会继续强大下去，再延续千百年也有可能。至少后来的大汉王国会出现得晚一点，或许历史上压根就不会存在汉朝。

如果蒙氏兄弟没有被赵高所害，后来的大唐盛世也许就是秦朝的一个翻版。

历史没有那么多的也许，但是我们从蒙氏家族受宠一事不难看出秦始皇的为人是心胸宽广、豁达的。夫妻之间都需要磨合，何况是君臣之间。按照《韩非子》的霸王之道，秦始皇是不会有一个近臣的，何况是祖孙三代四人君臣一心同仇敌忾完成大业。

在秦始皇统一之前和秦亡后两千多年的帝王制的时期里，狡兔死走狗烹的事件不计其数，只能与君同苦不能与君同甘的事例屡见不鲜。只有秦始皇这一伟大的君主做到了君臣从一而终，甘苦与共，这是一种怎样的气度和胸怀啊！

细说秦直道

⊙ 阳周古城一隅

⊙ 阳周古城大景

◎ 阳周古城觅古

拜望了君子,好像明白了很多道理,人顿时精神爽快起来,心情好了。天也放晴了,走出了大山,走出了黄土高坡,天高云淡,近处是开阔的牧场,远处是一望无垠的沙漠,视觉感觉无比良好。

靖边县位于陕西省北部偏西,榆林市西南部,地处毛乌素沙漠南缘,是1935年解放的革命老区。全县总面积5088平方公里,按地形地貌分为北部风沙滩区、中部梁峁涧区和南部丘陵沟壑区,三种地貌分别约占总面积的三分之一。地势南高北低,海拔介于1123—1823米之间。靖边县资源丰富,天然气储量为3200亿立方米,属世界级大气田。煤炭已探明侏罗纪煤层储量达150—200亿吨。石油储量在2亿吨以上,高岭土总贮量18万立方米。

靖边县不但工业资源丰富,旅游资源也相当丰富:位于城东北58公里处无定河北岸的统万城,为东晋(317至420年)时匈奴贵族赫连勃勃建立的大夏国国都,是中国重要的古代都城遗址,虽经战乱人为破坏和一千五百多年的风雨剥蚀,部分城垣仍保存完好,已被列为国家、省级文物重点保护单

位。位于县城东南方向杨桥畔处的古阳周城遗址,是秦汉抗击匈奴的前沿阵地,也是秦大将蒙恬囚死的地方。此外,县内还有秦朝、明朝古长城遗址和汉代、唐朝的古墓群。秦直道也穿越靖边县,可惜境内已经找不到完整的秦直道遗迹了。

靖边还有许多革命旧居,毛泽东、周恩来等老一辈无产阶级革命家转战陕北时曾在小河、天赐湾、青阳岔生活战斗了四十六个日夜,这些旧居保存完好,还接待了不少游客。

这是一片古老得近乎呆滞的土地,它憨厚、淳朴但并不俗气。山山弯弯,山弯相连,像迷宫,像游戏,更像饱经风霜的老人,很适合秦直道居住扎根。看到陕北的土地,你就会读懂中国的历史,它那每一个弯、每一个坡、每一片土地都会清清楚楚地告诉你中国文化的渊源,其实它本身就是一部历史宝典,无须装订和编辑,无须翻译和配乐,它精美绝伦,回肠荡气,你越咀嚼它越感到有味道。你可以品味它憨厚后面的聪慧,浩瀚后面的高雅,坚强后面的神奇,勇敢后面的淳朴,你会不由自主地赞叹:真是看不够的黄土地,唱不完的信天游!

我们第一站是去离靖边县城20多公里的杨桥畔镇龙眼古城考察。据考证,此处便是现在有着重大争议的古阳周城遗址,也是秦直道所经的重要地段。

榆林地区的秦直道似乎没有特别明确的线路图,主要原因可能是这里千

◉ 靖边以北秦直道被埋在沙漠中

百年来沧海桑田，地势地貌变化太大，治所县址也屡屡迁移，所以几乎很难找到特征非常明显、保存完整的秦直道遗迹。但直道在靖边县是经过天赐湾、龙洲，沿长城外经过古阳周城遗址，再沿芦河和204省道榆靖公路段西北进入横山县的。

我们找此古城费了不少时间，因为一路问都没有人知道，只能靠自己照着地图分辨地区寻找。从县城到阳周古城24公里的路，却走了一个半小时。

阳周城俗称龙眼城，在秦时期为秦的上郡所辖县之一。秦始皇的大将蒙恬将军就是被秦二世胡亥，以及丞相李斯、赵高等人害死于此处。北周保定四年（564年）为宁朔城，唐武德六年（623年）曾置南夏州，宋代初对其进行重修并立有碑文记载，当时称宥洲。现在碑文已经遗失，在一片海子边有一个"宥洲城遗址"的碑，是靖边县近年立的。

我们眼前的古阳周城遗址面积非常大，只可惜现在多半地方都被黄沙所覆盖，被一片海子给掩埋了。现存的我们能看见的城墙依旧

◎ 宥洲城遗址就是古阳周城遗址

◎ 阳周古城大部分被淹没在这个海子里

庞大无比，南城墙西段，城垣步测约有200米长，高2—6米，下宽4米，顶宽2米，黄褐色土夯筑而成，夯土层厚8—12厘米。南墙外可以明显地看见墙体上挖有近十口土窑洞，据说是村民早年挖下的，现已废弃。南墙中段也有几户村民早年建房于墙体上，村里的路刚好从两户村民屋侧穿过，路西侧遗留有长2.5米、高2米、宽3米的墙体，为白垩土质。夯土间一层石灰，夯土厚8厘米，石灰厚0.3—0.8厘米，密实度很高，坚如砂岩，看似南城门西侧墙体。此城内外残砖碎瓦成堆，据当地的农民说，时常有五铢钱、王莽"大泉五十"等钱币出土，他们也经常能在此周围捡到这些钱币、箭头等物品。我们遇到村民神秘地上前搭讪，问买不买古钱币、箭头等。其实每个村民家或多或少都会有一些小零碎古物，秦砖汉瓦在此处就更成了家常便饭。

秦直道沿途尽管发现有很多古建筑遗址，除了甘泉宫遗址以外，就数古阳周城遗址最大了。如果说秦直道沿途有秦始皇行宫遗址，那阳周古城应该是其中一个了。

阳周古城在漫长的历史中消失了近两千年，史书对阳周古城的地理位置记载不详，其实至今甘肃正宁县还在坚持古阳周城遗址就在他们县境内。

据靖边当地考古学家采集到的标本显示，在杨桥畔有方形回纹地砖、云纹瓦当、钱币陶范等出土。1985年引水拉沙造田时，还无意中拉出数万枚钱币以及一些文物。加上该城位于秦长城线上，又临近秦直道，芦河依城而

◉ 作家采风团在古阳周城遗址上 　　◉ 作者在古阳周城遗址上考古调研

过，南有白于山脉，很符合史料记载的古之阳周县的地理位置。所以后人认为此处便是古阳周城遗址。

当地农民似乎并不知道龙眼古城就是古阳周城遗址，但他们告诉我们这里有五彩沟，有瀑布。他们哪里知道在横山县苍苍茫茫的群山草野之间，隐藏着被历史尘埃掩埋的秦直道以及许许多多的古老故事。

历史没有忘记秦直道，可世世代代生活在此的人却不知道它的典故，实在是令人遗憾。2008年，我组织全国著名作家秦直道采风来到这里，当地沸腾开了，才知道这阳周古城的来历和它的历史价值，村民们才开始关注并感叹他们世世代代生活的家园是一方不平凡的土地。

阳周古城风景如画，暗红色的崖石上长满了五彩缤纷的苔藓，瀑布轻如玉帛，飘逸自如地飞流直下，沟底的岩石如一条巨龙，张着嘴贪婪地喝着从天而降的水，真有着千峰开戟、万仞开屏的气魄。北魏著名的地理学家郦道元在《水经注》卷三《河水》"奢延水"条载："奢延水又东，走马水注之，水出西南，长城北，阳周县故城南桥山……"奢延水就是无定河的源头红柳河，走马水则是无定河支流之一的芦河，桥山就是该城南面的白于山。

阳周在西汉仍是上郡的一个县治，此地与许多重大的历史事件有着紧密的联系。秦始皇死后，赵高和李斯假传诏书，赐死太子扶苏后将蒙恬关押于阳周，后囚死狱中。同时，阳周还是秦汉时抗击匈奴的前沿阵地。因而秦直道从这里经过就再正常不过了，只是此处秦直道遗址被毁坏了。

到西汉以后，古阳周城消失了，以致后来好多资料记载阳周的地理位置都有错误，有的资料记载古阳周在今子长县，有的资料记载古阳周位于今甘肃省正宁县等，众说不一。后来有学者通过对陕北历史地理的考察和研究，认为西汉时期的阳周应该在靖边境内，近年来有在此出土的一些文物作证，并认为其城址就是我们眼前的龙眼古城。

我们在古城旁边发现大量的秦砖汉瓦，瓦上有着跟秦直道其他地段上发现的一模一样的花纹，也是细小的绳纹。如单独在某一处见到此物，有可能是误认，但多处发现同样的东西就不会是错误或巧合了，而且是在千里之外发现同样的东西，这应该是秦汉时期的物件了。我们还拾到了几块青砖和板瓦。其中青砖有现代砖头的三到四个大，板瓦内面有云纹痕迹，绝对是秦汉之物。

阳周城周边还有墓葬区两处。一处在城东北5公里，名为老坟梁处，这里都是汉墓，多为竖穴土坑式，此处出土了不少土陶器和钱币。另一处在杨桥畔镇旧政府西南2公里处。1997年夏，榆林市文管所的同志对这里的三座汉墓进行了抢救性清理，其中两座为竖穴土坑墓，长斜坡墓道，墓坑均留有生土二层台，带有东西耳室。其中俗称"王埋墓"的二号墓规模较大，为砖砌拱券式墓，长斜坡墓道，地面上有封土堆，底径约25米，残高4米，墓室距地表11米。此墓出土文物特别多，有铜剑、鼎、博山炉、陶仓、罐、动物俑等，跟我以前在满城汉墓参观的中山王刘胜及其夫人窦绾的墓有很多相同之处。尤其是博山炉，尽管不是完全相同，但是如同出自同一个匠人之手。它们的不同之处可能就在于一个是宫中御用，一个是民间所用，但是同样非常精巧，质地和结构也非常相同。它们应该是西汉时期的墓葬，有许多专家认为可能是新莽至东汉早期的东西。

另外在杨桥畔墓葬区，近年又出土了一件陶器，为泥质灰陶，高30多厘米，上腹部阴刻"阳周塞司马"五字。这件器物的出土，给证明杨桥畔龙眼古城即为阳周古城提供了一个实物的佐证。

据推测，古阳周城有可能在西汉时期毁于战争。虽然如此，通过点点滴

◉ 古阳周城城墙　　◉ 古阳周城窑洞

滴的历史遗迹，我们仍能依稀看出古城当年的严整和精巧，依旧能感受到当年的城池的气势磅礴，体味到历史人物命运的跌宕起伏。

有学者经多年的考察研究，提出古阳周位于秦长城线上，又临近秦直道。在这里，作为进攻的秦直道和作为防御的长城亲密相伴，一样的绵延迤逦，一样的苍凉古劲，一样的饱经两千多年的风风雨雨，一样有说不完的聚散离合喜怒哀乐……矛和盾组成了古代中央政权边疆作战防御的完整体系，也构成了毛乌素沙漠上最动人心魄的景观。

西风寒鸦，日暮黄昏，秦直道昔日雄壮的身影消失殆尽，古城也只剩下了残垣荒冢。

目睹着瀑布流向不远处的小河，放学的孩童吟唱着"飞流直下三千尺，疑似银河落九天"，我们怀着沉痛的心情依依不舍地驱车离去。

◎ 匈奴人留在世上的唯一城池

统万城位于靖边县西北方向，坐落在毛乌素沙漠之中。

由于没有向导，只能边走边问路。车开得很慢很慢，路遇几个岔路口，不知该往何处走，又不见行人，只得凭着感觉将车朝前开。又行驶了一二十公里，我们见到路对面有几个修路工人，便上前去问路。陕北人听不懂我们的南方普通话，也没问出个所以然，只能凭着感觉走。因为当地人不把统万城叫统万城，而是叫白城子（音"别城子"）。

在路上遇到两个农妇，急忙下车问路。老周学陕北人说："你知道别（白）城子怎走？"一农妇说："我害不下。"音发快了听起来成了"害怕"。老周没听明白，气得直瞪眼："皇军问你个话，知道就知道，不知道就不知道，害怕啥呢？又不吃你。"另一农妇说："解（音发

◎ 统万城遗址

'开')不开。"老周听不懂，气呼呼地上了车，甩下一句："忙去吧！"这句话是在横山学的，他向别人问路，问完后，那个人对他说："忙去吧！"尽管我们都知道这是当地人的一句礼貌用语、客气话，但还是感到怪怪的。老周学了一路，沿途问路时，对方话还没说完他就忙着说："忙去吧！"在内蒙古他还想用此话表谢意，又怕当地人认为不礼貌。其实我们也一直认为这有可能是个贬义词，人家好心给你指了路，你对指路人说："忙去吧！"好像就是有些不礼貌。在内蒙古他没敢用此语，但又不甘心，问完路，将车窗摇上，等车开动后他才在车内小声说："忙、忙、忙去吧！"或者说："忙、忙、忙！"这是题外话。

此时我们决定不再找农民尤其是农妇问路，大家一致认为要找干部模样的人问路，说这类人有知识，说话也能听懂。又往前走了不多远，还真见到了两个干部模样的妇女在费力地推着摩托车。老周又下去问路，并帮她们抬摩托车，在抬摩托车时将膝盖给碰破了，此行动感动了两位妇人，她们认真地为我们指了路。

不知道又走了多久，越向北走越荒凉，最后终于在靖边县城西北角广袤的毛乌素沙漠中，远远地见到一片白色的建筑物静静地俯卧着，在深蓝的天宇下，黄色的沙海中，那建筑物像是外星人遗弃的巨大的白色飞碟。那就是当地人嘴里的白城子了。它是赫赫有名的五胡十六国时期大夏国都城统万城，它是历史上曾经无比强大的匈奴民族留存在人世间的唯一的古城遗址。

历经风雨的统万城虽然早已遭到了破坏，但自有一种难以言说的威严。我向它走近的时候，像是在走近一个传说中的巨人，满怀着崇敬和好奇。

统万城的修建有明确的历史记载。它是由匈奴铁弗族首领赫连勃勃亲自选址而建的都城。当时这里还没有沙漠的侵扰，是水草丰美的形胜之地。赫连勃勃考察这里时，赞叹道："美哉斯阜，临广泽而带清流，吾行地多矣，未有若斯之美。"

前面提到过，赫连勃勃公元407年称天王大单于后，于公元413年驱役十五万民众修筑都城，历时六年建成。

再坚固的城池总有被攻破的一天，公元428年，统万城落入北魏拓跋焘

● 敌楼

之手。

　　宋代的时候，党项族、羌族占据了统万城，当时叫夏州。

　　到宋淳化五年，也就是公元994年，宋唯恐羌族"居城自雄"，下诏毁弃，迁其二十万民于绥、银二州，也就是现在的横山、米脂、绥德一带安置。

　　至此，拥有六百年历史的统万城就像一个残破的梦，失落在茫茫毛乌素沙漠之中。

　　又过了八百年，也就是清道光年间，怀远县（今陕西横山）知县何炳勋考察了白城子，才确认这就是当年气势恢宏的统万城。

　　此遗址现为国家重点文物保护单位。现在城里城外瓦砾遍野，根本不需要找，随便下一脚都可以踩到几块，可以想象当年城池有多么庞大，气势有多么恢宏。但是在大自然面前，任何人为的、号称不朽的东西又都显得那么渺小！

走在城墙上，千里毛乌素沙漠尽收眼底，真有天苍苍、野茫茫之感。统万城由东向西分为外廓城、东城、西城，外廓城周长4900余米，城垣走向不规则，东城周长2566米，西城周长2470米。仅内城就南北长达527米，东西长达609米，总面积近37万平方米，城有四门，南曰"朝宋"，东称"招魏"，北名"平朔"，西谓"服凉"，倾注了赫连勃勃君临万邦、统一海内的勃勃雄心。

据史料考证，当年的皇宫在西城，城墙厚有10余米，官司廨衙署在东城，市廛百姓居外廓城，城墙比皇城更厚。城墙上设有敌楼、箭楼、城楼，还有垛堞女墙。城墙建筑有马面，马面是突出于城墙而与城墙相连的墩台，一旦敌人逼近城下，士兵可从突出的马面上抛射矢石，三面夹攻，击退攻城之敌，是古代最科学的城防建筑。当年这一建筑宏伟壮观，富丽奢华，有文人对此城做过生动的描写："高隅隐日，崇墉际云……华林灵沼，崇台秘室。通房连阁，驰道苑园。可以荫映万邦，光覆四海；莫不郁然并建，森然毕备。……营离宫于露寝之南，起别殿于永安之北。高构千寻，崇基万仞。玄栋镂榥，若腾虹之扬眉；飞檐舒号，似翔鹏之矫翼。……温宫胶葛，凉殿峥嵘，络以随珠，绵以金镜。虽曦望互升于表，而中无昼夜之殊；阴阳迭更于外，而内无寒暑之别。""崇台霄峙，秀阙云亭，千榭连隅，万阁接屏……温室嵯峨，层城参差，楹雕虬兽，节镂龙螭，莹以宝璞，饰以珍奇……"前殿铸有铜鼓、飞帘、翁仲、铜驼、龙兽，并装饰有黄金宝石。城内建筑有战时报捷、平时报更的钟楼、鼓楼。城内用白土筑成鸡笼顶式大厦一间，有如当年游牧民族用的金顶帐篷，屋外飞檐八

◎ 马面

层，以这种圆形穹顶的建筑，来展示匈奴民族永不忘根的民族情结。

现在虽没有当初的气派和人丁兴旺，最北面的城墙还让沙漠掩埋了一部分，但磅礴的气势依然令人感觉强烈，使我们不难想象当年统万城在青山绿水掩映下的繁荣壮丽与金碧辉煌。

城池四四方方，城墙表面依旧特别坚硬，丝毫不比现在的水泥差。我试着用指甲插入坚硬的白土，根本插不进去，甚至连一块土皮都抠不起来。听说赫连勃勃当年筑城时，修好一段便让士兵用剑戳，如能戳进一寸便将工匠杀死，如戳不进就将士兵杀死。城墙在风沙侵袭千百年后还挺立在沙漠中，是靠多少士兵役夫的白骨和鲜血在支撑着啊！

书上记载，当年统万城修建之时，赫连勃勃曾下令用战俘和牲畜的鲜血掺拌软米面也就是今天人们说的糯米面和当地的一种叫白壤土的土烧制夯实筑城的，当年杀战俘以及民众数以万计，牲畜无数。

现在有考古学家根据统万城的考古取样鉴定，统万城的城土是三合土，主要成分是石英、黏土和碳酸钙。石英应该是沙粒，碳酸钙是石灰吸入二氧化碳制成的，三者加水混合后质地坚硬，直到现在三合土仍在广泛使用。

也不知道是因历史已久而化验不出血的成分，还是善良的专家们不愿意公布这一事实，抑或是这压根就是铁证如山的事实，没必要再多此一举地说些什么，反正我还没有看到有关有血的化验资料。

史书上记载"城坚如铁石，攻凿不能入"，甚至达到"坚可砺斧"的程度，若用刀砍斧劈，必火花四溅。呈白色的城垣，后人一直叫它"白城子"。实际情况也是这样，城土的坚硬程度相当于250号水泥的硬度。当然，建筑材料是一方面，工程质量的把关也至关重要，否则同样的材料也可能因为夯不实而成为豆腐渣工程。统万城在建造中主要突出强调了军事功能，城池坚固是用于军事防御，城墙上每隔50米一个敌楼是用来作军事观察，而城墙上的马面则是用来防御和进攻。北宋著名的科学家沈括对统万城评价很高，认为它的军事工程方法"深可为法"，他说："马面极长且密……若马面长则可反射城下攻者，兼密则矢石相及，敌人至城下，则四面矢石临之。"

我们站在敌楼上，能一眼望见天边，感受到一番大漠古城的风度，品味着古战场的风姿。我们仿佛又回到了过去，身临其境地参与到血与火的战争之中，想象着陕北这片土地上曾经晨钟暮鼓的喧嚣、车毂相击的喧哗，以及灯火辉煌鼓乐悠扬的奢华。就是这样别出心裁的设计、独具匠心的施工，造就了后世多少人用一般的战争工具和排山倒海的兵力都无法撼动的古城，给所有来此怀古的人留下无限的遐想。

　　我感到很是奇怪：为什么赫连勃勃要把都城统万城修在秦直道边上？这不是很容易遭到打击吗？其实秦直道在当时应该是一把双刃剑，汉族人的骑兵可以迅速地通过秦直道出现在匈奴人面前，匈奴的骑兵也可以通过秦直道迅速地出现在关中地区，甚至直抵长安城。我认为赫连勃勃修统万城的时候是有雄心大志的，统万城所在地风水好，当然是他决定在这里修都城的原因，但更重要的原因是他想利用秦直道进攻对手，扩大自己的势力范围。后来他果然长驱直下，直捣长安，一举攻破刘裕占据的长安，并很快拥有了秦岭以北的广大土地。公元418年，他正式登基，兴奋地返回刚刚竣工的都城统万城，当时统万城还没有命名，他说："朕方统一天下，君临万邦，可以统万为名。"所以说秦直道虽然是为抗击匈奴而修，但在汉代以后中原和塞北少数民族的对峙中，秦直道往往为少数民族政权入主长安起到了重要作用。

　　统万城遗址正要申报世界文化遗产，它现在是国家重点文物保护单位。虽然在宋代以后再强调对它的保护为时已晚，但它如实地记录了一千五百多年的时代变迁，这样一个近乎荒诞的废墟，仍然可以点燃现代人思考和想象的激情。

　　这种季节，这种寒冷的天气，而且道路艰险，来时虽然我们尽量走柏油路，但有一段路被人用土堆断，车只能行驶在土路或沙路上。西北风劲吹，黄沙漫天，我们的车只能远远地停在山下，不敢前行，可在我们到达后不到半小时，又有三辆车开了上来，一辆警车、一辆桑塔纳、一辆吉普车，他们像是专程来此旅游的，并不像是搞研究的。他们草草看了一会儿，拍了几张照片，发了几声空感叹后又开车扬长而去。

　　白城子西南角城墙根上有一排窑洞，共七口，至今还为当地农民所用，

◉ 统万城

◉ 统万城和传说赫连勃勃化身的苍鹰

细说秦直道

里面放置了一些棺材。我本以为里面有古尸，说不定还能发点小财呢。我独自一人打开棺木一看，里面空空如也，只有一具棺材里放置了一套寿衣、枕头等物，并未发现古干尸或木乃伊之类的东西。

我看到远方城内有一匹瘦马，正在低头啃食沙漠中少得可怜的蓬草，这个意象，加上飒飒的西风，加上杳无踪迹的秦直道，正是那千古绝唱"古道西风瘦马"啊！

我下得城来，回头瞭望，那高高的敌楼千百年来矗立在那里，神圣依旧，威严无比，它像是在轻视我们，又好像在依依不舍地目送我们远去。

据当地人说，他们有一次看到敌楼上坐着一个黑衣人，他一动不动地向远处眺望着。他们感到很奇怪，以为是个偷取文物的贼，于是找了几个人悄悄地向黑衣人靠近。可是等到他们走近时，那黑衣人突然变为一只巨大的苍鹰，有1.2—1.5米的样子，它悲哀地鸣叫着展翅向南飞去。他们感到太惊讶太神奇了，说从没见过那么大的鹰。后来巨鹰屡屡光顾统万城，而且仍然在敌楼上向远方眺望，他们也就见怪不怪了。人们都说，那是一只神鸟，是赫连勃勃的化身，这个暴君可能是舍不得自己精心修建的城池，隔一段时间就要回来看一看。

据我所知，毛乌素沙漠里的确有这么大的鹰，众多媒体也相继报道过，但是说它是赫连勃勃的化身，只不过是人们可惜统万城被毁而想象出的美好神话罢了。

◎ 横山觅英雄

横山县位于陕西省北部，榆林市中部偏西，毛乌素沙漠南缘。东临榆阳（区）、米脂，南接子洲、子长，西与靖边接壤，北靠内蒙古乌审旗。总面积4333平方公里，总人口三十六万多。横山县昔称怀远县，民国三年（1914年），为区别于安徽怀远县，遂依境内横山山脉主峰而名之。全县地势大致为西高东低，平均海拔900—1500米，境内河流众多，水量充沛。地貌以无定河和芦河为界，分为北部风沙草滩区和南部丘陵沟壑区两大部分，分别约占总面积的三分之一和三分之二。

横山县物华天宝，矿藏丰富。地下已发现8大类40多种矿产资源，是陕西省以至全国罕见的矿藏富集区，具有重大开采价值。特别是煤炭、天然气、石油和盐，开采前景十分广阔。煤炭预测储量500亿吨，已探明储量106亿吨，属神府榆横大煤田重要组成部分。天然气预测储量2万亿立方米，已探明储量1.56万亿立方米，甲烷平均含量为93.3%，石油预测储量为4500万吨。矿盐是榆林市特大岩盐矿区的主要储区，总储量1.3—1.8万亿吨。

县内旅游景点有限，位于县东北的黄云山上的波罗堡，是中国现存的唯一的明清风格山寨式建筑，现在正准备开发成影视城。

县内还有一些古城遗迹，上郡银州古城就是其中之一。

秦直道是从波罗镇的康梁进入横山县境内，经大川沟、怀远堡、元坪、威武堡等城堡村庄，向狄青塬、八岔前行，由清平堡出境，计75公里左右，占直道全程的8%。秦直道在横山威武堡东侧山梁上由南向北的羊路焉、盘路湾、沙焉、焉口

◉ 横山庙会

等古道垭口连成一线，经横山党岔、响水、大川沟、狄青塬下的庄窠湾崾岘，都是秦代重要的军事关隘。无定河水磨沟东石嘴娘娘庙台至今留有渡河遗址，狄青塬北墩、八岔附近的花园圪垯，据考证是秦驿站遗址。

● 横山说书人

秦直道从帝王之都延伸到漠北匈奴之境，成了一条联结戎、汉两族的南北大动脉，而横山刚好是戎、汉两族的分界线，至今许多横山人仍自称是匈奴人的后代。从此往北，人们的习性和生产生活方式，以及地理位置和环境，也跟南边的有了明显的区别。

而横山自古就是英雄辈出的地方，李继迁、李自成自不必说，陕北民歌《横山里下来些游击队》唱响了大江南北，以革命英雄高岗为代表的近代英雄就有数百人之多。

◎ 李继迁和秦直道

秦直道就是从李继迁的家乡——横山县殿市镇李继迁村周围穿过。秦直道跟这位历史人物的成败也有着直接的关系。

李继迁是西夏王国的奠基者，历史记载说李继迁是银州防御使李光俨的儿子，一出生就有牙齿，从小就擅长骑马射箭，有勇有谋。传说他11岁就担任定难军管内都知蕃落使。19岁时，李继捧率领族人投宋以后，李继迁听从谋事张浦的建议，谎称奶妈死了，要出城送葬。他将兵器都装入棺材内，率亲信数十人离开银州城，直抵今天榆林市的红碱淖附近。出示拓跋思恭遗像，号召党项族人归顺自己。三年后，即985年，袭据银川（今陕西米脂），自称定难军留后，向辽称臣。辽授他为定难军节度使，将宗室女封为公主许嫁，封夏国王。宋朝命李继捧回镇夏州（今陕西靖边北白城子），赐姓名赵保忠。宋室欲招降李继迁，以赐姓名赵保吉及授银州观察使为条件。李继迁不受，与李继捧附辽。995年，李继迁引辽兵攻宋府州（今陕西府

谷），又袭清远军（今甘肃环县北），还向西北重镇灵州（今宁夏灵武西南）发动攻势。宋运粮军在浦洛河遭受截击，损失惨重。宋朝出兵五路讨伐，也被李继迁打败。997年，宋真宗继位，李继迁遣使求和，宋授其为夏州刺史、定难军节度及夏银绥宥静五州观察处置押蕃落等使。1002年，李继迁攻占灵州，改名西平府。次年，他率军西征，占领西凉府。因受诈降的吐蕃族大首领潘罗支的突袭，负重伤而死。子李德明嗣立，追尊李继迁为皇帝。夏景宗时谥神武，庙号太祖，陵号裕陵。

今天的横山境内距李继迁村约5里的黑木头川西岸塬上有一块约160亩的古城堡遗址，说是怀远堡的前身土门堡，明代曾驻军。这里地势险要，控制着大理河与无定河之间的咽喉要道。当地人传说此地是李继迁当年的练兵营，是李继迁占领统万城之前主要的活动场所。这个古城堡遗址面向东南，背靠大山，离秦直道只一步之遥，正是对宋朝进攻与防守的有利地形。李继迁村后沟有一地窖子，深不可测，据当地群众说，这是李继迁当年挖下的转兵洞。看来奠定西夏二百年基业的李继迁是靠着秦直道和这山沟发家的。

李继迁占据了最好的有利地形，以横山大山为依托，以秦直道为最有力也最便利的进攻路线，利用宋王朝的腐朽特点，东与辽国联合，转战二十载，夺取了灵州，为儿子、孙子的百年江山奠定了扎实的基础。

◎ 李自成和秦直道

李继迁死后六百年左右，也就是公元1606年，在李继迁村又诞生了一个富有传奇色彩的人物——李自成。有的资料说李闯王的家乡是在明米脂县双泉里二甲三峰子厂梁湾，即今天的横山县石窑沟乡常峁墕村涌峰山古庄窠，而且还有一些有力的佐证。但是更多的还是说在李继迁村。据说李家的家谱一直流传至今，家谱记载李自成就是李继迁的后人。

我想这个完全有可能，否则历史不可能这么巧合在同一个地方、同一个家族（李氏家族）先后产生两个姓李的英雄，上演同一首英雄赞歌。不同的是，李继迁是贵族出身，李自成是贫穷得连赋税都交不起的农民，李继迁是党项族人，而李自成好像是汉族人。当然，五六百年以后许多少数民族都消

亡了，还有一些少数民族随着朝代的更替有一部分归降于某些大的民族，加上一些少数民族之间相互通婚，几百年以后有可能谁也不知道自己曾经属于哪个民族吧。

领导农民起义军推翻了明王朝的李闯王的故事家喻户晓。李自成生于1606年，原名鸿基。崇祯三年（1630年），李自成被裁辍业，于米脂号召饥民起义。崇祯六年（1633年），在农民军首领王自用病卒后，收其遗部两万余人。后与农民军首领张献忠等合兵，在河南林县（今林州）击败明总兵邓玘，杀其部将杨遇春，随后转战山西、陕西等地，一路大获全胜。

崇祯十七年（1644年）正月，他定国号大顺，建元永昌，称大顺王，改西安为西京，定军制，封功臣，开科取士。随后率师强渡黄河，东进山西，连破汾州、太原。旋兵分两路，遣部将刘芳亮率南路军攻大名（今属河北）、真定（今正定），自与刘宗敏率主力为北路，于宁武关（在今山西宁武境）与明军血战数日，击杀明总兵周遇吉。后相继进占大同、宣府（今河北宣化）、昌平（今属北京）。三月十七日两路会师北京城下，于十九日破城，迫崇祯帝朱由检自缢煤山（今景山），推翻了明朝的统治。改明五军都督府为五军部，变武将称谓，定品位，完善军制。为瓦解明军残余势力，多次遣使招降明总兵吴三桂，未果。四月十三日，率兵约十万（一说六万）往攻。在山海关之战中被吴三桂、清摄政王多尔衮联兵击败，损兵数万，退师北京，大顺军由盛转衰。廿九日称帝，翌日离京西撤，令刘宗敏为主帅组织兵力沿途反击。时农民军内部矛盾加剧，军事上节节败退，致使屯守山西、陕西计划无法实现，遂引兵经陕西退至湖广……（摘自《李自成》一文，作者不详）

我们不难看出李自成的成功也应该跟秦直道有关，至少他是在秦直道边出生的，而且他多次的战争都是在秦直道周围发生的。

赵家畔秦直道遗址

◎ 上郡银州古城

　　上郡建在肤施，古代的肤施就是今天的横山县党岔镇。党岔背靠横山山脉，面前环绕着长流不息的滚滚无定河，战国魏文侯时期这里设置肤施县，后设上郡治所，秦汉沿袭，至建安二十年（215年）废弃，南北朝周武帝保定三年（563年）开始设置银州，直至宋崇宁五年（1106年）废银州为银州城。此处共有一千五百多年的历史，其间经过无数次血与火的洗礼，但至今乃保留着要塞遗风。秦直道也从此地经过，只是现在很难找到遗迹。

　　党岔镇北庄村老书记任达民先生是我们在路上无意中遇上的，他自告奋勇热心地为我们领路，并一路讲解。他说银州城遗址由上下两部组成，俯视呈螺号形，上城居西北高岗之上，下城在东南低缓的冲积平地里。

　　任书记说银州古城最早的遗址在榆河旁，后移到横山上，改名叫上古城，现在北门遗址仍能辨认，还可看到两城各自残存的厚0.5米、高近2米的残垣。此处城墙是用铁夯将1尺多高的胶土均匀地一层层搭起，每层夯实至

◉ 银州古城

少约8厘米，再掺水和黄土，夯实一层又一层。他还带我们到实地去仔细辨认和讲解，让我们更清楚地了解和证实了这一点。任书记说，以前上城和下城高约70米，东、北墙各长400米左右，墙外有长、宽各4米的马面窑四座，西南垣包是呈800米长的弧形。现在西北和北面各留瓮城遗址一座，西瓮城门洞用石头筑成，宽约1.7米。他指着对面的一座山梁（很不起眼的土山包）说，那叫大寨梁，大寨梁以北还有烧人沟、营房塔、教场坛、驿马梁等遗址，离此15里外还有马房、窑湾（此乃以前官人家居住的地方，也是兵家必争之地）等遗址。靠东南的墙垣几乎全部被毁成耕田或被其他建筑物占领，现在已经看不到了，令人很是遗憾。

说实话，陕北的土地上遍地都是残墙断垣，仔细追究起来恐怕许多都是古迹。这种古迹在我看来并没有太大的意思。此处一无碑，二无说明，当地农民每天穿行于此，早已将它当作一块因水土流失而形成的土疙瘩，孩子们将它作为一个小小的眺望台罢了。若没人带路和指引，任凭我们四人找到天昏地暗也不会想到这就是银州古城遗址。

老书记说他们县也想将此作为旅游项目来抓，只苦于没钱，所以迟迟没有行动。他也希望我们能将此事反映上去，让省上将此作为重点项目来抓。我们嘴上应允，但我想省上肯定不会将它作重点项目抓的，秦直道多好的旅

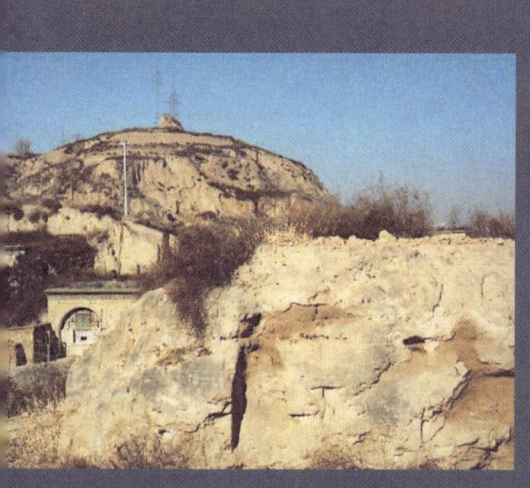

● 银州古城遗留下的烽火台　　　　　● 银州古城城墙残垣

游项目，多有价值的一条路，至今仍有保存特别完整的路面，可到头来又怎样呢，不是也没见行动？再说了，陕西这地方古迹太多，像这种残墙断壁的地方成千上万，根本开发不过来。

任书记热情高涨，信心十足，他将一部分成功的希望寄托在我们身上，我不好打击他的积极性。好在也没有承诺什么，否则会良心不安的。

◉ 无定河

◎ 无定河，悲壮的河

从横山到榆林，要经过无定河，这条河以自由散漫随遇而安而得名。但是，这也是一条悲壮的河。在这满目疮痍、华夷接壤的纷争之地，无定河遭受了数不清的苦痛与灾难。

遥望古代，犬戎、鬼方、匈奴、羌、氐、鲜卑等北方民族曾相继出现在陕北这块土地上，他们逐水草而居，漂泊与不屈的性格使他们沿无定河不断向南扩张，与中原汉人一争天下，于是惨烈的民族拉锯战一打就是几千年。

自犬戎攻破镐京以后，中国历史的舞台上野蛮民族开始占据了重要地位，而陕北这块野蛮民族的主要聚集地也就成了汉族英雄立功报国的焦点地带。蒙恬、扶苏、李广、范仲淹、沈括、种谔……在陕北，尤其在无定河边留下了赫赫声名。然而战争只是成就了英雄的伟业，却使黎民百姓和无名士卒蒙受了灭顶之灾。据史载，宋和西夏的永乐城大战使宋军全军覆没，死亡人数竟达二十多万，这些士兵的血简直又可以汇聚成一条无定河。据史载，无定河边由于战争过于频仍，有多次都成了荒无人烟的死寂之地，所以绝少有从古代一直平稳地生活到现代的民族。

唐代诗人陈陶在《陇西行》中写道："誓扫匈奴不顾身，五千貂锦丧胡尘。可怜无定河边骨，犹是春闺梦里人。"沈德潜以为，作苦语者无过此者。

如今的无定河却是那么安详，那么闲散，好像什么都没有发生过似的。它在静静地关注着陕北经济的突飞猛进，静静地看着人们对它投来的羡慕和崇敬的目光，静静地等待着世人来对它做或公证或偏激的评价。

● 榆林黑龙潭　　　　　　　　　　　● 榆林卧云山

◎ 塞上明珠——榆林

榆林有着丰厚的历史文化遗产和众多的旅游资源，旅游景点丰富多彩，自然、历史、人文、考古、革命遗迹种类齐全。靖边小桥畔、横山石马洼、秦长城、扶苏墓、蒙恬墓、大夏国都统万城、镇北台、红石峡、红碱淖、神木杨家城、米脂闯王李自成行宫、佳县白云观、榆林古城及其古建筑等都是有名的胜迹。秦直道在此地区的考证也引起了国内外有关专家的高度重视。近两年来，有专家学者提出要注意发挥旅游的文化活动属性，充分开发、利用自身的长城文化旅游资源优势，将榆林的历史、文化艺术、民情风俗等有机地结合到长城旅游中去，使旅游的内容更加丰富鲜活，更具地方特色和吸引力。他们还提出，要把秦直道旅游与长城文化旅游紧密结合，共同挖掘其历史文化内涵，把横山的银州古城、靖边的阳周古城（龙眼古城）、统万城等与秦直道和戍边战争有关的遗迹景点同秦直道旅游线路结合起来。目前，有关旅游部门已经并将陆续推出革命名胜一周游、自然景观一周游、秦直道三日游、古建筑三日游、名人故地三日游、石窟艺术三日游等专题性旅游线路和项目。

榆林文联的张泊曾详细地考察过子午岭上的秦直道，也写过几篇关于秦直道的文章，在为数不多的考察秦直道的文人墨客、学者里也算是专家吧。

⊙ 榆林一隅

⊙ 走马梁北望秦长城　　⊙ 走马梁北望　　⊙ 走马梁北望古龟兹国

张泊很热心，很快就过来了。他小个子，50多岁，精神很好，戴着一顶小礼帽，像个华侨。张泊认为我们考察秦直道是一件好事，应该早一点将秦直道推出来，让更多的人去了解它，去重视它，不要再有争议，让秦直道的真相大白于天下，让它早一点活生生地展现在人们面前。

我想也是，如果就因为一个人年事已高而将他送到火葬场，这未免太残忍了吧，再说秦直道还很年轻，我们应该去拯救它。

张泊认为史念海教授所写的秦直道线路和现在我们所了解的秦直道线路没有什么根本性的区别，史老较真的是以现在的地名去看秦直道。其实现在的地名和古时的地名虽然相同，但位置早已不一样了，史老恐怕是将现在地名的位置当成古时的位置了，所以才有了直道走定边的线路图。其实定边早向西迁移几次了，根据现在的地图，秦直道并不经过定边。

张泊说新华社曾有一名叫卜昭文的老记者考察并报道过秦直道，在当代还有中央美术学院的靳之林教授徒步全程考察过秦直道，他可能是近代以来第一个徒步全程考察秦直道的人。日本也有学者专家考察过秦直道。但这所有的都已经是老皇历了。拿着地图胡乱研究秦直道的大有人在，而真正地考察过秦直道的却寥寥无几，尤其是近十年来，更是没几个人真正去实地考察秦直道。张泊给我们提供的秦直道的路线，跟我们所了解的大同小异。张泊还带我们去书店买了一本《游历陕北》，这是他2001年8月出版的书，其中有考察秦直道的章节，但见内文资料是八年前考察的。

张泊走后，我们看时间还早，便决定上镇北台一游。本还想去红石峡游览一番，可车到镇北台时夜幕就开始降临了，其实这时也才下午5点刚过。北方的天黑得就是快，看来原计划行不通了。

细说秦直道

⊙ 镇北台和秦长城

⊙ 镇北台

◎ **万里长城第一台**

上了镇北台能眺望北方的沙漠和西北方向的红石峡水库。红石峡离镇北台很近，不过一两公里之遥，加之镇北台地势较高，所以放眼一望，看清几十里甚至上百里的景物也不在话下。

我们转身朝东看时，突然发现东方距我们百里之遥处有一个大的半圆形白球，远远看去像一个巨型建筑物，还闪闪发光。同行的三人不停地询问我那是什么，好像我是老榆林。其实我连这一次也才一共到榆林五

● 秦长城遗址

次，其中三次没出城，镇北台才来过一次，哪可能什么都知道。大家很是扫兴，便去观看其他景物，几分钟后一转身，天啊，那个白球不是什么建筑物，也非距我们百里，那是一轮圆圆的皎洁的月亮在冉冉升起！大伙兴奋了好一会儿，纷纷摄像、拍照。秦时月、汉时关，站在关口望明月，明月山关今犹如昔，此乃龙城乎？我们乃飞将乎？真是"年光似鸟翩翩过，世事如棋局局新。岚积远山秋气象，月生高阁夜精神"。爽啊！爽透了！

突然，在我们视线的前方出现了一个我们感到十分熟悉的建筑，仔细一看，原来就是古长城的残垣在蜿蜒前行。两千多年前的古道和古城墙曾经亲密交会，两首乐曲汇成了同一首乐章。这里现存的古长城遗址的土质特别坚硬，高约3米，蜿蜒的断断续续的有十几公里，当年的雄伟依稀可见。

秦直道和长城在榆林境内亲密接触，这已经是不争的事实，至于古直道是如何跨越古长城的。这不是我们能得出结论的，因为榆林境内的秦直道已经被沙漠覆盖，找不到痕迹了。

秦始皇在统一天下后，就发动天下之军队、民夫开始了对长城这一闻名于世的巨大工程的修建。秦、燕、赵的旧长城被连接起来。加上新修的一些城段，最终诞生了人间的一个伟大奇迹——长城。

秦长城的中间部分穿过陕西北部，把游牧民族与农耕民族划分开来，成为防御外族入侵、巩固中央政权的一道重要屏障。千百年来，人们一直是以防御为主的形象来看待历朝中央政府，而由南向北蜿蜒而出的秦直道却打破了人们固有的概念，在陕西榆林境内，秦直道与长城形成了"T"字形的交接，作为防御性质的长城和具有攻击能力的秦直道就像武士手中的盾牌与长矛，形成了攻防兼备的完善的战备体系，攻与守在这里寻求到了平衡点。

◎ 向内蒙古进军

早上6点不到就从榆林出发去往内蒙古东胜寻找秦直道遗迹。

大漠的清晨天高云淡，磊落豁达，晨曦抚摸着柔软的沙子，像丈夫在抚摸娇妻的脸庞，投下深深的眷恋和柔柔的爱意。温馨的秋冬将塞上戈壁装扮得如此缠绵，令人产生似幻似真之感。

上天对人都是公平的，谁能想到在榆林这么一块贫瘠了几千年的土地上，人们一直以扬（羊）眉吐气，来勉强维持当地的经济发展到今天的油（石油）浪翻腾、乌金（煤）滚滚、底气（天然气）十足、一言（盐）难尽。这个地方有着足够的资源保障来促进经济发展，它已经成为陕西的重要能源基地，煤、气、石油、盐等，以现在先进的技术开采一百年也不成问题。而且最新勘探显示，榆林的地底下可能还有金矿，有部分县还发现有蓝煤，蓝煤的燃烧率是黑煤的2倍。

榆林的财政收入已经跻身为全省第二名，仅次于延安。榆林现在的关键问题已经不是发展，而是如何合理利用资源，让资源带来的效益最大化，让资源开发带来的损害最小化。

历史上榆林是关中和中原的重要生态屏障和军事屏障，这里林草丰茂，繁荣富庶。汉代以后由于大量"移民实边"、屯垦养军、乱伐滥牧以及战争破坏，造成植被减少，生态恶化，农牧经济快速衰退。到盛唐已是"夏州大风，飞沙为堆，高及城堞"。连大夏国都统万城也因遭沙漠侵蚀被迫荒弃。明代以后由于生态继续恶化，榆林城不得不三次南迁。流沙越过长城南侵，榆林境内

● 红庆河周围

● 伊金霍洛旗西红海子乡掌岗图村周围

● 成吉思汗陵

的秦直道也大多被掩埋在厚重的黄沙下难见天日。为保护家园，榆林人开始了艰苦和伟大的治沙工作，并在20世纪90年代确立了林草奠基、农牧增收的生态环境可持续发展格局。他们修水库，平沙造田，栽种灌丛，畜养牛羊，在大面积沙漠地带用人工造林和飞播造林的方式增加绿色植被，同时广种经济效益高的农作物和树种，大力发展大棚蔬菜和养殖业，使农田林网和大片林草地带片、网结合，分割包围沙地，形成严密的防风固沙体系。据资料统计，地处毛乌素沙漠南端的榆林长城以北沙区现在已出现了区域性的沙漠化逆转，做到了人进沙退。沙区造林保存面积达到1190万亩，林牧覆盖率达32.5%，并建成了总长1500公里的四条大型防风固沙林带，固定、半固定沙地600万亩，受风沙危害的150万亩农田基本实现了林网化，自然生态环境得到改善，粮食综合生产能力提高了10倍。

新修的榆林到内蒙古东胜的高速公路直伸向远方，起先路上偶尔还能见到一两辆车的踪影，越往北走越冷清，最后连车的踪影都没有了，也没路标，我们都怀疑是否走错了路。宽敞的公路上无一行人，收费站也没有人值班，想必这条路还没正式使用。地图册上也没有标出这条新路。大伙儿情绪又低落下来，仔细想想，一路上没有岔路口，也没有拐弯，一直朝北沿着这条路走应该不会错，相信自己就是最大的胜利，所以就一直义无反顾地朝前开。车行驶了一段，路突然断了，询问路旁的一个民工，民工说没修的那一段路属内蒙古地界，他们不愿修，陕西也只管陕西境内的路，所以到此便成了"断肠路"。于是我们后退200米开上小路，小路有些坑坑洼洼，但也能走。老冯一马平川开习惯了，突然走小路有些手生，但总算还马马虎虎。车窗外尘土飞扬，大家不免笑话陕西人愚昧，修路修一半，到底为哪般，如内蒙古永不修此路，陕西岂不白投资？只要此路全线没贯通，车辆就不会多，陕西就无法收费，这条路就又只能留到两千年后让后人来研究考察了。都是共产党的天下，这是何苦呢？真想不通，也管不了。陕西这个地方总是有些神秘的，再多一些神秘又何妨！其实我们多虑了，没过多久，这条路就全线贯通了，就是现在正在使用的陕蒙高速。

走过一段土路后又回到了柏油路上，我们知道我们已经到了伊金霍洛旗

境内，走上正路没多远便见到了成吉思汗陵。时间太紧，在正事没做完之前，我们不愿浪费时间去旅游，所以只得匆匆而过。

内蒙古自治区有辽阔富饶的土地、茂密的森林、丰美的草场、肥沃的农田、广阔的水面、众多的野生动植物和无穷无尽的矿藏资源，以及奇特的自然风光和悠久的历史文化，旅游资源十分丰富。名胜古迹中的陵园古墓有成吉思汗陵、昭君墓、辽太祖陵、辽庆陵、东汉闵氏墓、灵州节度使石棺墓、和林格尔壁画墓等，古城遗址有战国的云中城遗址、西汉光禄塞遗址和麻池古城遗址、隋十二连城遗址及唐、辽、金、元多处古城遗址，寺庙古塔有辽石窟真寂之寺、五塔寺、大昭寺、小昭寺、五当召、百灵庙、兴源寺、成吉思汗庙、呼和浩特清真大寺、大明塔、白塔等。另外还有战国秦长城遗址等文化古迹。

◎ 内蒙古红庆河周围秦直道已经没了踪影

◎ 掌岗图直道路基

自然风光优美，有呼伦贝尔大草原、锡林郭勒大草原、大兴安岭原始森林和巴丹吉林、乌兰布和、毛乌素等沙漠，以及大青沟自然保护区、库布其响沙、灵泉、天池等。几年前，秦直道遗址就已经引起了内蒙古自治区有关地区旅游文化部门的重视，并进行过相应的考察，鄂尔多斯市政府与东胜佳丽旅行社近期已决定开发城梁段秦直道旅游线路，并成立了秦直道旅游有限责任公司，欲通过政府牵头、旅游部门实施、企业和社会投资的方式使秦直道成为内蒙古旅游的新热点。

2006年，鄂尔多斯投入巨资打造秦直道旅游景点，还拍摄了电视连续剧

《大秦直道》，不知什么原因，至今不见播出。但秦直道博物馆、秦直道影院、秦直道旅游景区等设施完备，值得参观。

　　内蒙古是一块神奇的土地，早在公元前306年赵武灵王"西略胡地至榆中"，将势力范围深入到鄂尔多斯东北部时，这里就开始了历史的革命。秦昭襄王时修筑长城，把鄂尔多斯东部并入秦上郡辖地。在此期间，鄂尔多斯的其他地区仍然是匈奴活动的场所。秦始皇统一六国以后，派蒙恬率三十万大军击胡，略取河南地，将鄂尔多斯全部纳入秦的版图。为巩固北方的统治，不仅修建千里直道，还从内地迁来大批移民，垦田耕地，广筑县城。伴随秦、汉封建王朝对鄂尔多斯地区的不断发展，这里掀起一次又一次民族融合的浪潮，同时也加快了内蒙古的发展进程，对内蒙古今天的繁荣起到了不可估量的作用。至今在内蒙古博物馆里还存有大量从秦直道上发现的战国到汉代的珍贵文物，如汉代铜盉、中阳铜漏、汉墓壁画等。这都是鲜活的历史，它们记载了民族的繁荣兴衰和一个个城市的变迁过程。

◉ 内蒙古城梁处秦直道

● 东胜秦直道遗址碑文　　　　　　　　　　● 东胜秦直道碑文

◎ 漫赖乡到城梁段秦直道现状

秦直道在内蒙古鄂尔多斯高原上的走向为：乌审旗北—伊金霍洛旗西—鄂尔多斯市（东胜）漫赖乡海子湾二倾半村—达拉特旗昭君坟—包头九原郡遗址。

在鄂尔多斯高原上修直道，比在陕西和甘肃境内修直道要简单一些，这里没有山，只有一些旱塬，修筑直道只需遇沟壑以红沙石土填平即可。伊金霍洛旗西11公里的红海子乡掌岗图村为草原地带，这里修的直道从断面上看，为夯筑土砂石层，上下共八层，一到七层每层厚25—80厘米，最上一层厚1.2米，路宽可以并排行驶四辆马车。春夏之时野草丛生，极目远眺，宛若一条绿色的巨蟒，伸向辽阔的内蒙古草原。冬天草色变黄，又像一条黄龙，气势十分壮阔。

鄂尔多斯市秦直道遗迹是内蒙古自治区境内最有特色的一段道路。直道南北贯穿鄂尔多斯市全境，以东胜区的漫赖乡海子湾二倾半村到城梁段保存最为完好，很值得一观。

从东胜市出发，沿109国道向北疾行，过罕台镇，驱车至路标801公里处的城梁秦直道遗址。在公路左边高地上就可以看见路旁立有一石碑，还有简单且千篇一律的简介，此碑乃内蒙古自治区人民政府1996年1月26日立。离此碑约300米处还有一碑，立于1988年，很陈旧，其实这块碑才是正立在秦直道遗址上。站在碑前朝南北眺望，山梁正脊或坡脊开凿的四个垭口遥遥相对，连成一线，垭口宽约30米。"堙谷"痕迹在这里也十分明显，道路经过的丘陵鞍部都做了填充。

我们察看了曾被大水冲开的断壁上的路基断面，确定堙谷部分路基底宽最多有60米，路顶宽25—40米，残存的最厚的垫土厚度有5米多。路基所用的土应该是取自当地的红黏土和沙岩的混合物，并层层填垫，很是坚硬。据说在这一段秦直道遗迹的东面，由南至北还分布有大顺壕、苗齐圪尖、城梁三座古城和亭障遗址。其中城梁古城遗址于1989年12月9日被东胜市人民政府公布为市级重点文物保护单位。

◎ **城梁直道遇险记**

秦直道的特色是只长灌木不长乔木，此处山上都不见乔木，满山遍野都是灌木。在这山沟相连之间有许多路，平整的地方有的是还在使用的路，有的则被牧民种植的牧草所覆盖，哪一块看上去都像是秦直道，于是各抱己见，走着走着就没路了。

老周义无反顾地跑在前面，可怜的他每走一处都找垭口，而后通过垭口的土质分析来确认秦直道，要说这也是一个很不错的办法。多次对秦直道考察，关于秦直道上的土质我们四个人里就有三个都快成为专家了（除了司

⊙ 第一次考察时全体成员合影

机以外，因为他多半时间都在车里等我们），也就由着他去，因为此处地形比较复杂，很难判断秦直道的走向。他和老赵下到山谷之间后便不见人影。听内蒙古人说此处有豺狼，他们二人跑远了，呼唤他们，山谷中也没有回音，叫狼吃了都不知道。

我既紧张又害怕，西北风狂吼，淹没了我呼喊的声音。我手持大刀沿着山脊找寻他们，大有"美救英雄"之架势。走出3里多路，依旧没见他们，我的心便悬了起来，我知道如有一只狼便会有一群狼，别说我一个小女子，就是我们四人在一起，人手一刀也有可能葬身狼腹，但我有什么办法呢！此处手机没信号，没办法联系，我想起出门前我们都商定好人少不能走散，这两个大男人不遵守游戏规则，没带任何防身武器就离开队伍，真没办法。要死大伙儿也得死在一起，否则回去不好交代。

我连滚带爬地下了山谷，山谷中不时传来稀奇古怪的响声，我总感到身后有什么东西跟着。我挥舞着大刀，不时回头看，还叫我自己的影子吓了一跳，心里很害怕。

第一次独自走在山谷间，前无村，后无店，前无古人，后无来者，不怕才怪。又走了约2里路，只见前面有一个白点在蠢蠢欲动，再走近一点还真在动，当下我第一反应是认为肯定是遇见狼了，吓得我出了一身冷汗。是福不是祸，是祸躲不过，如真是狼，转身跑也来不及了，好在是在秦直道上死，做鬼也光荣。我举起刀向前走去，近500米处，老赵声嘶力竭地喊开了："伊丽，快过来帮帮我。"我吓了一跳，我没遇见狼却叫他遇见了？

两个人总比一个人力量大，再说如果老赵被狼吃了，我也跑不掉，索性快步上前。一跑上前，我乐了，只见老赵的衣服挂在树枝上，他两脚腾空，双手死死地抓住一节枯萎的树枝，白白的肚皮露在风中，随着他身体的挣扎而晃动。他的脚下是一个不算深的山谷，但如果摔下去，也足以让他遍体鳞伤寸步难行了。我终于能将心放下一会儿了，那个白点不是狼，是老赵的肚皮。

但是我马上又紧张起来：老周已经走得不见踪影了，面对老赵这180斤重的身体，我也不知道该怎么帮他。我只能用最原始的方式抓住他的手向上

拉，山体还在滑动，不时有大块的土向下滑去。就在我使出了最大的力气将老赵拉上来时，山体再次滑动，我和老赵一起滚了下去，好在有一棵小树将我们挡住了，我们才免受重伤，可是外伤是免不了的，两个人都成了大花脸，身上也多处被划伤。

我们挣扎着爬起来，忍着疼痛顺着山谷走了下去。此时我们最担心的是老周，这山体随时会滑坡的，山间还有野兽，危险无处不在，不知他一个人怎么样了。我和老赵又着急着去找老周。老周人挺好的，在我们这四人中年龄最大，我总担心他身体吃不消，但一路上他却始终走在最前面，如发现什么新情况，他就立即跑回来向我们汇报。

不久，老周兴高采烈地回来了，向我们汇报前面的情况，并茫然地说他也不敢确认哪是秦直道和秦直道的垭口。我们三人只得一个山谷一个山谷地分析，哪一条路看上去都像是秦直道。在一个小山坡上，我发现有人为的夯土层，跟银州古城夯土层特像，我想，这是路基还是城墙，抑或是驿站遗址之类？老周和老赵对此都不感兴趣，说是水土流失自然形成的，但我看不像，因为没有资料，与他们争议一番便作罢了。

前一天没能找到秦直道的垭口，第二天我们再次来到这段秦直道上，有着不弄清楚不罢休的执着。也许第一次是"只缘身在此山中"，我们没有仔细看就下到山谷了，自然看不到全景。这次刚一下车我几乎狂呼起来，从北向南放眼望去几条通天垭口映入我的眼帘，这不就是秦人留下的直道垭口吗？我们第一次为什么就没看到，还跑到山谷里去找呢！太愚蠢了，我为我上一次的愚蠢受到了相应的惩罚。

我们快速地向离我们最近的一处垭口跑去，希望能发现什么新的事物。我们用军用铲刀顺着垭口往下挖，按正常情况是可以发现大量人为的夯土层的，每层都应该在5—8厘米，这是我们一路辨认秦直道最直接、最简单的方式。可是很遗憾的是垭口跟许多天然形成的山包的土没什么区别，根本看不见有人为动过的痕迹。这一点令我们很失落。

再走一个垭口，继续挖探，依旧如此。我们茫然了。此处的土质并不是很好，可以说很松软，秦人当时在这里挖一百个垭口也比在陕西境内挖一

垭口简单得多。但是仔细一想，堑这么个土山是简单，可是秦人不可能只是挖好了山就不管这残留的山体，因为这样一来，一下雨山体就可能被冲毁，水往低处流，百分之百会流到秦直道路面上，就会对直道造成损坏，时间久了，直道也就成了"断肠路"。这种建筑处理是不太可能的事情，除非秦直道压根就没有修建完毕。

大家都赞同我的分析，秦直道在陕西延安以南道路痕迹很明显，延安以北被沙漠化了，但是我们知道在茫茫的沙漠中依旧会有秦直道的痕迹，只是我们目前没办法处理那一段罢了。但是内蒙古城梁段是远离沙漠了，可秦直道却在内蒙古境内没有太多的痕迹，就这一段现存的我们能看到的秦直道也不过几里，而且已经严重残缺不全了。这是什么原因呢？

城梁段秦直道周围土质不坚硬是事实，但是此处也没见有绿化的痕迹，直道周围也没种庄稼，只不过是种了一些牧草而已，为什么秦直道路面会沟壑纵横，面目全非，而秦直道以外的其他地方却异常平整？

根据从古至今的资料分析，秦直道的路面是相当坚固的啊。经过处理的路面还不如没处理的地方？这显然是不可能的，但是目前事实呈现在我们面前了，所以我断定当时秦直道并没有修建完工，只是大致可以通行，至少内蒙古境内的秦直道没有完全完工，才会出现这样水土严重流失的现象。

当然《史记》中也记载过"道未就"，"未就"的是哪一段呢？是内蒙古境内的还是所有的路段呢？秦直道没有完工是不争的事实，但是当时到底修建到什么程度我们却无从知晓。没有疑问也就没有更进一步的研究，现在这一处已经成为重要的旅游景点，关注秦直道的人也越来越多，随着旅游的深入，随着文化的深度挖掘，希望不久的将来这个疑问会顺利地揭开。

细说秦直道

◉ 麻池古城遗址

◎ 直道终点——麻池古城

包头是个历史久远的边塞要地，又是个新兴的工业城市，也是秦直道的终点所在地。由于包头北依阴山，南临黄河，扼守着石门谷这一阴山通道，控制着秦直道与固阳道之咽喉部位，因此，秦、汉时期均在此设郡，秦称九原，汉称五原。

车到包头，我们一下高速公路便迷失了方向，遇到了一个骑摩托车的男士，此人很热心，说刚好跟他同路，让我们紧跟他的摩托车。我们的车跟着他七拐八弯驶上一条黑不溜秋脏兮兮的乡间道路。城里人毛病多，或是上当受骗太多，所以对人总是不太信任，老赵怕被引进"鬼子村"，让老周下车去问路旁一个废品收购站的守门老头，老头也说"端走"。

　　我们走出约1里路，发现骑摩托车的男子还在路边等着我们，他说："你们是不是不相信我？"我们很是尴尬，老周说："不是，不是，我们下车方便去了。"此人并没计较，还是热心地为我们引路，使我们在天黑之前顺利地赶到了麻池古城。我们一起感叹，内蒙古人的耿直、豪爽、热情是我们所见的其他地方人难以相比的。

　　日暮黄昏时，我们急急赶到了坐落在麻池乡西北角的麻池古城去凭吊怀古。

　　现在留存的麻池古城建于汉代，是包头地区保存较好、规模最大的古城郭遗迹，被确定为内蒙古自治区区级文物保护单位。据史料记载，古时在此有13个沤麻池，村庄因而称为麻池村。古城坐落在村后，后人就以村名为城命名。

　　这里没有一点秦直道的踪影，甚至连介绍秦直道的文字也未曾见到，但此处的确是秦直道终点。秦时这里为九原郡，汉代在直道终点又修建了此城，这两千多年的活生生的巨大城池现在依旧清清楚楚，规模依然庞大。秦直道发挥真正功能是在汉代，因而直道沿途留下的汉代文物较多，人们肯定取其大而忘其小；再说，此处秦直道早已不复存在，被一些大大小小的古代与现代建筑物覆盖，古城却还在，所以没几个人知道此处还是秦直道终点。

　　刚走进麻池古城，有一个现象吸引了我们，古城里有两个大土包跟远在千里之外的甘泉宫里所发现的一样。这难道是巧合吗？是汉代之物是毫无疑问的了，那么这两个土包又是干什么用的呢？它们叫什么名字呢？我们无从知晓，根据其他资料所说，也可能是用来瞭望或者祭祀天地的吧，因为汉武帝当时是比较信奉神灵的。

　　如今的麻池古城遗址的城垣高6米，底宽10米，顶宽3—4米，分南北两城，呈双菱形，相互连接。北城东西长800米，南北长550米；南城东西长660米,南北长675米,比北城向东突出360米,其余与北城相连。总面积90余万平方米。现在城墙遗址内是一片片麦田,还有许多树木。我们还了解到,从古城内及其周围先后出土和采集了大量云纹瓦当、文字瓦当、五铢钱、陶戳等西汉遗物。1954年,在麻池召湾16号墓挖掘出金、银质的虎、豹、骆驼形镂空饰片,出土了有狩猎图案的筒形器等,具有鲜明的匈奴文化特色,还有汉代铸的"单于和亲""单于天降"的瓦当。据推测,瓦当很可能是当时为纪念王昭君及汉朝公主出塞和亲而烧制,供建筑使用的。

我们站在坚固的城垣遗址上,暮霭下的古城朦朦胧胧,使人产生无限遐思。秦直道自陕西延安境内志丹县以北到内蒙古城梁段,这一大部分痕迹不是很明显,断断续续,时有时无,城梁到此处的秦直道也已经销声匿迹了。但是根据直道的特征和它在其他地方所走的路线看,再将秦直道现有的道路两头一接合,这条道路应该不像史念海老先生所说的是走定边的,而是如我们后来绘制的路线图一样从南到北走志丹、杏河、镰刀湾、天赐湾、阳周古城、靖边县杨桥畔、塔湾、横山、马合,出榆林到内蒙古伊金霍洛旗,过东胜城梁段至我们脚下的麻池古城。

当然,这一路线也被后来的考古证实,所以秦直道的路线已经不是什么谜了。

当地一个农民见我们兴高采烈地在城墙上做记录,好奇地上前来观看。问他知道秦直道不,他说知道,中央电视台曾播出过麻池古城就是秦直道的终点。他不知道秦直道是哪个朝代的,可能当地有一些老年人还知晓一二,但那也只是传说,没有史料记载的。我们笑了笑,继续我们的访古活动。

我们几乎绕着古城走了一圈,城墙上还立有三个碑,一个碑上记载"汉代古城墙遗址",另一个碑上记载"麻池古城遗址",还有一个碑上用蒙古语写着"麻池古城遗址",连最简单的简介都没有。我们看到远远的城池中间有一块大牌子,本想应该是此城简介,我一马当先,走上前一看,是一个现代无字碑,两面什么都没有,倒像一个标语墙,上面应写"计划生育是国策"之类的话。在暮色中我们沿着城墙回到原地,城墙上及周围到处都是瓦砾,考虑到有可能是近代的,所以没捡上一块。

◉ 秦直道终点麻池古城遗址

  观看完城墙不免有些感叹：秦直道倾泻了近八百公里，终于在这里止住了脚步，找到了休憩的归宿。两千多年的古城，迎接过数不尽的战争洗礼，迎接过数不尽的风雨袭击，它居然依旧傲然而立，以一种王者风范展现在我们面前，可想而知，古代在没有先进设备的情况下建的城池毫不比现代的逊色，用现代高新科技修建的楼宇说不定没过几年就会变成破败不堪的"古楼"。像这种保存完整的古建筑群的确罕见，只可惜地方上没有充分挖掘它的旅游资源，宣传也没能跟上，实在可惜。

  刀光剑影、战马嘶鸣都成了过去，宁静、和平伴随着我们。但千年古道和我们脚下的这座古城分明还在暗暗地骚动，但不再是因为战争，而是希冀焕发新的青春，取得新的发展，投入更加火热的开发热潮。

细说车同轨

其实到现在为止，全世界无论是公路还是铁路都没能完全达到车同轨，就中国而言，铁路的轨道也没有完全统一。

中国的铁路一般分为宽轨和窄轨两种，就这两种轨道的标准也不一样。常用的轨距是1.435米，即标准轨距。

新中国成立前，阎锡山在他的老家山西修过一条铁路，至今还在使用，那条铁路就是窄轨。

云南境内也有部分窄轨，窄轨的轨距有0.6米、0.72米（也称"寸轨"）、0.762米、0.9米、1米（也称"米轨"）、1.067米等。

而新中国成立以后修建的铁路，正常的轨道宽度在1.524米、1.676米等，这就是所谓的宽轨。

宽窄不一的轨道在世界各地都可以看到，尤其偏远的山区更甚。造成这种情况的主要原因：一是因地制宜；二是不同的时代不同的统治者使用不同的制度；三是轨道功能不一样，比如说阎锡山在山西修的窄轨铁路，他只允许自己的列车行驶，其他车辆即使不被禁止也无法通行；四是统治者的需要，也是防御外敌的一种手段。

其实现在的高速公路、城市道路也一样，始终没有达到完全的路面宽度一致。一般高速公路的行车道每道宽3.5—3.75米，城市道路宽2—3.5米不等。

◉ 古代战车轮　　　　　　　　　　◉ 古战车复原图

○ 战国时期战车壁画

细说车同轨

　　在不同的地段，根据不同的需求，道路的宽窄也不一样。车与车之间的轴距更是宽窄不一。我们常见的车轴距有2.64米、1.32米的，也有0.63米的。

　　"车同轨"看似简单的三个字，就是放在今天，实现起来也是一个不可思议的大工程。而早在两千二百多年前，我们的先民就制定了严格的制度，要求车同轨。这是一种什么样的超前思维啊！

　　"轨"最基本的意思是指路轨、轨道，即用条形的钢材铺成的供火车、电车行驶的路线。秦时要求的车同轨被现代人理解为车与车之间的轴距一致（必须一致，不一致的话轨就没用了）。也有人理解为道路的宽度一致（这种理解有些牵强）。

　　而我认为，秦人理解的车同轨应该是要求道路上铺就的轨道之间的距离相同。这样一来，就真有"轨"了。这个"轨"指的就是轨道，如同现在的火车轨道一般。行车的路上是铺有轨道的，不同的是，秦时的轨道是木制的，现在的轨道是钢结构的。

铺轨道不是始皇帝的突发奇想，而是早在春秋时期或者更早的时候就有的。但是又不是普遍现象，铺有轨道的道路要么是王者专用道路，要么就是国道。将所有的道路都铺上木轨可能性不大，因为工程量太浩大了，而且有许多道路不适合铺就轨道，如蜀道、山路等，也有许多车辆不适合在轨道上行驶，如牛车、三轮车、独轮车、战车等。

试想一下，我们现在坐火车出行很舒适，其原因是火车在轨道上行驶是相当平稳的，我们坐在火车车厢里看书、喝茶、打牌等都不受影响。城市轻轨更是如此，人如同在空中飘移，丝毫感觉不到不适。拍照、摄像，画面清晰度跟静止时拍摄的无异。而我们就算开着高档的汽车行驶在高速公路上都很难舒适地看书、喝茶，其他公路上就更颠簸了。中华民族有着五千年的灿烂文明一点都不假，我们的先民是很有智慧的，早在两三千年前就发现了"轨"的好处。

● 战国时期的战车

细说车同轨

○ 周天子陪葬车马坑

我们现在的考古经常发现有春秋、战国以及秦汉时期的战车、辐辏车等，却没发现有车轨。因为车轨是铺在路上供使用的，一般不会有人拿这个作为陪葬。既然是在路上使用的，而且是木轨，经过一两千年的风雨蚀化，早就腐烂化为泥土了，所以我们现在很难找到实物。

战车是权力的象征，无论是君王还是王公贵胄都可以以其作为陪葬，加之因为常年深埋在地底下，没有氧气，所以保存了下来。由于战车的车轮都是正常的木轮，加上没有找到木轨的痕迹，很多人就将"车同轨"的"轨"理解成道路的宽窄和车轴距的宽窄。这种理解只对了一半。当时的轨应该就是轨道，属于阴轨。如果将车轮制作成阴轮，将轨道制作成阳轨，这样车就只能在这个固定的有车轨的道路上行驶。若将车轨制成阴

轨，将车轮制成阳轮，这样一来车辆在有轨没轨的道路上都能通行。

随着考古的深入，尤其是对秦始皇陵的考古，相信在不久的将来，这个事情迟早会真相大白的。

在秦统一以前，各国都有自己的制度、自己的标准，道路的宽窄、车轮的轴距、车轨的宽度都是不尽相同的。之所以各国之间还能互通有无，主要原因就是车轨为阴轨，车轮为阳轮。有适合自己的车行进的轨道，便在轨道上行驶，若没有适合自己的车行进的轨道，便不走有轨道的道路。所以各国的车辆还是可以在其他国家通行的。

秦始皇之所以要求车同轨，是因为轨道的距离一致了，车轴距自然也得更改，这样就便于各国的车辆都可以在有轨道的道路上通畅地行驶。

这项工程应该比修建秦长城和秦始皇陵的工程量还大。它在秦时也是没有完工的（秦统治的时间有限，不可能完工），但却已经动工了，应该就体现在秦驰道上或者秦国皇宫内的道路上。而其他的道路，比如蜀道、直道，不可能修建成有轨道的路，条件也不具备。

当时的驰道是在原六国的道路上加以扩建的，应该是国道，原六国的国道有可能就是有轨的路，秦始皇不过是下令将其整修成统一的标准罢了。

但是不管这个工程是否完工，车同轨这个规定本身就是相当了不起的，这正是大统一的第一步，也是必须迈出的一步，从而体现出大国的风范，体现出我们先民的智慧和思想的先进。

秦人和匈奴人本同祖

关于始皇帝和他的祖先，我也关注已久，"东来说"和"西来说"一直是学界争论的焦点。"东来说"由来已久，不知为什么，这种证据严重不足的说法一直都在延续着，甚至成为官说，居然在学术界占据了90%的份额。

　　随着人们对秦文化研究的深入，以及对秦人的习俗、性格等的分析，有个别人也对这一说法表示怀疑。"东来说"主要来源于史书，说"秦的祖先，是帝颛顼的后代，名叫女脩。女脩织布的时候，燕子掉下卵，女脩吃了，生下大业"。这样说来，秦人是华夏民族的后裔，华夏民族是汉族的前身。从狭义上说，当时华夏民族的地域只包括河东河西和黄河中下游地带中原地区等。从广义上说，华夏民族是整个中华民族的统称，楚国、齐国、魏国、燕国、韩国、赵国都是华夏民族的后裔，全中国本为一家。

　　早在公元前5000年左右，汉族的前身华夏族在黄河流域起源并逐渐发展。进入新石器时期，又曾先后经历了母系氏族和父系氏族社会阶段。直到公元前2700年左右，活动于陕西中部地区的一个姬姓部落出现，其首领就是今天汉族的人文始祖轩辕黄帝。当时南面还有一个以炎帝为首的姜姓部落。

◉ 黄帝陵

炎帝陵（外、内）

这两个部落之间经常为某种利益相互争斗，导致两大部落终于爆发了阪泉之战（其古战场遗址一说今山西运城解池附近，一说在今河北涿鹿东南）。黄帝打败了炎帝之后，两个部落结为联盟，并攻占了周边各个部落，得以壮大，这就是华夏民族的前身。

据说轩辕黄帝和炎帝都生于姜水（一说在今宝鸡境内，另一说在湖北随州厉山），后来黄帝在黄河中下游地区生活，而炎帝部落辐射到了两湖（湖南、湖北）。传说湖南株洲炎陵县是炎帝生活过的地方。

黄帝葬于陕西黄陵县桥山，炎帝葬于湖南省株洲市的茶陵县。

黄帝和炎帝起源于同一个地方，这么说来炎黄子孙也起源于同一个地方，但不管是炎帝还是黄帝都不起源于东方。

近年来，陕西考古界在陕西北部发现了一个约四千年前的古城遗址——石峁遗址。

石峁遗址是一处占地面积约425万平方米的超大型史前石城遗址，也是中国已发现的史前时期规模最大的城址。此遗址位于陕西省神木县高家堡镇石峁村的秃尾河北侧山峁上，地处陕北黄土高原北部边缘，北部距长城10公里，距黄河20多公里。其文化命名为石峁类型，属新石器时代晚期至夏代早期遗存。专家们根据其出土的文物等级（玉器居多，且多为新疆和田玉），

秦人和匈奴人本同祖

239

石峁遗址

以及城址的规模和当地流传下来的古地名（如皇城台、内瓮城、外瓮城等）分析，它有可能是黄帝时期的都城遗址，也就是说黄帝有可能在此居住过。

无独有偶，远在近两千公里外的南方也有这么一个古城——盘龙城遗址。

盘龙城遗址距今也有近四千年，遗址面积约75400平方米，也是个超大的史前古城遗址。此城遗址位于湖北省武汉市黄陂区西南的叶店境内。经过考古发掘，盘龙城遗址出土了数百件青铜器、陶器、玉器、石器和骨器等遗物，制作精美，花纹别致。特别是出土的铜圆鼎、铜锁、铜提梁卣和94厘米长的玉戈等，都是中国文物中极为罕见的珍品。专家们根据其出土的文物等级以及城址的规模来分析，它有可能是炎帝时期的都城遗址，也就是说炎帝有可能在此居住过。

这是一个非常有趣的现象：黄帝、炎帝原本出生于同一个地方（或许是亲兄弟），后来一个在北，一个在南，相隔近4000里，最后却还是产生了矛盾，一场战役——阪泉之战，奠定了华夏统一的基础。

如果如专家推断的那样，石峁遗址是黄帝的都城，盘龙城遗址是炎帝的都城，那中国的历史就相对简单多了，秦人的历史也简单多了。

史书记载，秦人的祖先就是黄帝的孙子颛顼的后代。这样一来，秦人肯定是华夏民族的后裔了。如果石峁遗址是黄帝部落的都城，那自然也是颛顼

◉ 盘龙城遗址

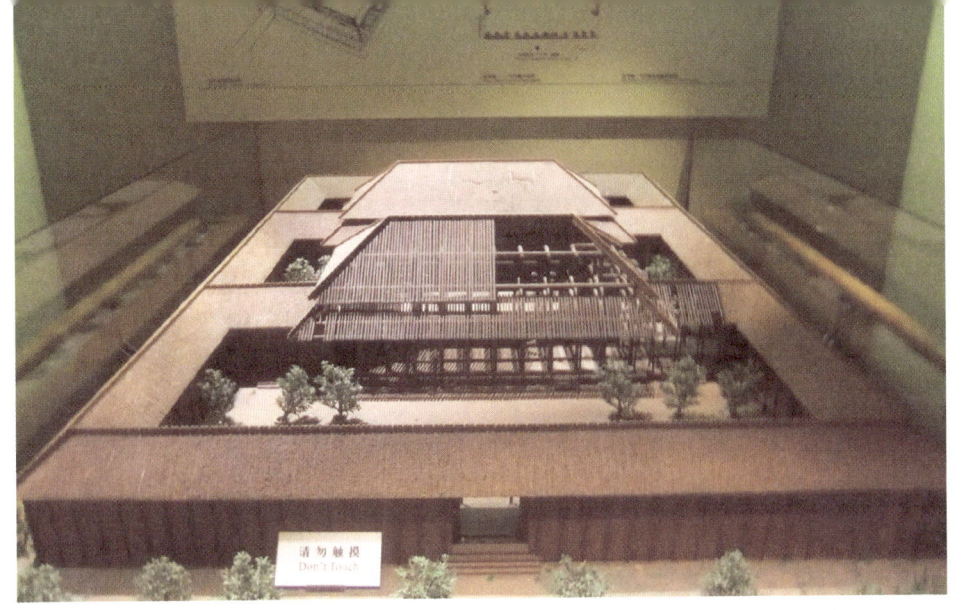

◉ 盘龙城遗址模拟图

秦人和匈奴人本同祖

的都城了。而石峁遗址就在后来的匈奴地界上，那秦人和匈奴人能不是一个祖先吗？

即使秦人的祖先是华夏民族的后裔，在黄河中下游地区活动皆有可能，后来派其去西陲镇守边关，而后在西陲发展壮大都有可能，那为什么非要说秦人的祖先从东海边而来呢？

根据清华大学收集到的一批战国竹简整理出的《系年》一书而言，说是找到了秦人并非传统认识上来自西戎或是与西戎有亲缘关系的族群的一些证据，因此可以证明秦人是从东方来的，他们是殷商后裔中的一支。

《系年》第三章中记载："飞廉东逃于商盍（奄）氏。成王伐商盍，杀飞廉，西迁商盍之民于邾虐，以御奴之戎，是秦先人。"这段文字说的是殷纣王的大臣飞廉（即蜚廉，恶来的父亲，秦之先祖）在周武王灭商之后，先逃到了东边的商奄氏那里，而后在武庚（殷纣王的儿子）反周的时候起兵相助，被周人杀了。周人强制西迁商奄氏到周人地域西戎，并且飞廉的父亲中潏也曾为商朝"在西戎，保西垂"。

以上这段文字倒是和历史吻合，没有否认秦人是华夏民族的后裔。但是这段文字顶多只能证明秦人的祖先飞廉向东逃亡过，后来助武庚反周失败被周人杀了，其他什么也证明不了。

再说，"飞廉东逃"是不是就证明飞廉原本就在西方？

如果飞廉原本就在西方，他的父亲也在西方，他却要逃到东方去，反周失败后，周人又强制商奄之民西迁，是周人疯了还是飞廉疯了？这不是养虎

241

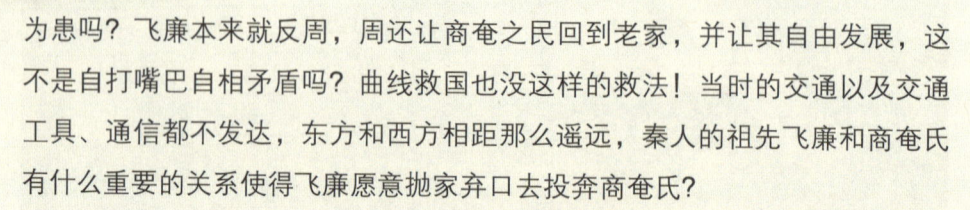

为患吗？飞廉本来就反周，周还让商奄之民回到老家，并让其自由发展，这不是自打嘴巴自相矛盾吗？曲线救国也没这样的救法！当时的交通以及交通工具、通信都不发达，东方和西方相距那么遥远，秦人的祖先飞廉和商奄氏有什么重要的关系使得飞廉愿意抛家弃口去投奔商奄氏？

查遍所有的史书，也找不到关于商奄氏的蛛丝马迹。这个商奄氏是什么人，哪个民族的，哪个支脉的，住在东边哪个地方，都无从考证。他到底是什么来头？有什么背景使得飞廉能信任他，冒死去投奔他？

既然所有的史书都没有关于商奄氏的记载，想必这个部落要么压根不存在，要么就是小得不能再小，在历史上无足轻重吧！

如果是这样，有什么值得飞廉去投奔的？飞廉与其去投奔小部落商奄氏，还不如自己就在西戎起兵反周呢！

再说，商奄氏跟秦人是两张皮，飞廉是秦的祖先，他向东去投奔商奄氏，反周被杀以后，周将商奄之民迁徙到西戎，跟秦之祖先有什么关系？这怎么能证明秦的祖先是从东边而来的呢？

再退一万步来讲，即使《系年》上这段荒唐的文字全部成立，也说明不了秦人来自东方啊！

《史记·秦本纪》载："其（中衍）玄孙曰中潏，在西戎，保西垂。生蜚廉……"这段文字足以证明飞廉就出生在西戎，跟"东来说"扯不上任何关系。而且史书里找不到关于飞廉东逃的记载，他属于自然死亡，死后还得到厚葬。

《光明日报》2011年9月8日发表李学勤的《清华简关于秦人始源的重要发现》，称清华简《系年》"填补历史的空白"，特别是"关于秦人始源的记载"，说《系年》可以证明秦国先人"商奄之民"原来是在东方，在周成王时西迁到"朱圉（yǔ）"，而"朱圉"可确定在今甘肃甘谷县西南。文中说："在《系年》发现以前，没有人晓得，还有'商奄之民'被周人强迫西迁，而这些'商奄之民'正是秦的先人，这真是令人惊异的事。"学术界对这个来历不明的清华简表示不敢苟同。

《史记·周本纪》记载说："周公为师，东伐淮夷，残奄，迁其君薄

姑。"淮夷是东夷的一个分支，其居住地在今天安徽省和山东省接壤处。这个"奄"是不是商奄氏不好说，倒是这个奄部落也在东方，灭奄的时代是在周成王早期，这个跟周武王伐纣，飞廉东逃被杀的时间倒是相差无几。

如果这个"奄"就是清华简所说的商奄氏，也勉强说得过去，但是，奄部落不是在周成王早期就被灭了吗？何来西迁之说？迁是迁了，迁的是淮夷和奄的君主到薄姑，而薄姑也在东边，在今天的渤海湾一带，怎么就成了秦之祖先呢？

再说了，飞廉的孙子孟增有宠于周成王，他就是宅皋狼。既然飞廉是叛军，周杀了飞廉，也应该杀了他的儿子和孙子，至少不会给飞廉赐石棺，并很快让他的孙子成为宠臣。所以于情于理，掘地三尺，怎么推敲也找不到相关联系，本人也不敢苟同"秦人东来说"。

但"秦人东来说"不只是清华简冒出来后一些专家的推断，曾参与过秦雍城遗址秦公一号大墓考古的专家韩伟先生（现已作古）也认为秦人从东而来，其主要证据就是在秦公一号大墓里考古发现有鱼钩。好像只有海边的人才钓鱼，其他地方的人既不能钓鱼，也不能拥有鱼钩，这说得过去吗？韩伟先生认为秦人以玄鸟为图腾，秦公一号墓里出土了大量绘有鸟图文的文物，而这些文物的制作工艺、铭文及纹饰风格，均为周器的继承，因此认为秦人并非土著西戎，而是从东而来，后西迁关陇地区。

这些说法都很牵强，不能令人信服。而且这个"东来说"有些含糊，陇西以东以当时秦国的地理形势来说都是秦之东，秦后来迁都咸阳，也是西隅以东，这个概念很含糊，不好说。

以鸟为图腾不是只有东夷族才有的，当时各地、各国，甚至各个部落都有各自的图腾。这依旧不能说明问题。难道燕子这种鸟只产于东方，陇西地区就没有吗？

秦人一度被东方诸国笑话成不被教化的戎与狄部落。他们与同样被歧视的楚人一样向往文明，一边在西陲一隅悄然壮大，一边默默地学习中原文化，以期相融，这也不是不可以的。再加上秦人一直是忠于周人的，学习、模仿周人的文化是顺理成章的事情。

西垂一隅，秦人给周人牧马之地

秦人屡屡立功，周人也没少赐予秦人各类东西。秦公一号墓里之所以有许多带有周文化的文物，一则是死者生前就受到过周人的赏赐，死者引以为豪，死后将生前喜爱的这些东西作为陪葬也未尝不可。这样的事例在古墓葬中比比皆是，神木石峁遗址里还发现了大量的和田玉呢。要知道新疆和田离陕西神木有着数千里之遥，以四千年前的交通状况来说，这是不可能的事情，但这是考古发现。你总不能说神木原本就产和田玉，或者石峁遗址上曾经居住的先民来自新疆吧。

再则，秦人也是周的辅臣，它的文化和习俗都依附于周，它的丧葬习俗以及陪葬自然倾向于周文化。或者是必须按照周礼、周天子制定的葬俗来下葬，才能显示秦人是周的一部分，是在为周保守西陲，与戎狄抗争。只是因为秦人一直在戎狄之地生存，多少也会受戎狄之地的影响，所以秦公墓里就出现了两种文化皆有的局面。

况且，秦人在西陲一隅生活，又不是坐牢，无须封闭式生存。他们与东方各国之间肯定有往来，这样势必会有文化交流、相互学习、民族融合、通婚等现象出现，取长补短是再正常不过的了，所以秦人古墓里有东方文化遗存很正常。这个问题没有专家们所考虑的那么复杂。

至于说秦人以玄鸟为图腾，这不过是当时普遍存在的一种现象而已。每一个部落都要找到一个适合自己的动物来作为自己民族的图腾，就如汉人以龙为图腾，蒙古人以狼为图腾一样，只是一种崇拜，没什么好解释的。秦人认为玄鸟（即燕子）是种吉祥的鸟，就以此为图腾。这些都证明不了秦人是从东而来。

另外，据不完全正确的史料记载，周代丧葬制度要求王陵不封不树，这是那一时期中原文化的一个标志。而秦国早期的秦公陵园也是没有巨大的封土堆的，而后期的陵墓却又有了封土堆，这也是模仿但又有别于中原文化和东夷文化的。

我们懂得，自古大迁徙原因有二，一为天灾，二为战争。但凡有点常识的人都知道，人们若因天灾迁徙，只会就近迁徙，不会跑得太远。如1942年河南发生大规模的天灾，许多人都向陕西逃亡，因为陕西接近河南。被人津津乐道的走西口，是陕北人、山西人向北去内蒙古求生存，因为这两个地区临近内蒙古。著名史学家黎东方先生说蒙古人的祖先来自黑龙江上游的一个分支望见河，那也是向西没走多远。而这里说的秦人东来，却是一个不可思议的大跨度的迁徙。

有说秦人原本在东海一带，迁徙到中国的西边甘肃一带。也就是说，在远古时期，秦人靠脚力从中国的最东方迁徙到中国的最西方。这样的迁徙比红军长征难得多，是绝对不可能的事情。先不说气候、环境、习俗等是否适应，迁徙是为了更好地活着，而在这大迁徙途中，粮食问题如何解决？如果粮食不存在问题，那为什么还要迁徙？历史上倒是没少记载各地发生灾荒事件，但是并没有记载有太大跨度的迁徙。贬官迁徙的事件倒是有，如始皇帝平定嫪毐事件以后，将嫪毐的门人四千多人迁徙到蜀地。蜀地也是秦的国土，再说陕西原本就跟巴蜀交界。另外，秦人从有记载开始，就世世代代在为统治者服务，只见屡屡立功的，何时见有大奸之人？何来贬官迁徙之说？

若因战争迁徙就更不可能，如果历史上有过迫使将士和民众一起迁徙的大战，这应该是非常大的一件事情，史书上不可能没有一点消息。如果经历

● 距秦地万里之遥的东海

过这样惨烈的战争，那民众就不是迁徙，而是会被统治者直接屠城了吧！假如不屠城，经历这样漫长的迁徙还能有活着到达目的地的吗？他们一路上靠什么支撑下去？

所以我不认可"秦人东来说"，而认为秦人原本就在西北生在西北长，是从西北地区发展壮大的华夏民族的一支先民。他们跟匈奴人是一个祖先，不是秦人为匈奴民族，而是匈奴人和秦人一样，原本也是华夏民族的后裔。

《史记·匈奴列传》说，匈奴的先祖是夏后氏的后代，名叫淳维。匈奴民族是一个历史悠久的北方民族，居住地域广阔，曾经祖居阿尔泰山脉以东、大兴安岭以西、蒙古草原以南、青藏高原以东北、华北平原以西北的戈壁等。这么大的区域，生存着很多小部落和不同的民族，"匈奴"就是这很多部落以及一百多个少数民族的统称。

《史记》上说，夏王朝衰落了，公刘失去了稷官的职务，改革西戎的民风，在豳（Bīn）地（今陕西彬县、长武县一带）修建城邑。

三百年后，戎狄进攻大王亶（dǎn）父，亶父被赶到岐山下，豳州的老百姓也都跟着迁到岐山下，开始建立周朝。

又过了一百多年，周文王西伯昌征伐畎（quǎn）夷氏，后来周武王讨伐

◉ 秦人的先祖给周人牧马

商纣王后，在洛邑（今河南洛阳）修建城池，仍然回到丰镐居住，把戎夷驱赶到泾、洛以北地区。而秦人正是在泾、洛以北慢慢发展起来的一个部落。

以上这段史料记载其实是在告诉后人，这些西戎、犬戎、戎狄、戎夷、戎翟、赤翟、白翟，以及甘肃以西的绵诸、绲戎（gǔnróng）、翟、豲（huán）诸戎族，岐山、梁山、泾水、漆水之北的义渠、大荔、乌氏（wūzhī）、朐衍（qúyǎn）等戎族，晋北的林胡、楼烦等诸戎族，燕北的东胡、山戎等等，都是后来统称的匈奴民族。

也有专家说匈奴人主要是由古北亚人种和原始印欧人种的混合，他们向西迁移的过程中融合了月氏（ròuzhī）、楼兰、乌孙、呼揭及其旁二十六国的白种人。（此处说匈奴人也是从东向西迁移而来的，跟秦人先祖的"东来说"有些类似，也跟后来的蒙古人的祖先是从东北黑龙江向西迁移的说法相似。这是一个很有趣的现象，好像人类都来自东方，这要追根溯源，是不是要追到人都是鱼变的，都从大海中来？如果这样追溯，可不都来自东方吗？）

匈奴人是一个庞大且复杂的群体。他们居住分散，以游牧为生，多半居无定所，也有的住在山谷中和平原上。每一个部落都有他们自己的首领，到后来能够聚群而居的有一百多个戎族，历史上一直跟汉人抗争的就是后来被统称为匈奴的戎族群体。

《山海经·大荒北经》称："犬戎与夏人同祖，皆出于黄帝。"这正好印证了人类只有一个共同的祖先之说，也证实了我说秦人和匈奴人同宗之说，也很符合专家推断的石峁遗址是黄帝时期的都城一说。

《史记索隐》载："淳维以殷时奔北边。"意思是，匈奴人的祖先淳维，即熏育、獯鬻（xūnyù），在殷商时逃到北边，子孙繁衍壮大，成了后来的匈奴人族群。这一点又刚好印证了我说的匈奴人和秦人共同的祖先应该是在夏朝以后出现，殷商时期分开的这一说法。

近代文学家王国维先生在《鬼方昆夷猃狁考》中认为，商朝时的鬼方、混夷、獯鬻，周朝时的猃狁（xiǎnyǔn），春秋时的戎、狄，战国时的胡，都是后世所谓统称的匈奴。

还有一说是把鬼戎、义渠、燕京、余无、楼烦、大荔等史籍中所见之异民族统称为匈奴。

这一说法也未尝不可，正如后来匈奴人淡出了历史舞台，蒙古人崛起，其实还是各民族融合的一个大杂体，换了称呼而已。现在的蒙古人多为以前的匈奴人的后裔，至于以往的那些小的部落，他们自己也划分不开自己的归属，正如战国时期楚地的各个小的部落，因为楚部落强大，他们皆自称楚人而引以为豪一般。

这些戎族虽然统称匈奴，却都各自为政，不相统属。他们自己也有相互侵占、相互兼并的，有些部落发展得很大，其他小的部落就都来归顺大的部落，行政上还是自行管理，这种形式跟楚国最先的管理形式一样，但不影响他们自身的发展。

匈奴人共同的生存本领是善于养牲畜，牲畜多为马、牛、羊、骆驼、驴、骡、駃騠（juétí）、驹騟（táotú）、驒騱（tuóxī）。羊是他们的主要食物来源，马是他们向外拓展的资本，駃騠、驹騟、驒騱也都是良马，只是品种不同，主要作驾车和骑射之用。

这些部落的人习性大致相同，都性躁、彪悍、好斗，小孩从小就能骑在羊背上练习骑射，都以牲畜的肉、奶为食物。穿兽皮，披毛毡，喝烈酒。和平时期人人放牧，战争时期人人参加战斗，有利可图就奋勇杀敌，无利可图就撤兵，不以退兵逃遁为耻。人人善骑，来去如闪电，鲁莽粗野，不重礼仪，没有文字和书简。这就是历史上说的野蛮的匈奴民族。

我们再来看秦人。秦人的祖先大费生有两个儿子，一个叫大廉，即鸟俗氏，一个叫若木，即费氏。费氏的玄孙叫费昌。其子孙有的住在中国，有的住在夷狄之地。大廉的玄孙中衍就住在西戎，中衍的玄孙叫中潏，中潏的儿子就是飞廉。飞廉有一个儿子叫季胜，季胜生孟增，孟增有宠于周成王，孟增就是宅皋狼。宅皋狼生衡父，衡父生造父。造父善于驾车才有宠于周缪王，并为周缪王培养出赤骥、盗骊、骅骝（huáliú）、騄（lù）耳等驾车的骏马。造父就是秦的祖先。我们沿着这个脉络，找不到"秦人东来说"的证据，却能找到秦人和匈奴人同宗的共性。

这样一比较是不是就很清晰了？匈奴人是夏后氏的后裔，夏后氏为我国第一个世袭王朝夏朝的氏称，夏朝王族以国为氏，为夏后氏，简称"夏"。先秦时代姓、氏含义不同，夏后氏为姒姓，其第一代祖先为夏禹。中华民族最早的称呼华夏，也是起源于夏后。

这不就找到根源了吗？秦人是华夏民族的后裔，匈奴人也是华夏民族的后裔。他们共同的祖先应该出自夏朝，或者更晚一些。到殷商时期分开过一批，应该是费昌的子孙，他们分开后住到了夷狄之地。到西周时又分开过一批，这一批就应该是大廉的玄孙中衍这一支了，他们住到了西戎。

不管是早期分开的，还是晚期分开的，由于性格使然，他们很少相互依存或团结，而是因为部落利益，或者统治者利益之争，秦人和匈奴人相互成仇，最后彻底决裂，因而战争就这样不断地持续下去。

《史记·秦本纪》说：秦的祖先是帝颛顼的后代，名叫女脩，女脩生大业，大业生大费，大费生大廉（即鸟俗氏）、若木（即费氏）。费氏的玄孙叫费昌，费昌的子孙有的住在中国，有的住到夷狄之地。费昌在夏桀之时，脱离夏，投奔商，为商汤驾车，在鸣条打败夏桀。

大廉的玄孙叫孟戏、中衍，中衍的玄孙叫中潏住西戎，保守西陲。中潏生飞廉，飞廉生恶来和季胜，季胜的曾孙叫造父。造父为周缪王驾车平徐偃王叛乱而立功，得赵城为封地立国。

而秦的另一个分支飞廉的大儿子恶来生儿子女防，女防生旁皋，旁皋生太几，太几生大骆，大骆生非子。非子住在犬丘，喜好马和各种牲畜。周孝王让他到汧（Qiān）、渭交汇处掌管养

● 汧、渭交汇处

马，马匹繁衍得很快。周孝王想立非子为大骆的嫡子，申侯不让，因为大骆的妻子是申侯之女，生有儿子叫成，非子不是大骆的正妻所生。于是周孝王说："从前伯翳（yì）为帝舜掌管牲畜，牲畜繁衍得很多，伯翳因此获得封地，被赐姓为嬴氏。现在他的后代又来为我养马，我也要分封国土让他作为附庸。"于是把非子封在秦，让他重新接续嬴氏的祀统，号称秦嬴。但同时又不废去申侯之女所生被立为大骆嫡子者，以安抚西戎。

秦嬴生秦侯，秦侯生公伯，公伯生秦仲。秦仲在位三年，周厉王无道，有些诸侯起来反叛，西戎也反叛王室，灭了住在犬丘的大骆之族。周宣王即位，任命秦仲为大夫，讨伐西戎。结果西戎杀秦仲，秦仲的儿子庄公即位。周宣王给庄公五兄弟七千人，让他们去征讨西戎后，将土地重新封给秦仲的后代，连同其祖先大骆的封地犬丘在内，封秦为"西垂大夫"。

匈奴人包括了历史上的戎族和狄族。赵人和秦人是一个祖先，他们共同的祖先是造父。秦人和匈奴人（至少一部分匈奴人）也应该是一个祖先，他们共同的祖先是大骆。秦人和戎、狄部落之间的矛盾最早是嫡子和庶子之间的矛盾引发起来的，以至于后人相互残杀，从家仇演变到后来成为世代永不停息的为统治者的利益而发生的漫长的战争。

这些戎狄人由于受到了周王室的排挤，所以一度成为外敌，被排挤在外。直到东汉时期，南匈奴归附汉民族，但是形式上归附，实际上却是与汉民族离心离德的，直到最后也没有被完全融合。倒是在很漫长的一段时间里，汉民族都恐惧匈奴民族，历代使用怀柔政策与匈奴和亲就是明证，这是汉民族的屈辱。和亲始于西汉，第一个远嫁匈奴的公主就是汉武帝刘彻的姐姐南宫公主，这类的和亲在秦朝以前从未有过。

在战国晚期之前，匈奴还不是现在人们所理解的匈奴民族，虽强悍，却也没有强悍到让人生畏的地步。战国时期，燕国、赵国、秦国以及齐国和魏国都跟匈奴人发生过战争，最著名的事件要数赵武灵王胡服骑射。这个"著名"倒也不是说匈奴人有多么厉害，而是汉民族摒弃传统，学习胡人的穿戴，就是为了更好地保卫边疆不被胡人侵扰。这是违背传统着装习俗的，所以被历史记载了下来。

匈奴真正意义上的强悍时期也就是在秦始皇晚期，因为秦灭了赵、燕这些长期抗击匈奴的诸侯国，加之秦在忙着征服其他诸侯国，所以一度给了匈奴人南侵的机会。匈奴人的首领头曼单于养精蓄锐后趁机南下侵扰，秦始皇不得不奋起抗击匈奴。公元前215年，蒙恬的三十万大军一度将头曼单于驱逐出河套地区，使得他们数十年不敢南下牧马。从而，匈奴又分为南匈奴和北匈奴，但还是统称匈奴。

　　到东汉时期，南匈奴进入中原，并向中原称臣，北匈奴从漠北西迁，中间的分裂经历了约三百年。匈奴影响了当时的中国政局，《史记》《汉书》等都详细记载了匈奴民族与汉民族长期作战的真实情况。

　　历史是汉民族记录的，自然倾向于汉族的威武、匈奴的残暴。其实匈奴民族之所以能壮大，并不是完全依赖掠夺，不劳而获。匈奴民族是一个相当顽强的民族，他们在气候和生存环境都很恶劣的地区，完全依赖畜牧业生存，一直生生不息，从而练就了一身有别于其他民族的生存本领，这是其他民族无法相比的。匈奴人热爱劳动，有信仰，也有规矩。之所以跟汉人一直有矛盾，这里面的原因是多种多样的，最主要的是争夺草场。汉人有土地可以耕种，匈奴人完全依赖草场放牧生活，所以草场对于他们来说就是生存的根。另外的矛盾是世袭的仇恨，从古至今都有，所谓仇人见面分外眼红，这是矛盾的核心所在。

　　匈奴人和秦人可能因为是同宗，他们之间的相似之处太多太多。

　　匈奴民族是游牧民族，秦人的先祖也是靠游牧为生。

　　匈奴人善于驭马和养牲畜，秦人也是靠驭马而起家。

　　匈奴人喜食牛羊肉，饮奶，喝烈酒，秦人至今依旧如此。

　　匈奴人在恶劣的环境下力求生存，并

◎ 成吉思汗塑像

发展壮大，秦人所生存的地方至今环境也不好，十年九旱，但秦人依旧自强不息。

匈奴人被其他民族鄙视，却越挫越勇，秦人也被中原文明鄙视，也越挫越勇。现在的蒙古人有很大一部分是匈奴人的后裔，蒙古人的英雄成吉思汗小时候因为生计和兄弟们捕鱼生活，被其他部落的人耻笑，认为吃鱼是下等人的行为。秦公一号大墓里考古发现有鱼钩，而史书上也不见关于秦人吃鱼的记载。其实就在一二十年前，陕西尤其是陕西北部地区也很少有人吃鱼。

古代的匈奴人父亲死去，儿子可以娶后母为妻，兄弟死去，家里的男人可以娶死者之妻。匈奴人都有自己的名字，不避名讳，但却没有姓和表字。查阅秦的先祖，不避名讳的还不少，有的秦王就和先祖同名。秦人在对待男女问题上也很随意，太后淫乱后宫也不是什么丑事。如芈（Mǐ）太后与戎王通奸，并生下二子，秦国上下没一人指责芈太后不是，反而赞誉芈太后有功，因为她在床上杀了义渠戎王。

远古的秦人和匈奴人我们没见过，就以现在的秦人和蒙古人来说，他们都性情豪放，善饮酒，还喜好以动物的皮毛为服饰。

蒙古矮马享誉全球，匈奴人之所以能来去如闪电，让汉人防不胜防，主要是因为他们使用的就是这种马。兵马俑是按照当时人的比例一比一烧制而成，兵马俑坑里陶制的战车和陶马也应是按照实

◉ 蒙古矮马

秦人和匈奴人本同祖

253

● 秦人如同闪电般的大统一，用的也是蒙古矮马

物的比例一比一烧制而成，那么可以肯定的是，秦人所使用的马也是蒙古矮马。蒙古矮马擅长奔跑，秦人无论是驾车还是骑射，所使用的都是这类马。蒙古矮马为匈奴人的侵略立下过无数大功，也为秦人一统天下立下了大功。

历史上秦人一直被东方诸国称为戎、狄，这个称谓不会是空穴来风，我想原因有二：一则因为他们就生活在戎、狄之地，受戎、狄地区人们生活习俗的影响比较多，这些又恰恰是为中原文化所不齿的，所以骂秦人是戎、狄，以示对秦人的鄙视；二则秦人原本就是戎、狄的一分子，又一直被周人统治，自然就会学习周的文化，极力向中原文明靠拢，加上地域的原因和环境的不同，以至于有些原本是戎、狄的习俗发展到最后会稍有改动，这很正常。

秦人和匈奴人的相同之处确实很多。他们相互掣肘，又相互依赖；他们相互学习，又相互为敌；他们相互融合，又永远地被分开……这是很奇妙的现象，就像有兰花的清雅，才能比出牡丹花的富贵；有战争的残酷，才能体味出和平的可贵；有两个势力的相互钩心斗角，才能越挫越勇，最终达到自然的平衡。

直道寄语

尽管年年岁岁我都在关注、考察、研究、宣传秦直道，尽管秦直道也引起了政府的重视和民间考察旅游的热情，但是我们对秦直道的研究与开发期盼并没有结束，也永远不会结束。

秦直道给我们留下的悬念依旧很多。司马迁在《史记》中说，秦始皇死在河北沙丘以后，赵高和李斯还是按照始皇原来的计划绕直道回咸阳。当时太子扶苏和大将蒙恬正在上郡监修秦直道，当时的上郡就在今天延安以北。秦始皇死了，大队人马浩浩荡荡绕直道回咸阳居然没被人发现，这在当时是不太可能的，除非秦直道是分段而修的，也就是说先从咸阳开始修建，而后逐渐向北转移。那么这样一来，秦始皇死的时候，修直道的人一个不剩地全部转移到延安以北，这在秦朝是有些不可思议的。如果是这样，那修了两年多的秦直道主体全线贯通也是不存在的。有资料显示，秦始皇的灵车是绕直道走上郡回咸阳的，这种说法也就更不可靠。

考察完秦直道，我对原西安电影制片厂副厂长张弢的话产生了深思：秦始皇死在沙丘，如果绕秦直道走上郡回咸阳宫，那不是南辕北辙吗？当时交通并不发达，靠的是马车行进，而且跟始皇一起出去的人并不是全都骑马或

◉ 秦直道研讨会

○秦直道申遗研讨会大合影

者坐车，绝大部分的人是步行。始皇是死在初秋，天气依旧炎热，灵车绕这么大一个弯子，尸体就不仅仅是发臭了，恐怕是腐烂得不成样子了，赵高和李斯能冒那么大的风险按原计划行动吗？

我想，当时秦始皇可能最多是从咸阳附近的某一条路上回咸阳的吧。正如张志春教授提出疑问，秦直道的起点在今天的淳化县凉武帝村，当时的皇宫在咸阳，林光宫不过是秦始皇的一个离宫，那么当时从林光宫到咸阳宫之间应该有一条道路，这条道路是不是秦直道的一部分呢？如果是，秦始皇死后从河北回咸阳是有可能走秦直道的，因为他不管走的哪一段都是秦直道，哪怕是一步路。

当然，现在有学者认为从淳化到咸阳宫的这一段路叫驰道，也许秦始皇的灵车就是走的驰道回的咸阳，司马迁可能是笔误吧。将"驰道"写成"直道"完全有可能。

秦代的历史有着太多的谜点。我们现在所知道的最直接的资料是从汉代传下来的，从秦朝统一到司马迁时期，也有一百多年的历史，不说当时的情况，就拿现今的事情做比较，昨天发生的事情今天就有可能变得虚无缥缈了，何况是科技信息都不发达的两千多年前的事情？而且秦代焚书坑儒，加上后来的赵高、李斯相互勾结，许多事情也都是暗箱操作的，估计也只有他们几个当事人才能说清楚吧！

秦朝什么史书文献都没能留下，司马迁也就只能凭着自己的判断在民间和宫廷中收集了。我们丝毫不怀疑一代文学、史学巨匠司马迁对历史的责任感与真诚之心，但是他怎么能知道一百多年前发生的事情的真相呢？道听途说，还是考证？那么他是听什么人说的呢？是怎么考证的呢？我们无从知晓。再说，当年秦始皇驾崩的事情秦人都可以瞒天过海，那制造这么一个小

直道寄语

⊙ 秦直道书画展

小的谎言，岂不是更加易如反掌？

现在越来越多的考古发现说当年秦直道可能压根就没有修建完工，这种说法可能是成立的。秦始皇统一中国九年以后才开始修建秦直道，尽管秦直道可能有许多路段如秦弛道一般是将原有的路段加以整合、扩建，但是毕竟全长"千八百里"，而且是在"堑山堙谷"的情况下长"千八百里"，这个难度是很大的。

秦朝在修直道的同时还有其他的工程动工，而且在此之前战争使秦朝的国力削弱得很厉害，尽管这么浩大的工程也的确动用了不少人力，但是那毕竟是有限的。而且秦始皇统一中国不到十一年时间就死了，此时直道修建了两年多，秦二世登基以后也不过短短的三年多秦朝就灭亡了。秦始皇死后始皇陵还没有修好。的确有文献记载二世将修万里长城的民工调了回来，将修阿房宫的民工也调集起来抢修始皇陵，但是没有记载将修直道的民工调回来修始皇陵，所以我们不敢妄言秦二世登基后秦直道的修建就停工了。

但是公子扶苏死了，大将军蒙恬死了，接下来是谁监修的秦直道呢？

秦二世称帝没多久就战乱不断，大部分的部队都在上郡修直道，也没有文献记载二世将部队都调集起来对抗叛军，但是这是绝对的。只是这一打起仗来，谁还顾得上修直道啊？

短暂的秦朝结束了，秦直道的工程也就不了了之。至于汉代以后有没有人再修秦直道就是一个未知数了。即使有，也是到汉武帝时期了。因为汉武帝喜欢大兴土木，而且他在秦直道的终点修建有麻池古城，在秦直道的起点又将林光宫扩建成为甘泉宫。如果汉武帝也修建过秦直道，那么司马迁在《史记》里怎么没有提起呢？这可是不需要道听途说或者考证的事情啊！

　　所以我可以断定汉代并没有修建秦直道，但是当时的秦直道是可以使用的。

　　天下的道路都是人走出来的。当时修建秦直道有三十万官兵和数十万民众，不说他们修建了这个道路，就是他们在上面行走，也会踏出一条道路的，秦直道可以使用跟秦直道有没有完工是没有太多的关系的。

　　说秦直道没有修建完工是有道理的，就以秦阿房宫来说，从古至今的考古发现当年的秦阿房宫并没有被烧毁的痕迹。2004年考古队在原阿房宫遗址上发现了很多大型板瓦，考古人士认为当时秦阿房宫大殿可能都没有建成，那么也就不存在绵延300余里，被项羽一把火烧了几个月。阿房宫没有建成的这种说法是成立的，还是那句话，秦王朝统一以后，在短短的十四年后就灭亡了，这么浩大的建筑群不可能在短时期内建成。秦始皇陵从秦王嬴政12岁登基就开始修建，到秦始皇49岁死了，整整三十七年都没能修建完毕，何况是绵延300余里的阿房宫？所以我完全相信阿房宫没有修建完毕。

　　阿房宫大殿都没有建成，也就不存在兰池、兰池宫、六国宫室、长廊、卧桥、磁石门、上天台、祭地台等众多建筑，《阿房宫赋》里形容的气势恢宏、锦绣壮观的"五步一楼，十步一阁；廊腰缦回，檐牙高啄；各抱地势，钩心斗角"等也不存在。阿房宫没有修建完毕，秦始皇也就没能住进来，也就更不可能有六国王室留下的人住进阿房宫内六国宫的说法，更不可能有歌舞升平的景象。那么秦始皇当时死后应该并不是回阿房宫而是回原咸阳宫去发丧的。

　　那么我们来算一笔账。秦直道在秦始皇时期修建了两年多，延安以南的路段才基本畅通，延安以北到阴山脚下秦直道的终点还有至少一半的路没有修好。秦二世登基的第二年，东方起义纷起，二世忙着去镇压农民起义军，尽管没有文献记载秦直道被迫停工，但绝对会受到影响。三年后秦朝就彻底灭亡了，所以实际上用于修秦直道的时间不足五年。这么一个巨大的工程，岂是五年能完成的？

秦直道在秦朝灭亡前都还在修建，这么大一个工程要是真正完工了，为什么司马迁在《史记》里只是一笔带过？它又是在什么样的情况下完工的？它是什么时候完工的？关于秦朝六大工程都有过比较多的记载，而有关秦直道的历史资料却微乎其微，这是什么原因？据我们后来查找到的资料，这条道路的意义还是很重大的，作用还是很明显的，没有留下太多的资料只能说明它压根就没有完工。现在展现在我们面前还遗留着的秦直道，可能正如我前面所说的是大夏国首领赫连勃勃在原秦直道路基上加以修建的，我们现在看到的不是秦时的秦直道，而是五胡十六国的圣人道。这是一个值得思考的话题，不是我一人说了算的，希望更多的学者、专家参与进来共同研究，得出准确的结论。

秦直道修没修建完工且不说，从咸阳宫或者阿房宫通往林光宫这段路肯定是修建完工的，那么这条路到底叫什么路？真的叫驰道吗？它的遗迹又在何处？如今在深山老林里的秦直道不管是秦时修的还是大夏国修的，大部分路段都依旧存在，可见当时道路的质量是非常不错的，所以路基才如此坚硬，那么这段已经修建完工的路段为什么就消失了呢？有人说在今天阿房宫遗址的西面有一截夯土层可能是当时的路基，有人说那是当时的宫墙遗迹。就算是路基，那段路是通往哪儿的呢？是秦驰道的一部分或秦直道的一部分，抑或是圣人道的一部分？或者压根什么都不是，是当时阿房宫里的道路？

林光宫当时占地面积有多大，到底修建完工没有，秦始皇是否在那里坐镇过，在修建秦直道的时候是否跟匈奴有过战争，长公子扶苏是否真的在秦直道上立过战功，汉武帝为什么要将林光宫扩建，他扩建的是哪些部分，等等，都是值得专家们更深一步考证的。我们期待着真相大白的一天早日到来。

陕西学者侯养民先生在给我的来信中说："两千年前秦修直道，直达阴山之北，足召千里之遥，颇显秦之雄风，这在世界交通史上是一个无与伦比的伟大创举，当列入世界遗产。此书应当出版，应当作持久的宣传鼓动。"

直道寄语

◉ 期待秦直道旅游热的到来

侯先生还说:"秦直道只有列入世界遗产或被当今的中央政府重视,才可达到你等设想的美景。""秦之中央政府在陕西,当时才有此举,汉唐时中央政府亦在陕西,其道使用且兴旺。如果直道任一端有中央政府存在,或直道在当今有经济或军事等重大需要,说不定有毛泽东一句话,这千里直道会重新修复,会兴旺发达……"我想侯老先生说得极是,但是尽管直道两端都没有中央政府也没关系,不是还有陕西政府、甘肃政府、内蒙古政府吗?政府其实一直都是重视秦直道的,至少陕西政府是很重视的,否则怎么会在20世纪90年代初就拨出10万元专款让一家文化公司去考察秦直道呢?尽管后来这项专款到位后没有达到预想的结果,但是至少我们看到了陕西政府的重视,也就看到了秦直道即将复活的希望。2014年6月22日,丝绸之路正式入选《世界文化遗产名录》,其实秦直道也是丝绸之路中很重要的一部分。这是不是代表秦直道也将正式走入人们的视线呢?

咸阳作家王海先生曾经给我传来一个好消息,说咸阳通往西安的世纪大道正式更名为秦直道,这个消息着实让我高兴了很久。陕西的文化底蕴丰厚,政府完全可以好好利用这些资源。"世纪大道"全国到处都有,就像青年路、永松路等路名土不土、洋不洋的,不如直接以古代的人名、路名、典故等命名,这样既能突出陕西的文化,也能使后来者牢记那段让国人引以为

◉ 秦直道摄影展

豪的历史。如雁塔路就让人知道是通往大雁塔的路，太白路就使人想到诗圣李太白先生，多么大气磅礴，多么富有文化典范！可是一想，不对，这样下来，时间久了就会被人误会和混淆，可能当地政府也考虑到这个问题，所以又原叫"世纪大道"了。

陕西这几年可谓日新月异，将唐文化、秦文化展示得淋漓尽致。文化主题公园东有大唐芙蓉园，西有艺术再现的秦阿房宫，唯独缺少一个汉代主题公园。当年的汉代长安城遗址在今天的西安北二环和西二环交界处内外。现在这个区域工业发展很是可观，如果为了重新呈现汉代皇宫的风姿，那么这些企业就得搬迁，这样会劳民伤财，不划算，还不如在如今的甘泉宫遗址上艺术再现汉皇宫景象。这样一来也就将甘泉宫周围的汉代墓群保护了起来，而且还可以利用周围的旅游景点发展一条旅游专线。每一个墓室里都有许多有待考证的秘密，让游客和考古人士能全面地对汉代历史有个更深的认识。这可真是功德无量的好事，既让人们游玩、学习，还可以收益，又填补了一个重大历史空缺，何乐而不为？

现代有许多人对汉代历史知之甚少，人们一般只知汉代有个汉武帝，但是汉武帝以后是谁接替的皇位却没多少人知道。接替皇位的这个人是何人所生，这个生他之人又有什么样的一些故事？汉代还出现了美女王昭君，她替皇室公主远嫁匈奴了。王昭君是在汉代哪一个皇帝在位时期嫁给匈奴的？嫁给匈奴以后她的命运又如何？……现在人们耳熟能详的这些汉代故事如果逐一推敲起来，没几个人知道得很清楚。正如岁岁年年生活在钩弋夫人墓周围的人都不知道钩弋夫人为何人一般，这是很可悲的事情。

有一天我正在办公室看《四库全书》，办公室的打字

员似乎"很有学问",她不假思索而又很认真地说:"《四库全书》我知道,是清朝时期纪晓岚写的。"我着实大吃一惊,她说她是从电视剧《铁齿铜牙纪晓岚》中看到的。这是一种对文化了解不深、不负责任的表现。这种戏说的历史剧很容易将年轻人的思想带入一个误区,这是一件可悲的事情。2005年年前播放了一个电视剧叫《汉武大帝》,宣传说是看这个剧如同看历史教科书。然而这个剧里面也是错误百出。如汉文帝巡视周亚夫细柳军营这段众所周知的历史故事,编剧和导演却让汉景帝来演绎。连父子都没有搞清楚或者有意不愿搞清楚的情节,如何敢让年轻人"当作教科书来看"?至于"大夫""会稽""田蚡"等的读音,错误就更多了。而"推敲""天下兴亡,匹夫有责"的用语错误,都是不求甚解的小毛病,只要贾岛和顾炎武不看重著作权,当代更无人管得上,可是这样会让人们因此而搞不清楚《汉武大帝》所表现的朝代了。

　　在物欲横流的现代社会,人心浮躁,怎样接受外界事物快就怎么接受,也没有多少人愿意花代价去学习历史知识。在不久的将来,年轻人都被戏说的历史剧同化了,到那时,远古的历史就都成了《天方夜谭》或《哈利·波特》似的童话了。这不是一件很可悲很可怕的事情吗?所以普及、推广历史文化知识势在必行,不要等到后悔的那一天到来。

关于挖掘、开发秦直道旅游资源的优势

秦直道跨越了西北黄土高原的大部分地区，辐射面积近40万平方公里，包括了陕西关中、陕北全部、内蒙古河套地区、宁夏黄河两岸及甘肃六盘山东部一带，这些地区有森林、沙漠、草原、滩涂、山岭、河流等，既有丰富的自然资源，也面临着生态和环境保护的诸多问题。

秦直道这样一个艰巨而庞大的工程堪与长城、兵马俑相媲美，但要真正发挥它在旅游上的巨大潜力并非易事，目前主要有以下难点：

第一，秦直道不同于古长城、古栈道或茶马古道，它在千百年的自然变迁和世事沧桑中饱受侵害，一些路段已被山川沟壑堙埋；

第二，秦直道虽然有显著的修建特点，但古今地貌变化较大，在很多路段，如果没有专业且下功夫的研究和较强的识别能力，或有专门人士陪同，即使到了现场，也难以辨识出眼前的秦直道；

第三，秦直道基本上在山脊上行走，要一睹它的真容就必须先爬山上梁，才能到达，寻常人体力难以支撑；

第四，开发秦直道旅游项目需要较大的资金投入，而陕北、甘肃境内涉及秦直道的各县在财力上难以做到；

第五，对秦直道的宣传力度还不够，目前秦直道的知名度还不高，各县、地区多是局部的宣传，缺乏统一的宣传口径和相关的旅游资料。

我们想，将秦直道作为旅游项目来开发的确是一件好事。开发秦直道旅游项目，我们建议可以从以下几点入手。

1. 各省的政府和有关厅局牵头，统一规划、统一安排、统一组织，把秦直道旅游开发纳入各省旅游总体规划中，并在一定程度上给予政策、资金的支持和保障。

2. 秦直道在沿途各市县有不同长度和状况的路段，因而第一步可以实行分段、分线的保护性开发，有条件的市、县、地区提前进行综合性开发，最终使各个路段连接起来，形成一条完整的直道旅游线路。对部分破坏严重的路段和烽燧、房舍等进行适当的恢复、整修，但要尽量保持历史原貌。对一

些自然保护区内的秦直道路段,要在保护的基础上进行旅游线路的开发。

3. 同时在石门、刘家店林场、槐树庄林场、方家河村、安条林场、阳周古城和城梁等交通相对便利、直道遗迹明显的地方有计划地建设一些基础性的旅游服务设施,在非自然保护区地段的秦直道附近修建一些秦代亭障、军营、宫舍等仿古人文景观,增加游客参与性内容。

4. 制定优惠政策,改善投资环境,吸引省内外甚至海外的企业家投资开发秦直道旅游项目。

5. 根据秦直道的特点,组建股份制的秦直道空中旅游公司,开辟淳化到包头的空中游览秦直道的直升机旅游专线,在直道宽平的一些路段还可以降落,让游客在地面上进一步感受直道的宏阔、伟大。

6. 陕西省以及其他各省一些主要城市的旅行社、登山和野营俱乐部可以开展秦直道探险游、秦直道生态游、秦直道怀古游、秦直道野外生存游等主题性旅游探险活动,也可以考虑组织海外华人和外国游人到秦直道寻古探幽。

7. 以秦直道为主线,把子午岭、铜川玉华宫、黄陵轩辕庙、富县羌村杜甫故里和石泓寺、甘泉马超洞、志丹革命遗迹、延安宝塔山、米脂李自成行宫、绥德蒙恬墓和扶苏墓、榆林红石峡和镇北台、内蒙古成吉思汗陵和昭君坟等秦直道周边有关地区的名胜古迹都纳入秦直道旅游、观光的范畴,增加旅游项目的厚度。也可将秦直道沿线独特的民风民俗和民间艺术融入秦直道旅游之中,比如陕北民歌、陕北说书、蒙古民歌、剪纸、农民画、腰鼓、唢呐、大秧歌等。

8. 从弘扬中华文明、宣传西部、推进西部大开发、带动西部旅游业快速发展的高度认识秦直道的旅游开发及其意义,加大宣传推广力度,使秦直道成为一条新的旅游热线和旅游热点。

9. 拓宽改造秦直道现在仍能行车的路段,如石门林场段、雕灵关到艾蒿店段、艾蒿店到沮源关段、三面窑到槐树庄林场段、任窑子到安条林场段等。拓宽改造有关县和地区通往其境内秦直道遗址的路段,如富县直罗镇到槐树庄的路段路况较差,尤其是下雨天,车辆行人难以通行,应进行整修。其他还有如黄陵双龙镇到上畛子林场段、大岔林场段等。

10. 将秦直道各路段逐年修复，在陕北西部另辟一条南北交通干线，为开发这一地区的资源、扩大对外开放和招商引资创造良好的基础设施条件。

11. 在条件成熟的情况下，可以统一组织或各有关市县独立组织的形式举办秦直道旅游文化节，文化搭台，经贸唱戏，借此促进有关市县旅游开发、商贸繁荣和对外开放、招商引资的发展。

我认为秦直道的兴衰除人为因素外，自然和生态的因素也很重要。子午岭一带的秦直道基本得以保存是因为那里林大山深，人迹罕至，而榆林一带的秦直道遭到毁坏是由于生态破坏和沙化严重，因而，应该把生态治理和环境保护同秦直道的保护结合起来。在林区地带，应该进一步贯彻退耕还林的国策，大力实行封山育林，禁止伐、牧，子午岭地区争取申请设立国家级的自然保护区。在做好保护工作的同时，利用林业部门的现有设施和秦直道的历史文化资源，发展生态观光、休闲、度假产业。在交通便利，距离秦直道遗址相对较近且又不会破坏自然环境和景观的地点，适量修建一些度假村，发展第三产业，带动林区多种经营工作的开展。在榆林地区，可以以"保护历史文化遗产，营造秀美山川"为主题，一方面组织专家、学者和新闻媒体对秦直道与自然生态的关系进行调研和考察论证，积极研究，提出保护和开发秦直道的方案，另一方面加大治沙、固沙的力度，有效保护秦直道和周边地域的名胜古迹，并使生态环境治理工作为地区经济和各项事业的发展提供强有力的保证。

秦直道作为中国古代一条战备高速公路，在中国乃

◉ 秦直道就静卧在这美丽的子午岭山上

至世界交通史上都具有重要意义和里程碑的价值。据考证,古时秦直道是关中通往塞北大漠的主要交通干线,而现在的西安铜川延安榆林包头公路主干线在古时是丘陵河流纵横的地带。随着现代生产力水平和筑路技术的提高,贯通陕北中部的这条公路成了今天陕北的交通枢纽。但古秦直道在道路选线、修建和工程技术方面的理念和经验还是值得我们学习的。西部开发,交通先行,加强秦直道道路交通课题的研究对于发展我省的公路交通事业,推进经济发展有着积极的作用。

秦直道作为世界道路建设史上的一个奇迹,不仅有重要的历史和研究价值,而且跨越陕西北部、甘肃东部和内蒙古自治区,沿线和辐射地区的名胜古迹和旅游景点也很多,充分利用并大力挖掘这些旅游资源,对于提高秦直道的知名度,大力开发直道沿线及周边地区,带动相关产业和整个区域经济的发展都会起到积极作用。

自从"沾惹"上秦直道,我便没有过片刻的安宁,它一直像幽灵一样活跃在我的血液里,而我又一直像猴子一般跳跃在它的脊背上,我们几乎成了一个纠缠不清又分解不了的整体。十五年来,我先后数次迈上探望它的旅程。因为我知道万物都是有灵性的,包括秦直道,所以我相信它终究会被我的这种孜孜不倦的精神感动,而后将我从它那神秘的身体里解脱出来。我想,如果真的有那么一天,秦直道也就大白于天下,不再神秘了。可现在不但我越来越和秦直道融为一体,就连我身边的好友也都成了秦直道迷了。以至于有一个朋友在黄龙开会,发现当地有明直道(又名神道岭),很兴奋,连忙将此消息告诉我。唉!感谢朋友的爱屋及乌,使我受宠若惊的同时也有几分欣慰。

尽管我每次考察的时间都很有限,对秦直道的了解也还不是很深,但我不会放弃。对秦直道的考察将成为我人生中的重要事件,我不仅要了解与秦直道相关的历史文化脉络,也要从侧面认识、感受、领悟人生,每一次对秦直道的考察都使我受益匪浅。同时我也为我是第一个全程考察秦直道的女性而感到光荣和欣慰。

秦直道,我们期盼着你早日瀛寰开歌。

后记

时间过得真快，一眨眼又是一年，屈指算来，我为秦直道已经奔波了十五个年头！

十五年，秦直道！它将我人生中最美好的时光都消耗殆尽。

十五年，秦直道！也不知道是我成就了它，还是它成就了我。

十五年前，我从湖北来到陕西，那时很少有人知道秦直道，更没有人跟我说起有关秦直道的故事。而十五年后，世界各地都在说秦直道的故事，也在说徐伊丽的故事。好像我和秦直道捆绑销售，买一送一，谁也离不开谁，以至于有人给我取了个绰号"徐直道"，这样我和秦直道更是永不分离了。

就在前天还有一位作家告诉我，中央电视台有一个编剧来到陕西，问他是否认识徐伊丽，还说陕西的作家她就知道陈忠实、贾平凹、徐伊丽。这可能是个玩笑，徐伊丽再厉害也不能跟陈忠实、贾平凹这两位前辈相提并论，但是她知道秦直道。

也就在前天，百余人在陕西宾馆召开青年文艺家重点扶持计划大会，由于平时跟人交往得少，对坐在我周围的人我都非常陌生，可他们看见我面前桌签上的名字，都很热情地跟我打招呼。我问："咱们认识吗？"他们都说："你就是那个写秦直道的作家，我知道你。"我很高兴，高兴的原因不是别人认识我，或者记得我，而是秦直道这条世界第一道终于被人知晓、被人关注了，这不就是我期盼、想要的吗？

这个世界对人是公平的，你付出了多少，就会得到多少回报，尽管我为秦直道付出了十几年的宝贵时间，而我也通过秦直道认识了很多朋友。今年新年上班的第一天，我就被通知入选为"陕西百名青年文艺家重点扶持对象"，而且还是全票通过，入选的条件有一条是"在各自从事的文学门类中具有全国性的影响"。这么说来，还是秦直道成就了我！

原本不想占这个名额，因为我写书很慢，人说十年磨一剑，我写一本书花不了十年也得八年，因为我既要读万卷书，还要行十万八千里路。就像写这本书一样，不只要看秦代历史书籍，不只要全程考察秦直道，而且我必须

后记

将跟秦有关的大部分书籍都阅遍了，跟秦有关的文物古迹都勘踏遍了，跟秦有关的考古学家和历史学家大部分都拜访遍了，这才下笔著此书。所以我写一本书很费时间。而青年文艺家重点扶持是带任务的，我万一在有限的时间里完不成政府交给我的任务可如何是好？

那天在会上也有青年文艺家说他只做了很少的一点点事情，政府却要支持他，帮助他，他表示感谢。说此话的人的意思我明白，心意也能理解，但是我却不这样认为。其实政府支持不支持，帮助不帮助，我们不都要去做自己要做的事情吗？我们不是在为政府做事情，也不需要做什么事情给什么人看，而这原本就是我们应该做的，就是我们生产、生活甚至生命的一部分。每一个人来到这个世界上都是有他的使命的，每一个人都在自觉地承担着属于自己的社会责任和义务。政府官员为人民服务，卖早点的也是为人民服务，谁能说他们就没为社会、为他们所在的地区做贡献？那谁来扶持他们呢？只是工种不同，性质是一样的。

所以啊，我比那个发言的青年文艺家代表感触更深。我们原本只是在做我们的本职工作，我们若不做就没了工作，没饭吃，可我们的政府却对我们念念不忘，把我们当人才，当重点扶持的对象加以支持。真心感谢这个时代，感谢社会，感谢接受我们、包容我们的所有人！

人说好运总是会眷顾有准备的人，而我的好运向来都是突如其来，我压根就来不及准备，什么好事却都能让我赶上。先是去年就要出版我的大型考古历史散文集《正说秦始皇》，却阴差阳错拖到今年才出版。由于这几年的创作量太大，人也太累，《大秦直道》原本想缓一缓，过两年才再版，却无意中在贾平凹先生家碰到陕西师范大学出版总社的张建明先生。张先生第二天就打电话很诚恳地约稿，并说想尽快出版出来赶图书会。

盛情难却，当下却又拿不出稿子来，应人事小，误人事大，于是只好利用春节期间没日没夜地将书稿整理出来。

这样一来，原本几年才能完成的工作量和创作任务就这样在马年伊始就

完成了。正因为有这两本书垫底，我才敢应承这个青年文艺家重点扶持计划。这两本书能为陕西的文化事业做多少贡献还不好说，但是我是认真的，我问心无愧。

这次这本书与上一本的不同之处在于它更简洁明了、更准确。六年前出版的《探秘秦直道》一书以游记为主，有许多都还在探索和研究之中。六年过去了，随着考古的跟进，有许多新的发现和论断也加到这本书里了，所以这部《秦直道档案——大秦直道》应该更全面、更准确。

年前参加陕西省广电局的会议，在会上，西影集团董事长张宏先生说，陕西啥都不缺，就缺一个影视基地。他的话一出口，坐在台上的刘斌局长就会意地冲我一笑。因为早在三年前我就想将秦直道打造成影视基地，这一路的自然条件和人文条件非常适合拍各种类型的影视剧。由于投资巨大，我自己的财力有限，政府又顾不上，所以只得搁浅。可我始终有一个梦想，就是在秦直道上修一些吊桥，让考察者、旅游者都能不下山就穿越秦直道，让千年直道又能贯通。我将这一想法跟朋友们一说，基本上是一呼百应，有几个人还愿意跟我一起去实地详细考察，看千八百里的秦直道需要修筑多少吊桥，每一座吊桥修在哪里，长宽是多少，根据实际情况来计划用工、用料和花费等。可也奇怪，我们制订好计划和考察的时间后，却天天下雨，只得从长计议了。

也不知道是为什么，这么多年，我的心全在直道上：直道被评为国家重点文物保护单位，我为直道高兴；直道遭受洪灾，我为直道揪心；直道考古有了新发现，我为直道呐喊；直道遭到人为的破坏，我为直道痛心……

好在现在陕西、甘肃、内蒙古都很重视对直道的保护、开发和利用，每次去直道都会发现一些新的变化，我很欣慰。

想写的很多,感慨的也很多,千言万语又不知道该如何表达,就用一首我自己的诗来结束我这篇语无伦次的短文吧!

我的古道

峭壁路上,荒草一片。

古道原上,野花乱飞。

孤离离的凄美,

无你无他无她,

高兴时迎风而舞,

沉默时一言不发。

便是双眸星一样的注视,

眼中幻化出神采奕奕高大勇武的他,

素洁高雅,点墨生花,

匆匆而过的往昔,

注定真情无价,

或许涅槃,或许风雅。

看骄阳曼丽,

笑尘世浮华,

拥护国宝,愿为国花。

2014年3月2日于曲江

徐伊丽

秦直道路线图 ——
我们的行程路线······

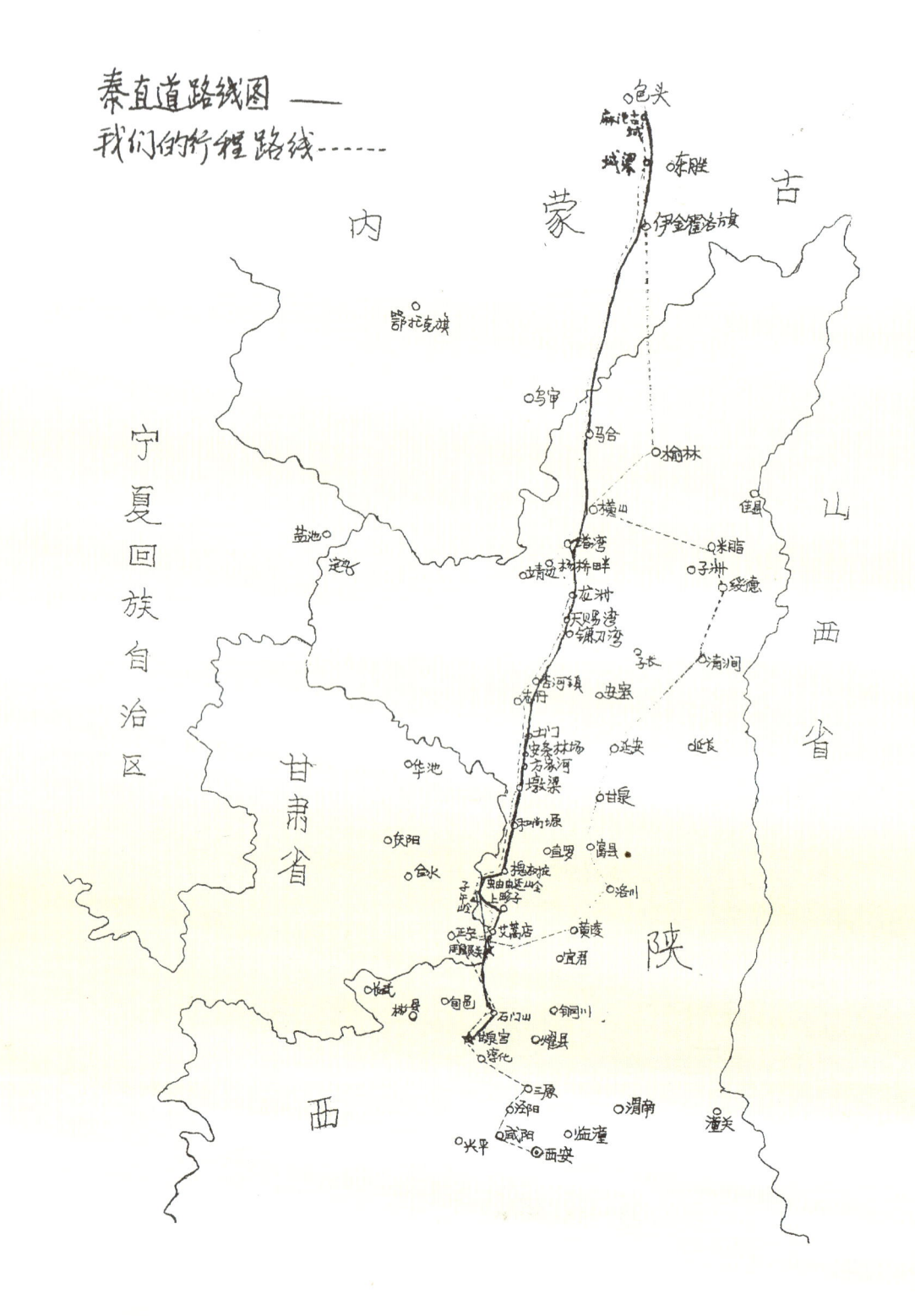